世界科普巨匠经典译丛·第四辑

沙乡年鉴

（美）利奥波德 著
朱 敏 译

上海科学普及出版社

图书在版编目（CIP）数据

沙乡年鉴/（美）利奥波德 著；朱敏译.—上海：上海科学普及出版社，2014.4（2021.11重印）

（世界科普巨匠经典译丛·第四辑）

ISBN 978-7-5427-5973-3

Ⅰ.①沙… Ⅱ.①利…②朱… Ⅲ.①散文集—美国—现代 Ⅳ.①I712.65

中国版本图书馆 CIP 数据核字（2013）第 289506 号

责任编辑：李 蕾

世界科普巨匠经典译丛·第四辑

沙乡年鉴

（美）利奥波德 著 朱 敏 译

上海科学普及出版社出版发行

（上海中山北路 832 号 邮编 200070）

http://www.pspsh.com

各地新华书店经销 三河市金泰源印务有限公司印刷

开本 787×1092 1/12 印张 19.5 字数 231 000

2014 年 4 月第 1 版 2021 年 11 月第 4 次印刷

ISBN 978-7-5427-5973-3 定价：39.80 元

本书如有缺页、错装或坏损等严重质量问题

请向出版社联系调换

目录
Contents

001/ 序

沙乡年鉴

002/ 一月

005/ 二月

015/ 三月

020/ 四月

028/ 五月

030/ 六月

034/ 七月

042/ 八月

044/ 九月

046/ 十月

055/ 十一月

063/ 十二月

目录

地质特征

076 / 威斯康星州

095 / 伊利诺伊州与衣阿华州

100 / 新墨西哥州和亚利桑那州

111 / 墨西哥州的奇瓦瓦和索诺拉

125 / 俄勒冈州与犹他州

129 / 马尼托巴州

乡野的秘密

136 / 乡　野

139 / 人的空闲和爱好

144 / 环　河

155 / 大自然的历史

161 / 存活于美国文化中的野生动物

171 / 观　鹿

174 / 雁的音乐

土地伦理

180 / 土地伦理

199 / 荒野与文明

211 / 环保美学

序

　　野生动植物对于一些人来说是毫无意义的，它们的存在与否丝毫不影响他们的生活；可对于另一些人来说，却是他们生命中不可或缺的组成，离开了野生生物，他们就没法生活下去。这本随笔集是特地献给那些离不开野生环境的人们的，以此表达他们所具有的欢乐和面对现实左右为难的无奈感情。

　　野生的动植物曾经就和阳光、微风一样，人们觉得它们都是极为平常且理所应当存在的东西，直到社会的进步，这些理所应当存在的生物从我们身边消失。今天，我们不得不面对一个很棘手且很严肃的问题：现在所谓的理所当然的、有品位的生活，是以牺牲最为自然、自由的野外生物为代价的，这种牺牲是否真的值得？对于像我这样为数不多的人来说，比起看电视更令我兴奋的是看到大雁从天空飞过。就像我们能自由地谈话那样，我们应该拥有随时都能看到白头翁花的权利，这是我们与生俱来不应被剥夺的权利。

　　不能否认的是，直到机械化为人类提供高质量的早餐，而且科学已经解释它们的产生和起源之时，野外的生物在人类生活中一直没有占据什么重要的位置，人们也一直没有认真地重视过它们。所有的矛盾或者说冲突累积至今已经非常明显了，可惜仍然只有少数的人能够看清已经显现的生态危机：随着社会的日益进步，大自然回报我们人类的受益正在递减。而我们的反对者们，甚至对这些观点嗤之以鼻。

是该我们采取行动的时候了。这本书就是我所实施的应对之策。其中包括四个部分。

第一部分中，读者们可以看到，我与家人在远离大都市的"世外桃源"里的所见所闻和周末事务。这片"世外桃源"是一个贫瘠的沙乡农场，在我到来之前，它已经被日益傲慢、漠视其他生命且一味追求自我享受的人类榨干并随后抛弃。我们一家在这个被遗弃的农场里，开始用各种工具尝试重新恢复它的生机。我们艰难地在这片弃土里寻找，那些已经失去的却又是上帝赐予的最重要的东西。这里的所有记述都被按照季节归纳在"沙乡年鉴"里，它道出了我的应对之策。

第二部分"地质特征"，都是生活给我的各种智慧，其中也包括一些痛苦和难过的经历，甚至失去朋友的插曲。我差不多花了四十年时间，足迹踏遍北美大陆，记录下一个个事件的清晰样本。这些文章的主要目的是为环境保护提供较为正确的样板。

第三部分"乡野的秘密"，主要讲述我对乡野及其野生动物的看法，讨论了一些最基本的生态保护观点，希望能引起有识之士的共鸣。

第四部分"土地伦理"属于总结，以推理方式阐述我们对土地的观点，并且提出了科学的论证。当然，其中的一些观点也给予我的反对者提供了反驳的理由。庆幸的是，依然有许多对我的观点深有同感的读者，愿意去研究土地伦理学问题。我想，也许这一部分能向他们解释前面提到的一个现实问题：为什么大自然回报我们的受益随着社会的进步而递减。

传统意义的保护主义慢慢沉寂了，它与我们亚伯拉罕式的土地观念完全不同。我们把土地看做是属于我们的财产，可以肆意毁坏。如果我们把自己看做是土地的共同体，就会变得尊重和热爱它。当然对于土地，它根本没有办法躲避人类机械化的破坏。对于人类来说，在科学的领域，我们也别无他法可以去取得土地所展现出的美学收获。

在生态学中，土地的概念是一个共同体，作为伦理学的延伸，土地应该是被尊重和热爱的。众所周知，土地具有文化底蕴，但是恰恰这一点被人们所忽略和忘记。

我试图把这些概念结合在一起的想法完全表现在这本随笔集里。

无可厚非，因为个人的经验和喜好，土地和人类的关系经常会被混淆和歪曲。但不管是不是被歪曲，有一点永远都是清晰可见的：我们如此傲慢地追求完美的社会，就像一个患了抑郁症的病人，一直以来最担心自己的经济状况是否良好，却忽视了维持其良好上升的动力，任其流失。这个星球贪婪地渴望拥有更多的浴盆，而自己偏偏又一再地荒废制造浴盆的材料，自私的人类忘记了稳定建造的必要性，甚至忘记建造一个性能良好能确保开关的水龙头。在这个阶段，也许我们可以稍微忽视一下卫生条件和物质要求，放弃对物质的过度拥有，也许对我们更有益处。

我们应以自然的、自由的生命为基础，去重新审视人造的、非自然的东西，以完成一种价值观的转变。

奥尔多·利奥波德

1948年3月4日

于威斯康星州麦迪逊市

○沙乡年鉴

——一个沙乡的思考

一月

冰融时刻

寒冷的冰雪过后,迎来的就是冰融的时刻,也许就在一个寒冷的夜晚,你已经可以听到融化的雪水掉落在石壁的声音。这个声音吵醒了冬眠的动物,也唤醒了静睡中的生物,大地似乎开始骚动起来。窝在自己深深洞穴里冬眠的臭鼬,似乎被吵醒了,懒懒地伸着懒腰,它的胆子真是不小,推着松弛的肚皮走在刚刚开始融化的雪地里,开始探索湿漉漉的世界。在这个星球周而复始的季节轮回里,它变成了准确推定一些重要日子的最明显标志之一。

当然每个季节都有它独特的现象发生,相比来看,这也许是最无足轻重的一个现象。星星似乎牵引着它的马车,一路带它穿越田野,还伴随着雨露飘摇。它的行为吸引着我,它的思维和欲望还有真正的目的使我感到好奇,如果它真的有的话。

从一月开始，直至六月，大自然存在很多有意思的暗示现象，几乎是等比级数的。一月里，你可以跟着臭鼬的踪迹，或者随着山雀的歌唱，再者你会发现小松树上有鹿啃咬的痕迹，你也可在水貂的帮助下，看到它挖出麝鼠窝的样子。其实小小的细节变化和偏差都会影响本来的情况。一月的雪是单纯无瑕的，安宁而平静，而在这个时刻的观察同样悄无声息，而且也像冬日的寒冷一般漫长持续。

一只田鼠发现了我们的跟踪，惊慌地跳起，一下子越过了臭鼬留下的线索。也许是因为昨夜的冰雪融化被吵醒，悲伤的它在大白天就暴露在田野上。它曾经奋力建造的属于自己的地下迷宫，专门用来穿梭雪盖的草丛，已经不复存在了。地道完全地显露在外，像是一条小路，寒酸而可笑。一月的太阳融化了冰雪，同时瓦解了田鼠小小帝国的基础建设。

老鼠则聪明得多，雪对于它们，代表它们不会贫困和恐惧。它们天生似乎就明白，青草是为了方便它们制造地下草垛储存下来，而下雪时便可以开凿一条连一条的地下迷宫，自给自足、食物和运输，都在它们的规划之中顺利进行。

前方的草坪上有一只毛脚鵟在高空飞翔。此刻，它只是原地盘旋着，然后就像一颗空中的炸弹一样扎进了灌木丛。之后再没有看到它飞起来，我敢肯定它一定捉住了一只老鼠，而且一定在犒劳自己的胃口。这可怜的小老鼠工程师，没有耐得住性子，大白天任性地跑出来巡查自己设计的迷宫，最后走进了毛脚鵟的肚子。

对于毛脚鵟来说，它可不管草儿为什么要生长，它只需知道雪融化后，它能快速找到自己的美食——老鼠就够了。冰雪融化对它来说，意味着不再有食物匮乏和生存恐惧了，也许它们还希望冰雪最好能慢慢融化呢。

我们一路追随着臭鼬的足迹，穿过了旷野，钻进树林。在旷野中，我们明明发现了兔子的脚印，可是又被臭鼬粉红色的尿液混淆了踪迹。雪融带来了新生命，橡树苗吐出了新茎。周围的一簇簇的兔毛告诉了我们，每年雄兔发情的决斗开始了。接着，旁边有血迹的地方，透露了猫头鹰刚刚到过这里。冰雪融化后，兔子并不害怕匮乏，但是猫头鹰的到来的确是提醒了它们要谨慎，不能过于胆大鲁莽。

　　臭鼬继续向前赶路，它对有可能填饱肚子的食物根本没兴趣，而它邻居的喧闹和宿命似乎和它没有任何关系。我渴望知道它的想法，为什么要远离自己的洞穴？我们大胆地设想，肥硕的它是要去追求自己的罗曼蒂克情史，所以辛苦地拖着自己重重的肚子也要穿越融化的冰雪吗？最后，它钻进了河岸边漂着的圆木中，就再没有出来。圆木中同样出现了水滴声，臭鼬一定也听到这个声音。我在回家的路上依旧存在着疑问，很想知道根本的原因。

二月

最好的橡树

如果你从来没拥有过一个自己的农场，会出现两个精神上的迷惑。第一，以为杂货铺送来了早餐；第二，热量的唯一来源是火炉。

如何才能不产生这样的迷惑？第一，需要自己建个菜园，这样我们再不需要杂货铺的捣乱了。

第二，自己捡来极好的橡木劈成两半塞进壁炉里，因为农场并没有炉火。二月的暴风雪还是相当猛烈的，在这种时候外面树木摇摆，你则可以坐在壁炉旁温暖自己的小腿。农场里，人们可以砍掉自家的橡树，拖到屋外，劈成块儿，堆放在一起，那么他一定知道温暖从哪里来，而那些在城里只能依赖暖气度过周末的人是完全不能感受的。

在通往沙乡农场的老移民道路的道边，我发现了一棵很好的橡树，经过观察和抚摸，它直径大概 30 英寸，砍倒后发现它年轮大概 80 圈，这也就是说，在内战结束的那一年，1865 年时被栽种在此，拥有它第一圈年轮。我了解橡树苗的成长速度，如果在现在，大概没有 10 年的时间，它绝对长不到兔子够不到的高度。橡树每年冬天都会脱掉一层老皮，夏天才会长出新的皮来，周而复始，年复一年。我们清楚地发现：每每能够存活的橡树，一定是躲过了兔子的来访，或者兔子的数量很少的年份。如果有一位植物学家可以画出一张关于橡树生长和兔子繁殖率的对比曲线图，你会发现，每 10 年，橡树成长曲线隆起时，那一年兔子的繁殖率一定是低下的（在自然界中，动物界和植物界就是这样共同发展，也共同制约着成长。）。

照这样推断，我发现的这棵极好的橡树，正是因为 19 世纪 60 年代中叶的兔子繁殖下降才得以画出了每一圈年轮。而我现在所走的路，正是那个时期，大蓬车队进入大西北地区的路线。道路两旁的空旷也许就是那个时期由于移民交通的紧张和破坏所导致的，这却也成全了这棵橡树果实可以在艳阳下的健康成长。在每一千颗果实中，只有一颗可以存活下来并成长到能与兔子抗衡，其他的则早早地就消失在这茫茫大草原中了。

这棵橡树在这个平原上度过了 80 个六月里的艳阳，比起被原野吞没的同伴，它是多么幸运和幸福，真是令人感到欣慰和亲切。而被它吸收的阳光能量现在却被我劈开，通过壁炉释放出来，温暖着我的房间和灵魂。木屋外的袅袅轻烟，在向所有通过的人诉说着阳光从来不会白白地普照。

我家的狗从来不关心温暖到底从哪里来，但是它却如此地渴望，渴望热量迅速地到来。拂晓前冰冷的黑暗并没有阻止我，起了床悄悄跑到壁炉边开始生火，狗可能特别崇拜我拥有能够控制温暖的魔法，就跑到了我和灰堆之间，因为我把点火用的橡木堆在了灰堆上，只好通过它腿中间拿出橡木条点燃扔进壁炉。我认为这可能就是那种令群山也会动容的忠诚吧！

这棵橡树没有像其他的树木一样成为木料的主要原因是由于一个巨大的闪电。就在七月的一个夜晚，我们都被一个雷声吓醒，之后又慢慢地睡去进入梦乡，可是意识里觉得它一定击中了周围的什么东西。其实人类何尝不像雷电一样，总是喜欢用自己的方式检验周围的东西，从而来证明自己的存在。

对于沙丘上的植物，雨后最开心的就应该是雏菊和草原苜蓿了。第二天清晨，我们顺着路散步，看到了昨夜被雷电劈过的橡木。树干上的树皮都掉了下去，只剩下了一根白木，而且上面可以看到一条长长的裂痕、螺旋形、一英尺宽，由于时间短，所以还没有被晒黄。可是，树叶却已经枯了，我们要感谢这个闪电留给我们足足三捆完美的柴火。

我们在为这棵老橡树默哀的同时，却也觉得不必遗憾，因为这片荒野上，很多像它一样高耸入云的同伴都会成为良好的木料。

我们将这棵八十几岁的老树在艳阳下暴晒了一年的时间，变干后，它就会有更大的作用。寒冷的冬天到来了，光亮的锯齿修剪着它，锯条间喷出的木屑散发着光阴的气息，散落在白雪上，在每个伐木者的面前都堆成了小垛。在我看来，这些成垛的木屑似乎拥有比木材更重要的东西：这里承载的是一个世纪的光阴；锯齿的切割的道路正是它成长的道路，好像经历了十年又十年，来到了一个终生年表里，而这个年表就是由一个又一个的同心圆的年轮所书写的。

年轮吐露的历史

大概十几圈之后，锯齿到了与我们有关系的时期，那就是我们拥有这个农场开始，并且用心去热爱和珍惜着这里的一切。紧接着另外一个时代又到来了，就是在我们拥有它之前，这个农场属于一个贩卖私酒的贩子，他憎恨这个农场。他几乎榨干了整个农场，烧掉了农舍，唯一剩下的部分为了抵欠的税金给了县政府，就在那个大萧条的时代，他匿名逃跑了。这片土地的橡树曾经也是报答过他的，成为了良好的木材，锯齿依然切割出粉红色的木屑，好像是细细的沙粒，对于橡树来说，每个人都是平等的。

1936年、1934年、1933年和1930年都是美国的沙暴和干旱年份，正是贩卖私酒的贩子拥有农场的时段，而之后不知道哪年他就离开了。在此期间，橡木燃烧的烟都从蒸馏室的烟囱升上天空，混合了沼泽散发的烟雾，遮云蔽日般笼罩上空。到了新政阶段，很多保护主义者也曾来了这里，但是也没有任何改善。

"还是歇歇吧！"伐木工叫喊着。所以，我们才得以喘口气。

现在，锯齿的脚步把我拉回了20世纪20年代，也就是巴比特年代。十年里，一切事物像泡沫一样，急剧地膨胀。1929年的股票大跌，引起了整个美国市场的动荡，但是橡树却毫不知情，当然知道也不会有任何变化。其中密西西比州议会对于树木保护的几个声明也没有被它们所留意：1927年密西西比州议会颁布《全国森林和森林作物法案》、1924年密西西比河流域的全面保护、1921年《新森林政策》。就在同样的一片土地上，1925年这个州仅有的一只美洲豹死亡了，1923年这里迎来了第一只紫翅琼鸟。当然，这些对于橡树来说根本没有任何意义。

1922年3月，邻近的榆树的树枝被一场暴风雪无情地劈断，可是对于这棵橡树却没有形成任何伤害。对于一棵好的橡树，一吨重的雨雪又算得了什么呢？

"还是歇歇吧！"伐木工叫喊着。所以，我们才得以喘口气。

锯齿继续运动，现在来到的应该是20世纪初，正是排水梦的十年里。在这几年中，为了可以扩大农场，人们想把威斯康星州中部沼泽地里的水都排干了，以开辟大块农田，可他们的运气太差了，沼泽地不仅没有变成农田，反而变成了废墟。我们农场周围的沼泽地总算逃过了这一劫，多亏了1913年至

1916年间的大水，把这块沼泽地淹没了，面对像魔鬼一样的洪水，人们不得不放弃它。

1915年，最高法院宣布取消州有林业，州长菲利普马上出来声明："其实州有林业并不是个容易经营的生意。"（当然也许对这个州长来说，他实在想不出什么更好的形容词来表达他的观点和立场，而且也许他自己也没有弄清楚"好和生意"的定义。当然在法律角度来说，根本找不出一个具体的定义来解释什么是"好"，在这片土地上，火却做出了另外了一个定义。可能，作为州长，他对于这类的事情必须要表现得漠不关心。）

就在这十年中，森林的面积大幅度下降，可是动物保护却得到了重视。1916年，《猎物保护法》在沃克沙县成功地颁布；1913年第一个州立猎场建成营业；1912年，一只母鹿由于《公鹿法》得到保护；1911年动物保护的行动遍布了整个州。"庇护"成为了一个神圣的词语，但是对于橡树来说，毫无意义。

"还是歇歇吧！"伐木工叫喊着。所以，我们才得以喘口气。

现在锯齿来到了1910年。这一年，一个伟大的大学校长出版了一本有关保护环境的书，主要涉及的话题是关于：一种导致大面积落叶松死亡的，传播范围很广的叶蜂流行病；大片松林在大旱中消失；哈瑞肯沼泽消失在一个巨大的挖掘机下。

我们来到1909年。大湖地区第一次迎来了胡瓜鱼的撒种；同时这一年的降雨量较为丰富，所以政府机关降低了森林防火的项目拨款。

我们来到1908年。这是极为干旱的一年，大火无情地吞没了森林，同时美洲狮在这片土地绝迹了。

我们来到1907年。一只充满理想的猞猁在寻求一个乐园的路上走错了方向，在丹尼农场结束了它的生涯。

我们来到1906年。第一名州林业官被任命，而无情的大火烧掉了沙乡1.7

万英亩的森林。现在来到1905年。当地的松鸡被一群来自北方的苍鹰一扫而光（它们一定在这棵橡树上休息过，并且吃了我们农场里的松鸡）。1902年和1903年，最为寒冷的两个冬天；1901年，降雨量只有17英寸的一年，自然成为了历史上最干旱的一年；1900年，开启了充满了希望和祝福的一个世纪年，但是对于橡树，它也只是多了一道普通的年轮。

"还是歇歇吧！"伐木工叫喊着。所以，我们才得以喘口气。

让我们继续锯起来，现在到达了19世纪90年代。这个时代是那些把视野从农村转向城市的人们心里最欢乐的时代。我们来到1899年，在巴布科克最靠北的两个乡村的上空，最后一只旅鸽被一颗子弹射中；那么来到了1898年，拥有干旱的秋天和无雪的冬天，地下7英尺被冻住，所有的苹果树都没能逃过此劫；1897年，仍然是个干旱的年份，另一个林业机构建立了；1896年，2.5万只草原臻鸡被运到了市政府，这只是斯普那一个村庄的上交量；1895年，又是一场大火；1894年，又是个大旱年；1893年，"蓝知更鸟风波"发生的一年，这一年由于一场三月的大雪使得正在迁徙的蓝知更鸟灭绝殆尽。（第一批迁徙的蓝知更鸟一定会在这棵橡树上停留，而后90年代中叶的迁徙鸟一定不会停留，直接飞走。）1892年，又是大火的一年；1891年，松鸡的繁殖率大降；1890年，"巴布科克牛奶试验机"成功的一年，以至于半个世纪后，海尔州长可以自豪地宣称："威斯康星是美国的乳品之乡。"现在值得炫耀的也许是汽车执照，但是那个时候没能预见到，即使是巴布科克教授本人。

就是在1890年，这棵橡树看到了历史上最为壮观的松木群顺着威斯康星河水流而下，正好为草原各个地区的乳牛搭起了红色栏杆帝国。这些极好的松木成功地将母牛和风雪隔开，就好像这棵好橡树为我遮蔽了寒冷的风雪。

"还是歇歇吧！"伐木工叫喊着。所以，我们才得以喘口气。

这个锯齿不停地切割，现在我们来到了19世纪80年代。1889年，干旱的一年，这一年开始有了植树节；1887年，第一批狩猎管理员出现在威斯康星州；进入1886年，农业学院第一次为农民开设了短期课程；1885年，从一个"从没有过的寒冷又漫长"的冬天开始；进入1883年，W.H.亨利院长在报告中称："麦迪逊市当年春天花盛开的时间比平均记录晚了13天"；进入1882年，这一年的冬天下了一场从1881年~1882年的历史上最大的一场雪，慢托达湖比往年晚了一个月解冻。

1881年，在威斯康星举行的农业协会大会上辩论的主题是：你如何看待最近三十年间黑橡树第二次全国大规模地增长问题？我的橡树就应该是其中之一。其中一个观点是这只认为很平常的自然想像，而另外一个观点则认为这是由于南方鸟类迁徙所吐落的大量橡树果实回流所造成的结果。

"还是歇歇吧！"伐木工叫喊着。所以，我们才得以喘口气。

我们锯齿又开始了工作，现在进入了19世纪70年代，这十年欢呼属于威斯康星的麦子。1879年的一个周一的早上，这片遭到过害虫侵袭的，极其疲惫的土壤，终于让威斯康星的农民知道了，如果种植小麦，他们是无法和西部草原的农民竞争的。我推测现在我的这个农场当时应该也会是一个竞赛场地，而且，橡树北边的那片沙丘也曾经过多地种植过小麦作物。

同样是1879年，鲤鱼被第一次引进到了威斯康星州，而这个时候，堰麦草从欧洲偷偷来到了这片土地。同年10月27日，麦迪逊市美意美教堂的屋顶迎来了六位美丽的访客，迁徙的草原臻鸡正在鸟瞰这个城市。而就在11月8日，市场有10美分一只的野鸡出售了。

1878年，有一个猎鹿人来自索克·拉皮兹，他的评论很具有前瞻性："这里的猎人马上就要比鹿还要多了。"

1877年，9月10日，在马克思克出现了一对爱打猎的兄弟，一天之内有210只蓝翅鸭就死在他们的手里。

1876 年成为有记录以来降水量最高的一年，达到了 50 英寸。而也许正是因为雨水多了，草原臻鸡的数量下降了。

1875 年，在我农场东边的一个县，约克草原，153 只草原臻鸡死在四个猎人的枪下；同时，在我农场南边 10 英里的戴维尔湖，美国渔业委员会开始养殖鲑鱼。

1874 年，橡树第一次都被围上了工厂制造的带刺铁丝网圈，我真心地希望我的这棵橡树没有受到过这样的待遇。

1873 年，一家芝加哥公司收购了 25000 只草原臻鸡并且推向了市场，芝加哥以每打 3.25 美元买了 60 万只。

1872 年，最后一只野生威斯康星火鸡被射杀，大概是距离我的农场两个县的地方。

这是个结束了人们由于小麦带来的喜悦，同时也结束了鸽子血给拓荒者带来的欢乐。其实就在距离这棵橡树 50 英里内的三角地带，1871 年的时候，大概有 13600 万只鸽子在 20 英尺高的树上做巢，大概是栖息在这里。当时的俱乐部和盐碱地有很多捕鸽子的人，他们喜欢用网罩和猎枪，而且乐此不疲。一车皮的未来鸽肉馅饼正被送往南方和东方的各大城市。这里曾经是几个州里最后一个鸟类基地，当然也是威斯康星最大的一个。

就在同一年，还有一个证明了我们国家发展的困难：又是一场大火毁灭了佩什地哥两个县的森林和庄稼；据说芝加哥大火的肇事者是一头被惹怒的乳牛。

1870 年，还有一群肇事的家伙就是田鼠，它们几乎吃掉了整个州最新鲜的果实，之后又死去。由于橡树皮对于它们太粗太厚，所以我的橡树得以幸免。同样也是这一年，《猎人》报道了一个以出售猎物为生的捕猎者的话，他非常得意自己在一个季节就在芝加哥附近地区射杀了 6000 只野鸭。

"还是歇歇吧！"伐木工叫喊着。所以，我们才得以喘口气。

接下来锯齿走到了19世纪60年代，成千上万的人的死亡都是要解决一个问题：人类共同体是可以被肢解的吗？他们真的解决了，但是并不能亲眼看到他们努力的结果，同一个问题也发生在人类和土地共同体中，我们同样看不到结果。

这个时代并不是没有探究过重大的问题。1867年，在英克里斯·拉帕姆的倡导下，州园艺协会为牧场提高了奖金。1866年，威斯康星州的最后一只野生驼鹿灭绝，同样也是被猎杀的。现在我们来到了1865年，这一点对于橡树是极为重要的一年。缪尔那年想买下他弟弟的农场，大概距离橡树东边30英里，他只是为了留住那些童年里带给他欢乐的野花。可是他的弟弟还是拒绝了他的购买想法，可是他从没有放弃自己的想法。1865年是威斯康星州历史上开始产生崇尚大自然、野生和自由意识的一年。

锯齿终于把我们带到树木的中心点。它终于带我们返回了历史长河的顺方向；在倒流中的时间太长了，现在可以向树干较远的一边锯过去。最终，这棵大树终于被我们锯得开始颤动，锯缝突然开了，锯子迅速抽出，伐木者也全都向后撤退，然后大家一起大喊："倒啦！"伴随着咔吱的声音，整棵橡树倒了，最后就是轰隆一声栽下去，就这样横在了移民大道上，这条曾经给了它生命的道路。

伐木工具的不同寓意

接下来的工作是制造木材。大锤子一下一下地打在铁楔子上面，树干被锯成一段段地横倒着，它们似乎最后都会是碎片，捆成捆儿放在路边。

下面我们来讲一个关于历史学家区分锯、楔子和斧子的不同用处的寓言。

锯的工作就是按照时间的安排，一年接着一年，反复着同样的工作。锯齿缝中总是留出一些事实的碎屑，积攒在一起，那就是伐木者口中的木屑堆儿，历史学家们就会收集起来，他们可以靠着这些碎屑分析出木材的内部特点。一棵树真正倒下去的一刻，它的横截面完全地展露出来，那便是这棵树一生的观点；当它倒下的那一刻，就是这个短粗整体的成长就被叫做历史。

楔子的工作在一个角度来说，仅仅存在于辐射状的裂纹中；这个裂纹可以在一瞬间展示出多年来的很多景象，但是也许什么都没有，这全都取决于选择裂纹平面的技术控制。（如果不确定，就等到一年后它的裂纹变大后，不要轻易动梳妆的横截面。许多鲁莽地敲打着楔子的人不知道，那也许是早就敲打进了很难劈开的木纹里了。）

斧子的工作原理仅是通过一条斜线进入这条历史长河中，而且最多只能到达最近的几年而已。它胜过锯和楔子的唯一功能，就是可以砍去旁边的多余树枝而已。

这三样工具无论是对于一棵极好的橡树，还是一段历史，都是很重要的。

我在默默思索这一切的时候，水壶的歌唱提醒着我，这棵极好的橡树已经变成了红色的炭块，压着一些白灰。等到春天来了，我会把白灰运到果园里。而它再回到我这里来时也许会是另外一种样子，比如红色的苹果，或者一只10月里肥硕的松鼠内在的一股精神。这只松鼠也许自己并不知道原因，只是聚精会神地努力去种植新橡树的果实。

三月

大雁归家

有人说一只燕子来访也许不是夏天,可是如果你看到一群大雁冲破三月里的长空时,那么春天来了。

有一只主红雀向着暖流开始唱歌,赞美春天,当它发觉自己其实犯了一个错误的时候,及时地纠正了,那就是继续保持寒冬里的沉默。一只想晒晒太阳的花鼠爬出自己的迷宫,可是发现外面的狂风暴雪之后又退了回去。这个时候,一只迁徙的大雁刚刚结束它 200 英里的夜间飞行,每年的此时它都会来到这片湖水,渴望找到一个开融的缝隙,像是和大自然在打赌,如果输了,它要撤退的话,似乎并不像花鼠那样容易。大雁每次的归来,似乎都是对一个先知的坚定信任。

对于那些没有发现的大雁归来的叫声,也从不抬头看天空的人来说,三月里的天空似乎就和大雁一样是灰黄色的。我曾经结识过一位女士，她是很有教养的女性，佩戴着全美大学联合会的标志（类似鸟的环形标志），她说自己从来没有听到过迁徙回归的雁声，也没有见过那一年两度宣告季节更替来临的大雁，飞过她阳光充足的屋顶。我不禁要问，难道教育真正换来的是价值低下的东西，而付出的是珍贵的意识吗？不幸的是，大雁用它的勇敢和意识证明了更有价值的东西，却在某些人意识里马上就变成了一堆羽毛。

  我们农场定期来访的大雁们，似乎了解很多事情，包括这个州的一些法规。鸟群在十一月开始向南迁移，它们飞过我们头顶的天空时总是目中无人，高傲极了，就连它们平日里喜欢的沼泽和沙丘也留不住它们的身影。一般情况下，人们认为乌鸦的飞行是一条直线，而如果和大雁南迁连夜飞 20 英里相比，那也就算是条曲线了，大雁会一直坚持飞到最近的大湖上才休息。白天它们会悠闲地停留在湖面，而晚上就偷偷摸摸去吃玉米。而大雁在十一月会极为警觉，它们知道无论是沼泽还是池塘周围，从清晨到日暮，处处都有可能藏匿着猎枪。

  三月里的大雁的经验不同与十一月。冬日里它们每天都生活在被射杀的恐惧中，翅膀上的羽毛就是它们曾经受到过大号铅弹射杀的证明，可是这丝毫动摇不了它们对春天的期盼，这是个休战的季节。它们会顺着蜿蜒的河流低飞，穿过已经没有猎枪的沼泽和小洲，低空掠过每一片小小沙漠，就好像和老友在私语叙旧。低飞穿行于每个池塘和每片草地，和所有融化后的新生命问着好。在我农场池塘上空侦查般地盘旋几圈之后，它们终于鼓起勇气，展开翅膀，安静地向下滑翔，黑色双翼慢慢扇动，白色尾翼指向远方的高山。翅膀掠过水面，它们便会发出清脆的叫声，溅起无限的水花，就连脆弱的香蒲也抖掉了冬日的气息。雁群又一次安全到家了。

  这一切都逃不过草原麝鼠的眼睛，每到这个时候我就希望自己可以成为麝鼠一员。

这里一旦迎来了第一批客人，就会接连不断地有客人来访。因为第一群大雁会邀请后面每一组迁徙的同伴，用不了多久，整片湖就可以到处看见它们的身影。在农场里，可以依靠两个现象来衡量春天的收获：松树的数量和大雁的定居数量。1946 年 4 月 1 日，我们农场的大雁数量是 642 只。

春雁和秋雁一样喜欢玉米，可是从来不会鬼鬼祟祟去偷吃，而是会一天到晚，成群结队地吵闹着冲进丰收的玉米地。出发之前好像要先进行一番激烈地高谈阔论，而回来之前也有一次更加激烈地争辩。归家的雁群再不会在湖畔上空警觉地盘旋。它们自由地像落叶般下落，左右摇晃，翻滚，还会像欢呼的鸟儿们伸出双脚，伴随着的咕咕声，可能是在互相交流食物的味道。它们现在可以吃到的谷穗要感谢风雪的保护，不然一定会被寒冬找食玉米的乌鸦、棉尾兔、田鼠等先下手为强了。

我发现被大雁选取食物的谷地一个明显特征，那便是曾经一定是一个草原。没人知道究竟为什么大雁偏爱草原玉米。也许是具有不同的营养，再或者就是自从有草原便遗留下来的传统。但是的确让我们看到了一个事实，草原玉米田面积正在扩大，而草原不见了。真是遗憾，我们听不懂它们觅食前后的争辩内容，不然就可以推测其中的端倪了。因此，我觉得应该把这样的事件作为神秘的事件保留下来。

当然若我们理解了所有大雁的事情，那么这个世界也将索然无味。在对春雁集合活动的观察，却让我们总结出了孤雁的共同点：飞行和鸣叫都频繁很多。在人们的耳中，那鸣叫是极度悲伤的，而且，很快地发现了它悲伤的原因，它也许是一只孤独的寡妇，或者是在路上丢失了亲爱的孩子。但是，极富经验的鸟类专家指出，这样的推断鸟类行为是鲁莽而不谨慎的。对于类似的现象，我一直以来都不会只相信一种推论。

对于雁群组成的数量，我和学生们经过了长期的观察研究，六年来，发现一个可以解释孤雁的相对正确理由。只是从组成数字的角度看，六只或者是六的倍数组成一个队伍，要比偶尔单独一只出现的情况更普遍。也就是说，雁群其实是一个家庭，或者一个家庭的组合体，由此可见，之前我们对孤雁产生的感性推断是符合这个情况的。它们一定是逃过了冬季的猎枪，却也失去了最亲的家属，此时还在徒劳地寻找等待。这样我就能确定自己的想法，它们的叫声是心碎的悲鸣。

仅仅是因为一个枯燥的单数就可以激起爱鸟者的怜悯，这样的情况并不多见。

三月夜晚不再寒冷，却很舒适，我们喜欢坐在屋外，听着沼泽池塘边大雁集会的声音。通常都会通过很长时间的寂静，可以听到的似乎只有沙雏鸟拍打翅膀的声响，伴随远远的猫头鹰叫声，偶尔会有咯咯声，那是多情的美洲半蹼鹬用鼻子发出的声响。突然，刺耳的雁叫打破宁静，之后是一阵急促混乱的回声。混乱中可以听到翅膀拍打水面的声音，蹼用力打水滑动的声音，还有一些旁观者纷纷讨论的争吵鸣叫声。这时，一个深沉厚重的声音控制住了局面，在它的演讲后，喧闹的声音慢慢消失，取而代之的似乎是有秩序的小声讨论。大雁如此小声地交谈是很难短时间结束的。这个时候，我又一次希望自己是一只麝鼠。

当大地开满白头翁花的时节，大雁的聚会就慢慢地变少了。五月前，我的沼泽又会回到笼罩在青草潮湿中，只剩下了红翅黑鹂和黑脸田鸡让它有些生气。

1943年的开罗会议，让美国人清楚了，国家之间的联合是历史不能预测的。而这一点，大雁早就知道了而且定在了传统中，每年三月，它们的迁徙就是对这个观点的坚信。

冰原开始统一，三月里暖流的来袭，之后是成队的大雁向北部转移，这次几乎是国际化的逃亡计划。自从新的世纪开始，每年的三月，联合的号角召集起了所有的大雁，从中国海到西伯利亚平原，自幼发拉底河流域到伏尔加河方向，尼罗河到摩尔曼斯克，从林肯郡一直到斯批次贝尔群岛。每年的三月，联合的号角召集起了所有的大雁，从卡瑞托克到拉布拉多，从艾喔瑞岛到巴分岛，霍斯述湖到哈得孙湖地区，还有从曼塔木斯基到昂佳瓦，从萨克拉门托河到育空河，从彭汗德尔到麦肯锡。

就是依靠如此大规模的迁徙活动，伊利诺伊的玉米穗才能不远万里，跨越海峡到达了北极冻土带，就是那里的阳光还有六月多余的阳光，只要是有土地的地方，它们便繁衍生气，生下小雁。每年都会有同样的事情发生，食物换得阳光，冬季的温暖换得夏季的安宁，这个大陆带，都似乎回荡着一首充满野性的诗歌，歌颂这三月里发生的一切，朦胧而充满希望的三月。

四月

春潮涌动

俗话说,大河总是流过大城市。同样的,春天的洪水总是会袭击劣质的农场。我的农场质量就不是很好,所以,在四月中旬,总是会有这样的困扰。

根据经验,可能不是很确定的,但是在某种程度上,人们还是可以根据天气预报推测北方的雪融化的时间,由此估计出洪水可能到来的时间,何时会冲破上游的防护。如果可以,人们一定会在周日傍晚回到城里继续工作,可是在这样的情况下,他们不能。新奇的事情总是在周一的早上发生,持续蔓延的洪水似乎在为苦难的骸骨们唱着悼文。当大雁离开一片片曾经饱食的玉米田时,正是它们又一次变为湖泊的时刻,一夜之间沧海桑田。这个时候听到的大雁鸣叫,都是充满了骄傲!几百码的距离,就会发现有一个新的雁群领导低飞巡视周边的一切,清晨代表它的梯队来迎接新的水的世界。

非常有意思的是，大雁似乎对春潮充满了热情。那些根本不喜欢观察大雁的人，从来没有注意到这一点，而他们可能只能看出鲤鱼对水的热爱吧。鲤鱼的速度相当快，上游洪水还没有打湿草根，它们早已经翻滚着涌进了牧场。它们红色的尾巴和金黄色的腹部，在阳光下非常美丽，穿越车道和牛棚，它们冲击着芦苇和灌木群，似乎早已急不可待去拥抱更大的世界了。

陆生的禽类和哺乳动物，对待大水的态度，与大雁和鲤鱼完全不同，它们更像是哲人般的超脱。一只主教雀站在高高的杨树上高声歌唱，它在宣导着要去认领一片隐形的领土。认真仔细地聆听，洪水蔓延的林间发出了类似鼓声的叫声，那一定是松鸟站在最高的原木顶端发出的信号。这个时候的田鼠似乎要比麝鼠沉着得多，你看它正摇摇晃晃地走在高处。那边突然有一只蹦了出来，它一定是被洪水从森林的床上赶出来的。这里没有诺亚方舟，兔子们心平气和地接受了山丘上的一小块儿地方，当做自己的救命方舟。

春潮给我们的不只是危险的报警，还从上游的农场携带了杂七杂八的漂流物，在这样的情况下应该不算是盗窃了。一块破旧木板冲到我们的草坪上，现在它的价值远远超过了伐木时的一块上好木料。我相信这块旧木板一定拥有自己的历史，平时很少会有人关心，但是从另外的角度我们也不难推测：它的尺寸、用料、钉子、螺丝，还有绘图，是否经过抛光，再或者它的缺失、磨损、被腐蚀部分，即使只依靠它在沙滩上被损坏的伤痕，都会知道，它曾经历了多少次洪水的携带。

我农场的木材堆，来自上游所有的农场，不属于任何一个人的收藏，但是现在它们属于我，它们展现的是上游的农场和农民的奋斗历史。每块木板都有一本自己的传记，是你还没有学过的那本文献，这里却充满了锯和斧子，方便阅读每一本的历史。每次春潮来临，就会有新的书被收集来。

你在很多地方可以找到不同程度和类型的寂静。湖里有一个小岛，它是僻静之地，但是湖中一旦有船，就可能是要去访问它的客人。而那高耸入云的山峰也拥有它的静默，就在上山的条条小路上，同样充满要去探寻它的人们。我很清楚，没有一个地方会像春潮带我们去的那个安全的地方。比起我们，大雁去过的地方更多，但是它依然相信春潮的指引。

现在的我们坐在山丘上，周围都是已经开放的白头翁花，头顶的天空，成群的大雁飞过。我一直望着它们，直到它们消失在了远方的海平面上。所以我要说，无论是国内还是国际上的交通问题，在这个时候，似乎只有鲤鱼们想去争论。我的观点出于内心的狂喜，不是表面上的不偏不倚。

葶苈

总是在这个季节，只需要几个星期，葶苈就会把它那种小小的花朵，洒满整个沙土地，展现它们那怒放的生命。

那些渴望着春天，却从来不低头去观察脚下的人，永远都不会注意到葶苈这种小花的绽放，但是他们无情地踩踏这小小的生命。春天也会对这些眼睛只看天的人，感到沮丧与不悦。而那些真正会屈膝趴在地上寻找真正春天的人，一定会发现这种小花，它们真的是太多了。

葶苈的要求并不高，相应地它得到的也不多。只是些许的温暖和舒适，其实也就是一点点时间和空间的剩余残渣，就可以满足它的生存需要。一本植物学的书只会为它留出两三行的位置，从来都没有给它留下一幅图画或者照片。而对于较大和名贵的花朵，它们所掀起的那片贫瘠的沙丘，和微不足道的光照，对于葶苈已经是一种享受。在真正的意义上，它的确不属于春天的花朵，但是也是一种希望的遗留。

葶苈从来不能拨动人类的心弦，即使它拥有芳香，估计早就消散在风中。

它带有小小绒毛的叶子，托起小小的白花，小到连动物都不会吃掉它。从来没有一位诗人为它写过赞美的诗。曾经有位植物学家为它起了一个拉丁文的名字，但是依然忘记了它。总的来说，它根本不重要，作为一个小小的生命，完成这小小的任务，简单快捷。

大果橡树

每次学校要孩子们在众多的品种里面选出一种州鸟、一种州花和一种州树的时候，他们并不是在做决定，而仅仅属于对历史的一种认可。所以，当禾草占有了这片大草原的时候，历史令大果橡树在南威斯康星州成为了最有特点的树木。因为只有它在草原的大火中存活了下来。

如果你见过它，一定会有一个疑问。为何整棵树都被一层软木皮包裹着，就连刚刚长出的最细小的嫩枝上面也会有一层，毫无例外？这层其实就是它的盔甲。大果橡树就像是森林中最具侵略性的突击队，想要去征服草原，而大火是它必需要战胜的敌人。每年的四月，当草原还没有穿上由新草做好的防护服时，大火已经肆无忌惮地访问了整片土地，只有大果橡树凭借着它的盔甲得以幸存。这层软木皮很厚，很难烧焦。周边各地分散着老树的小树林里，大部分的树都是大果橡树，被那些拓荒者叫做"橡树空地"。

经过研究，工程师们并没有发现绝缘体，但是他们还是成功地仿制了这个老战士的盔甲。植物学家可以给我们讲述它所经历的几乎两万年的战争史，其中包括了泥炭中压杂的些许的花粉颗粒，还有一些被落在后面同时还有被遗忘的植物。这些记载说明了曾经森林的前面应该属于苏必利尔湖，后来也曾推进到南部。在一段时间内，这里应该算是南部，所以威斯康星南部也曾经生长过云杉和更加靠南部才有的植被品种。现在这片沼泽的底层，经常可以找到云杉的花粉残留在泥炭中。不过，无论怎么样，草原和森林之间的战线已经划定在固定的位置，这场战争的结果几乎可以说是平局。

这样的战局结果主要是取决于一些盟友，它们偶尔支持这边，后又投靠另外一方。所以，兔子和老鼠在夏季到来的时候会扫荡草原的草本植物，而冬季来临时又会偏爱那些森林里幸免于大火的橡树皮。松鼠则是要依靠秋天储存的橡树果实，才能挨过其后的日子。六月里的幼年甲虫，会破坏大片草皮，但是一旦成年，则会破坏橡树的叶子。就是类似于这样的盟友们，总是在不同时期由于不同的原因支持不同的一方，立场从不坚定，才导致没有一方可以取得绝对的胜利。这样才形成了现在地图上划分明确的两个阵地，美丽广阔的草原和茂盛神秘的森林。

美国旅行者乔纳森·卡佛曾为我们描述过在没有人居住时期的草原边界的美丽画卷。他曾经在1763年10月10日到过卢布·芒德斯，现在被森林所覆盖，可是当时却是一群高山。就在那次他说："登上了这个地区最高的山峰，终于可以把这片地区景色尽收眼底。几英里内只有山，没有其他。远远地看这些山，就像是草垛，没有任何植被覆盖。只有几个山丘上可以看到寥寥无几的小山核桃树和矮小的橡树。"

就在19世纪40年代，人类作为一个新的力量，介入这场平原战场。起初人们没有打算介入这场战斗，只是希望耕耘些农田，但是这个动作使草原失去了自古以来一直的盟友——大火。对于橡树，草原并不难越过，曾经的平原种满了树木成为了农场。如果你并不是特别相信这个故事，那么可以随便找到一个威斯康星西南部的小山丘，任意挑一棵上面的树，研究一下它的年轮。除了一些特别老的树，其他的树几乎都是种于19世纪50年代或者60年代的，而那段时间正是熄灭平原大火的时候。

约翰·缪尔就是在那个时期的马凯特县成长，那是个新生命在老草原分离

成长的时期,也真是那一片片的小树装饰"橡树空地"的时代。他著有《童年和青年》一书,书中写道:

"伊利诺伊和威斯康星平原上的土都是一样的,曾经长满了稠密高高的杂草,大火燎原,导致树木不能在此成长。如果没有大火的侵袭,这片标志性的美丽草原,早应该就被茂密的森林所覆盖了。农民迅速地开始防火,就好像'橡树空地'那样迅速蔓延开来,小树稳稳地扎下根基,接着成长成一片片浓密的小树林,行人若想通过都不是件容易的事情,几乎连阳光透过的空地都消失了。"

其实可以这样说,当你拥有一棵大果橡树时,其实拥有的要远远超过树的本身。那就好像你拥有了一个历史博物馆,而且你在特定时期的剧场里都会有一席之地。对于附有洞察力的农场主来说,这个农场印有草原战争的徽章和里程碑。

空中飞舞

我拥有这个农场已经两年了,每年四月和五月的夜晚,在我森林的上空总会有盛大的"舞会",自从我们发现后,几乎每次的演出都没有错过。第一场表演会在四月最暖和的夜晚,六点五十分准时开始。之后每天都会比前一天晚一分钟拉开帷幕,这种情况会一直持续到六月份,最后开场时间就会推迟到七点五十分了。而这一切都是由于虚荣心使然,因为这舞蹈者偏爱那束光亮,近似于零点零五英尺的蜡烛光,这是相当浪漫的场景。所以不要迟到,也必须保持安静,以免惹怒了它们飞去别处。除了开场时间的要求以外,舞台的布景和道具也是这样,舞蹈者希望一切都可以配合自己的气质。在露天森林或者灌木丛中,舞台必须是圆形凹地的中央苔藓,或者有一块没有植被的沙地,再或者是光滑岩石的表面,抑或一小段光秃的小径。这个演员就是雄丘鹬,可是为什么它们对场地如此苛刻呢?起初我不清楚,慢慢地我似乎明白了原因在于它的腿。丘鹬的腿很短，所以在求偶时不会被重视，然而在草丛中无论它们是多么的神气活现，却丝毫不会显露任何优势。由于我的农庄有较多的苔藓沙地，几乎杂草都不生长，所以来我这里的丘鹬比其他地方多一些。你若想看到这样的舞蹈表演，就可以按照时间地点，早早到舞台东边的灌木里等候，你会看到丘鹬伴着夕阳的霞光来到。邻近的树丛似乎有了动静，它慢慢地低飞到一片光秃的苔藓上方落下，序幕就这样被拉开了：开场时一段奇怪而沙哑地"咕咂"声，中间会休息两秒钟，也许你会觉得像是夏天夜莺的叫声。

"咕咂"突然停止了，这个舞者开始拍打翅膀，盘旋着，一圈一圈地向天空飞去，并且伴随着自己如同音乐般的鸣叫。它飞得越来越高，圈子越来越小，盘旋的幅度变小，但是叫声却越来越高，一直到它成为一个小斑点消失在空中不见。突然，并没有任何的预警地，好像一架失去控制的飞机翻转下来，这个时候能听到的清脆婉转的鸣叫，声音连三月的东兰鹨都要羡慕。大概距离地面几英尺的地方，它迅速停住，然后平飞，继续发出"咕咂"的声音，直到它当初上升的地方，恢复到它开始演出的地方，"咕咂"的声音一直没有停下来。

暮色开始变暗，很快就变黑了，地面上的鸟已经都看不到了，可是你可以看到它在空中一个小时左右的飞舞，这几乎就是它所有的表演时间了。但是，有时候，在月光的照耀下，它依然会翩翩起舞，直到月色也变得暗淡不见。

接近破晓时分，音乐会再次响起，演出再次上演。四月的开始，幕布放下的时候大概要清晨的五点十五分；而闭幕时间会每天提前四分钟，直到六月，本年度的最后一次演出大概是在三点十五分落下帷幕。而这个变化是如何产生的呢？我觉得，也许是因为黄昏时刻的表演耗费了太多的精力，风流总是需要付出代价的，因为它在清晨的表演只是暮色下舞蹈的五分之一时间。

即使人们研究过成千上万的树木和花草，但是依然都不能完全地掌握自然界的任何一种明显的小行为。关于那个空中的舞蹈家，我还是有不解的地方：

那位女士究竟在何处？我明明常常看到的是两只丘鹬在同一个舞台，偶尔会一同飞翔，可是从来不会一同发出"咕咄"的鸣叫。那么这第二只是它的爱人，还是敌人呢？

还有一点我也存有疑问：那悦耳的声音难道是它的机械功能？而不是鸣叫。我的朋友波尔·菲尼，曾经用网子捉到了一直正在舞蹈的鸟，而且还去除了翅膀的羽毛，但是，它依然可以发出"咕咄"的声音，但是在那之后就听不到慌乱的颤动的声音。但是这只是一个实验，不是结论。

同样还存在一个没有答案的问题：雄鸟的空中飞舞会持续到求偶的哪个步骤？曾有一次，我的女儿看到距离孵化后的蛋壳的鸟窝二十码远的地方，一只丘鹬还在发出"咕咄"的声音。难道这就是它情人的家？那么这个神秘的家伙在我们还没有注意的时候，已经犯了重婚罪？这些问题，似乎只有留给那个暮色将近的黄昏。

其实所有的农场的黄昏都会上演这样的空中舞蹈表演，而成千上万的农场主依然在抱怨没有娱乐活动，因为他们的心中，只有剧院里的歌舞才是真正的娱乐项目。他们在依靠这片土地活着，却不是为了土地活着。

猎鸟只是用来做靶子，或者只是面包片上东西，对于这个说法，丘鹬就是一个非常有利的驳论证据。似乎只有我会在十月去猎捕丘鹬，但是自从我观看过空中飞舞后，也不是很喜欢猎捕它们了，一两只已经足够了。我敢肯定的是，四月黄昏的舞者是再安全不过的了。

五月

阿根廷归家

五月里，蒲公英为威斯康星的农场盖上了春天的最后印记，我们迎来了听取春天最后的证词。我们坐在草丛上，静静地聆听周围的声音，草地鹨和红翅黑鹂喧闹着，很快就可以听到另外一个声音：高原鹬从阿根廷归来了，它们在唱着飞行之歌。

眼神好的人，可以看到它在空中飞行，抖动着展开的翅膀，穿梭在厚厚的云层中。如果你的耳朵不好，也不需要仔细去听，只要盯住栅栏的柱子，马上一道银色的闪光，高原鹬落在了柱子上，并且收起了翅膀。似乎"文雅"这个词是专门为了高原鹬的这个动作发明的，当然不管是谁发明的。

它就那样地停在那里，似乎在对我们说，我们必须马上离开它的领地。当然在法律上，我拥有整个农场，包括现在的这块地方，但是高原鹬却很轻快地宣布它根本不认可这种合法性。它经过四千英里的远途飞行，就是为了来再次宣告，这里早就是它们的地盘了，是印第安赋予它们的权利，从它们出生，这里就是它们的家园，不允许他人的无理入侵。

就在附近的某个地方，高原鹬正在孵化着个头儿很大的蛋，用不了太久，它们就会被孵出来，会是四只早产的小鸟。从羽毛不在潮湿的那一刻开始，它们就可以在草坪上蹦蹦嗒嗒地跳着了，而且能轻而易举地过来笨拙地觅食。高原鹬的成长速度比其他的鸟类都要快，大概三十天之后，它们已经成年了。大概到八月中旬，它们就可以成功地飞行了。也就是同月的某个夜晚，它们就会飞在空中并且发出信号，告诉我们它们要向南美草原进军了，似乎再度证明两个美洲的整体性。半球上的和平共处，在政治上根本是不可能发生的，但是这些拥有羽毛的舰队却成功地实现了。

高原鹬似乎真的是属于村庄的。草原上再没有棕色的野牛，它们就尾随着黑色和白色的牛群，这些其实是农民放养在草原的。它们就和在牧场里的野鸡一样，在杂草里做窝，但是不会像野鸡一样笨拙地会陷入割草机。因为在收割之前，那些幼鸟早就羽翼丰满地在空中飞翔了。这农村里，它们只有两个敌人：集水渠和排水渠。也许在某天，我们也会注意到这些敌人。

在20世纪初的一段时间，威斯康星的农场好像没有了时间的概念：牧场会在五月里悄悄地变绿，八月黑夜里的啼叫也丝毫没有秋天来到的预告。维多利亚时代宴席中流行吐司加烤鹬肉，为这片农场造成了极大的损失。迟来的联邦候鸟法案的颁布与实施后，才对它们起到了恰到好处的保护。

六月

桤树岔
——钓鱼的故事

我们发现了一条干流,但是水位很低,因为那摇摇摆摆的高原鹬可以在鳟鱼戏水的地方呱呱鸣叫;暖暖的河水,我们很自然地便可以潜到水位最深的地方。不管水里面是多少凉爽,游泳的人一旦从水中起来,阳光对于他们来说就像是刚刚烧好的沥青一样滚烫。

晚些时候我们到河里钓鱼,而事实给我们的先兆却让人很失望。我本来很想要鳟鱼,可是得到的却是察布鱼。之后,我们围坐在篝火旁,商量着明天的计划。为了再次感受一条河鳟或虹鳟猛拉钓丝,我们在炎热、沙尘四起的道路上走了200英里,然而,溪里没有鳟鱼。

我的记忆中,这条河应该有很多条支流。我曾到过它的源头,附近应该是有一个岔道的，狭窄深邃，旁边桤树丛里流出的冰冷的泉水也会汇入其中。这样的天气，作为一个热爱鳟鱼的人，我们下一步会是什么呢？当机立断，我们到上游去。

　　清晨的空气总是清新的，而就连一只白喉带鹀都知道，除了清爽和惬意之外，这天气可能会出现任何一种情况。顺着旁边的植物，我下到了布满露水的河岸，走进了桤树岔。这时候，一条鳟鱼正跳跃地出现在我面前。按照之前两次我抛出钓线的距离比例，我把钓线放得远了一点，如果它总是可以保持这样的柔软和干燥的状态就太好了。我把一个几乎不能用的鱼饵投到了那条鳟鱼的后方一点。我似乎感觉不到炎热、蚊子和路途的辛苦，还有那条不大喜欢的察布鱼。这时，那条鳟鱼一口咬住了我投的鱼饵，没用多会儿，它已经只能躺在我的鱼篮里拍打着底部的桤树叶子。

　　鱼几乎是出现在同一个地方，而且更大一些，这个水面似乎成为了它们"航行的尽头"，上端就是茂密的桤树丛了。水流冲刷着灌木丛棕色的茎，那就像是一个永远都在嘲笑着，默默看着的人，嘲笑着离它叶子一英寸的地方，总是会投下鱼饵，无论是人类还是上帝的杰作。

　　阳光洒满了河岸边的桤树丛，我准备休息一会儿抽根烟，把鱼竿和鱼线挂在桤树上晒干。之后找了块河水中间的岩石坐了下来，发现鳟鱼一条条地从灌木丛下面钻出来。为了安全起见，我决定再等一会儿。再往上游走的河面变得更加宁静。微风会偶尔让水面泛起涟漪，有时会激起浪花，而我已经意识到了，本打算再次把鱼钩抛向水中央的想法成为了泡影。

　　这种情况是常见的，并不奇怪，一阵风偶尔会将桤树上的一只棕色粉蛾吹下来，落入河水中。

　　一切准备就绪，绕好鱼线，鱼饵准备就绪，站在河水中间。山丘上的白杨颤抖地发出了信号，风马上就要来了，于是我马上抛出去一大半的鱼线，慢慢地拽了回来，再放出去，在强风来之前抓住所有的时间。太阳已经升到了高空，而需要注意的是，鱼线只还有不到一半了。所以，每一个在上空摇摆不清的倒影似乎都可以提早向肥大的鳟鱼报告未知的命运。我扔出了最后的三码鱼线，鱼饵依然落在桤树丛脚下，终于它上钩了！我费尽力气将它从树丛中拽出，它奋力向下游奔去。但是几分钟后，它还是躺在了我的鱼篮里，拍打着桤树叶子。

我心满意足地把鱼竿挂在桤树上晒着，之后坐在岩石上，开始思考着人类和鳟鱼的生活方式。其实人类和鱼是非常相似的：时刻准备着和非常渴望抓住一切，无论是什么带给历史长河中的新鲜事物！而每每当我们发现看似美丽的外表下隐藏的杀机和陷阱时，又会十分懊恼自己的鲁莽大意！即使这样，在我看来急迫的程度具有很大的差别，无论事实的真与假。一个绝对机警的人，或者谨慎的鳟鱼，或者世界，都是愚蠢至极了！起初我不是就提出了"为了安全起见"，要稍等一下吗？那绝对不是愚笨。对于一个钓鱼的人，唯一的谨慎，就是为了抓住即将来到的机会，而布置一个绝对成功的场面。

时间差不多了，它们很快就会不再上浮。为了可以知道桤树丛里的情况，我涉过几乎齐腰的深深河水，一直向上游走，达到"航线的尽头"。我很鲁莽和强硬地把头探进桤树中，突然感到巨大的迷茫！抬头望就是漆黑的一片，四周被绿色包围得严密极了，而湍急的河水疾驰而过，摇动一片叶子都很难，可想而知要抛出鱼竿几乎是不可能的。就在这个时候，一条极肥的鳟鱼几乎是贴着黑暗中的河岸擦身而过，同时又吃掉了一只路过的虫子，之后慵懒地滚了过去。

没有办法再去追踪它了，时间不够了，何况我不可以有大的动静。然而就在这个时候，我又找到了另外一个通道，就在离我二十码的地方，是阳光给了我提示。我要怎么办呢？顺流投出干鱼饵，我并不想这样做，但似乎必须这样干了。我缩回头，爬上岸，想办法绕道穿过桤树丛，旁边的水凤仙和荨麻几乎都有齐腰的高度，终于我到达了上方的空地。我蹑手蹑脚地像一只准备偷腥的猫，唯恐打扰了鳟鱼的沐浴，为了等待周围的一切都安稳下来，几乎五分钟的时间，我只是站在那里，下半身一动不动。与此同时，我已经为鱼竿擦好了油，晾干，并且已经把三十码鱼线绕在了左手上。现在我就站在那个令我迷茫的地方的正上方的位置。

机会真的来了，不可以放过！我再三吹着鱼饵，希望它可以蓬松些，投到我脚下的溪水里，然后迅速地放出手中的鱼线，一圈圈地放手。这时，鱼饵被吸进了那个迷茫的地方，鱼线突然被拉直，我顺势向下游走，看着那个黑洞，找寻我的鱼饵。偶尔可以通过阳光照射的阴影，看到它一闪而过模模糊糊的影子，但是它一直是在顺势漂流着，顺流转了弯。它的速度很快，在我的脚步还没有暴露前，它已经漂到了黑洞。突然我听到了一阵声响，是那条肥硕的大鱼上钩了，根本不需要看，我需要做的就是用力往回拽鱼线，奋力争斗着。

只有像我这样鲁莽的人才会这样跋山涉水，穿过茂密危险的桤树丛，用价值一美元的鱼饵和鱼线，拖着大鳟鱼往上游走。但是，我曾经也说过，没有一个谨慎小心的人成会为一个钓鱼爱好者。这条大鳟鱼没有放弃自由，一次又一次地想挣脱，而我最终还是越过了重重包围，把它拖回平静的水面，放入我的鱼篮。

其实，我根本没有打算要砍掉这三条鳟鱼的头，或者把它们砍成两段，再把它们扔进盘子里。其实对于我来说，重要的并不是这三条鱼，而是机会。它们装满的不是鱼篮，而是记忆。就如同一只白喉带鹀，只能记得那河岔的清晨，除此之外，我不会记得任何可能再次发生的事件。

七月

广阔领地

我的农场大概拥有一百二十英亩的土地,这是县里的管理员给出的数据。但是,这名管理员是个很爱睡觉的人,每天早上九时前,他一定没有开始工作,根本不会查看记录本。而在朝阳来临时,这个本子里会记录下什么而又证实什么,还真的是个需要讨论的事件。

无论记录本是不是记录在册,当拂晓来临后,我和我的狗都很清楚,在破晓时分,我是所有我能走过的那些上地的唯一拥有者。这不但是指界限的不存在,还包括思想将不被束缚。黎明熟悉每一次毫无察觉的扩张,包括在我们国家已经消失的僻静,在这里扩散到了每一个角落,只要露水可以洒落的地方。

其实我和其他更加富有的土地拥有者一样,都只是租用的人。租金是多少根本不重要,而真的需要重视的是它们的使用权。自四月开始,到七月的每天清晨，它们的确都在明确自己的界限，而且我推测是在向我们表示感谢，因为我们赋予它们的领地。

也许你根本想象不到，每天早上的仪式都是很隆重的。当然到底是谁策划了这样的典礼，我是不知道的。每天凌晨三点三十分，我就会起床走出我的房子，手中的咖啡壶和笔记本似乎成为我统治阶级的标志，这个时候的使命就是唤起一个新的七月的清晨。我坐在自己的木凳上，看着夜空里远方启明星的白色尾巴。希望没有人注意过我携带杯子的方式，它在我西服前面的口袋里，我拿出杯子，用手边的咖啡壶为自己倒上一杯咖啡，再取出那块老怀表，笔记本就放在我的膝盖上。这预示着一切要开始了。

原野雀鹀最为清脆的男高音打破了沉寂，这时候是三点三十五分，它在宣告自己的领地：北起河岸，南至老马车道的短叶松树林。所有的原野雀鹀都在这个范围内一只接着一只鸣叫着，各自宣告着领地。我丝毫没有听到任何的争论，这一刻我需要做的就是聆听，而且在心中祈祷，其中的雌性能够理解如此这般的快乐，甚至是胜过先前的和谐。

在原野雀鹀此起彼伏的叫声还没有结束的时候，那棵大榆树上的旅鸫已经按捺不住地高声唱起歌，宣称那个已经被冰雹砸掉了一根树枝后的树杈是它的领地，其中也包括其他的附属物（对于它来说，就是那棵树下一小块草坪里的蚯蚓）。

旅鸫的歌声似乎吵醒了一只黄鹂。它要做的一件事情就是对着自己同类声明，老榆树下垂的树枝，还有周围那杂乱的马力筋的茎，以及散落在花园里的纤维，统统都是它的财产，当然还有另外一个特权：它可以瞬间掠过它的财富，从一边到另一边。

看一下表，现在是三点五十分了。在1936年的干旱里幸存下来的老榆树杈和周围的所有虫子和灌木丛的权利，早就属于了山丘上的那只靛蓝彩鹀，虽然它没有公告出来，但是已经成为了事实。它同样具有使东兰鹩和黎明下蓝色的紫鸭跖草黯然无色的权利。

接下来是一只在我木屋屋檐发现了小孔的莺鹪鹩，它开始唱起来了。之后有六只莺鹪鹩跟着一起附和起来，所以这个舞台变成了乱叫。最后我还发现了玫胸白翅斑雀、黄鹂、东兰鹩、黄色林莺、绿鹃都加入其中，这就是它们纷纷加入合唱的顺序，慢慢地开始有了停顿、节奏之后停止。最后我的耳朵几乎已经分辨清楚了它们的声音和次序。并且，我已经喝光了咖啡，太阳马上要爬出来了，我也必须在这些子民分散前视察自己的领地。

就这样，我带着我的狗，四处随意地走走。我的狗并不会欣赏它们的歌声，甚至不会尊重，因为对于它来说，那只是需要追逐的猎物。此时，只有它可以翻译出那些不知道什么生物留下的嗅觉诗歌。我希望可以发现每首诗歌结束后究竟是谁签上了名字。我们丝毫没有预料到最后的发现：突然一只兔子在那儿打着哈欠，一只丘鹬正在为自己失去的权利着急，而一只雄雉却在生气自己在草地上弄湿了羽毛。

有的时候，我们发现的是刚刚夜袭结束的浣熊和水貂。我也会在不经意间打扰正在猎食的白鹭，或者惊吓到正在为了寻找雨久花草荫，逆流而上的母林鸳鸯，而它旁边是一个小鸭护航队。偶尔，一只刚刚饱食了紫苜蓿花、婆婆纳和野莴苣的小鹿，在悠闲地返回森林时与我们偶遇。而更多时候，我们看到的只是综合交错的动物足迹，可以看出它们的慵懒和自在。

鸟儿停止了歌唱，太阳升上来了，我可以感到明显的光线了。远处传来了铃铛声，我确定一群牲畜正慢慢地走向牧场。对于那一连串的拖拉机声，我猜想那一定来自我的邻居。世界又恢复到了县管理员可以看到的那个范围了，我也准备返回家中吃早饭。

草原的诞辰和哀泣

四月到九月可以说是花季,因为每周都会平均有十种以上的野花第一次绽放。六月里,每天都会出现十几种花争奇斗艳开放花蕾。没有人能够注意到每一朵花开时刻,但是也绝不会忽略不计。五月里,你可能没有注意到蒲公英而把它踩在脚下,而到了八月,你也许会因为豚花的花粉而烦恼。四月,你开车经过也许不会注意到榆树那烟雾般的红,而六月里却会在梓树的落英上打滑。因此,我可以根据人们注意的植物的生日,来推测有关于这个人的事情,比如他的假期,他的喜好,他是否患有花粉热病,还有他对生态学的了解程度。

每年的七月,我必定去一个乡间的墓地,它也是我往返农场的必经之地。大草原的生日到了,而在这墓地的一个角落里,住着一个曾经是重要事件的幸存的歌颂者。

墓地再普通不过了,旁边也是普通的云杉,里面的墓碑也是最普通的粉色和白色的大理石建成的,而每到星期六都会有一扎扎的红色天竺葵摆在墓碑前,有的是粉红色的花朵。而它的确有不同的地方,其中有一块用栅栏围起来的三角地带,特别小的一块地方,那是19世纪40年代建立时候留下来的草原遗迹。这之前从来没有一把镰刀或者割草机碰到过它。每年七月,就只这一码大的草原遗迹上都会生长出一人高的指南花,碟子般大小、向日葵般黄色花。整条路上只有这块草地还有这种美丽的花朵遗留下来,也许整个美国西半部也只留下这么一小块草原。很难想象它们曾经会开满原野,摩擦着野牛的肚皮,那成千上万亩的黄色花朵会是怎样的情景?这个问题永远都找不到答案了,也许根本也不会有人提起。

今年,我还是来到这里等候,发现开花时间是7月24日,比从前晚了大概一周。这六年以来它初次开花的时间大概都是在 7 月 15 日左右。

而当我 8 月 3 日路过这里的时候却发现，栅栏不见了，被一些修路的人拆毁了，而且指南花也不见了。现在我很容易就会想到：以后的日子里，指南花一定会想尽办法在割草机上生长，最后一定会灭迹。当然同时安葬的将是整个草原时代。

公路局统计，大概有十万辆车会在夏季的三个月里来往于这条马路上，而这三个月也是属于指南花的。这些在车里的人应该至少有十万人上过历史课，而也有两万五千人学过所谓的植物学。但是令我难过的是，也许没有一个人曾经看见过这些指南花，而没有十个人会注意到它们的死亡。我也许可以找到旁边教堂的神父，告诉他那些修公路的人在除去草坪的时候，其实是在焚化一本历史书，他一定也是很诧异地看着我，并且好奇：只不过是一种杂草，怎么会是历史书？

这个也许只是当地植物区系葬礼的一个小小投影，但是更可能是整个世界植物区系的葬礼缩影。人们似乎被机械化了，根本不再关注植物区系，并且还因为自己毁灭了必须要生活在上面的这片土地的生物而沾沾自喜，不管是否出于本意。也许比较聪明的方法就是马上停止，再开设历史课或者植物学课，因为那样未来一定会有人，对为了他的美好生活要建立毁灭植物区系为代价的事情感到懊悔。

所以，如果相对植物区系的毁灭程度，农业的情况还是乐观的。我的农场质量并不很好，而且道路不是很便利，而我邻近的一些农场可能早就被进步之水的回流所淹没。我农场里的路就是曾经拓荒者走过的马车道，没有斜坡和砾石，没有大的拖耙和推土机。我的邻居跑到管理局感叹一番：他们的篱笆都已经修了很多年了，他们的水塘从来没有挖过沟渠，也没有排水，若可以选择，他们会去钓鱼，也不会去机场。所以，休息时间，我都会到边缘的地区；而工作的时候，我会很大程度上依赖大学的农场、校园里和近郊的一些植物区系。十年里，作为兴趣爱好，我记录了两个完全不同的区域，野生植物初次开花的情况：

首次开花时间	郊区和校园	农场
4月	14	26
5月	29	59
6月	43	70
7月	25	56
8月	9	14
9月	0	1
总可见数	120	226

由此可见，在同一个时期内，这里的农民们可以欣赏的美景，是大学生和企业家所能看到的两倍。但是，直到现在，没有一个农民发现和珍惜了他们的植物区系。所以我们现在依然有两个选择：第一，一直让人们处于这种盲目性里，长期地麻木下去。第二，认真地检查一下，而问题在于我们是否可以同时占有两个事物：进步和植物。

什么导致了植物区系的减少？清除农田中的杂草，在林地放牧，公路的建设都起到了决定性的作用。而如果想要完成其中一个任务，没有必要完全清除农场或者镇上的所有植物，这并不是必要之举。所有的农场里都有一块闲置的地区，而每一段公路旁边有相同长短的一块狭长的地区。假设这些闲置的地区没有放牧、开垦或者挖掘，那些曾经的植物，和那些偷偷来此植根的几十种品种，将成为我们环境的一部分用来欣赏。

令人哭笑不得的是，那些所谓的草原植被的捍卫者，他们根本没有意识到一个轻率的举动会导致现在的结果，如铁路在其沿线建立防护栏的权利。在草原开垦前就有很多铁路沿线的围栏修建了起来，在各种煤渣、黑烟和定期的野火威胁的情况下，草原植物依然很坚毅，按照不同的绽放日期妆点着这些保留区；五月里的北美仙客是这样，七月的蓝紫苑依然如此。我一直希望有机会可以面见那个铁石心肠的铁路局长，让他看看他所谓的"好心肠"的结果。我从来没有遇到过任何一位局长，所以这样的事情从没发生过。

铁路沿线的杂草清除方法是使用喷火器和化学喷洒剂，而这种清除剂的价格偏高，铁路不会满足于此，在不久的将来情况肯定会改变。

对于一种我们不够了解的植物，它的消失，很大程度上根本不会引起我们的注意。人类似乎只会对他们所认识的东西而悲伤。指南花对于西部带恩县的人们来说只是一个植物名称，所以它的彻底消失根本没有人感觉到悲伤和注意。

起初我注意到指南花，希望把它挖出来之后移植到我的农场里，就像对待一棵小树苗那样。而在我非常努力地挖了半小时后，它的根依然深深地扎在泥土中，很像一棵纵向生长的红薯。经过证实，那棵指南花的根一直到达了基岩那边。虽然我没能挖出这棵指南花，但是我已经知道了它是如何经受了草原干旱的气候考验，依然可以灿烂地绽放。

我找来了指南花的种子，似乎和向日葵种子一样，都是那种很大的肉质状态。之后我种下它的种子，成长的速度并不迅速。我经过五年的等待，秧苗似乎还是不够成熟，没有长出一根花茎。一般情况下，这种花有十年左右的时间，才能成熟到开花的状态。那么，那个墓地一角的如此珍贵的指南花要多大年纪了呢？估计要超过了那里存在最久的一块墓碑了。那块墓碑的日期是1850年，它几乎可以见证从麦迪逊湖一路逃亡到威斯康星河的黑鹰的迁徙，因为它就站在这条著名的路上。当然，它一定见证过很多场在它生长的土地上进行的葬礼，当地的拓荒者们应该最终都会来到这里。

曾经一个电铲在挖掘路边水沟的时候，不经意间铲起了一棵指南花的根，之后它很快长出新芽，而且还开了花。这是我亲眼所见。这就证明了，这种植物从来不喜欢进入新土地的原因。可是偶尔可以在附近公路的斜坡上发现它们的踪迹。只要它们扎根下来，无论怎样的恶劣气候都不能改变它们，除了不停的放牧和开垦。

导致指南花牧区消失的主要原因是什么？曾经某个时候，我见过农民会让他的母牛到没有开垦的草原上进食。在那之前，这片草原只是有时候会用来割草。这些母牛在吃掉这草原上所有的植物前，已经把指南花吃得精光了。我们想象得出，美洲野牛曾经一定也非常热爱啃噬指南花，但是它们不会被围栏限制在一块土地上，并且把植物啃噬干净。也就说，野牛的牧场只是暂时的，所以指南花可以经得起它们的食量。

这也许是自然的意志使然，今日世界上依靠彼此灭绝建立起来的数以万计的植物和动物，并不只代表一种历史意识。而对于人类也是如此。当威斯康星失去了最后一只美洲野牛时，并没有人感到悲伤，同样，最后一棵指南花和曾经生长的那片草原的最后遗迹一同消失的时候，也没有人会伤心落泪。

八月

绿色牧场

很多著名的画作可以流传下来,并且久负盛名,主要是它可以在历史的长河中被很多代人观赏,而且每个阶段都会出现富有鉴赏能力的人。

而我知道一幅画作,只有一些四处游历的鹿可以看到它,它非常容易消失,人们几乎看不到它。这里有一条可以绘画的河流,同样也是它把我和朋友们带到了它的作品面前,之后这幅画就再没有出现在人类的视野里。在那之后,这幅画就一直保存在我的脑海中。

这条河似乎就是位艺术家,拥有同样的敏感情绪。灵感何时到来,如何产生,或者可以保留多久,都是不能控制和推测的。盛夏来临,这个时节总是有很多个好天气,云彩在空中形成了美丽的舰队,只是为了观赏那位艺术家是否有作品推出,我们开始沿着沙滩散步。

整幅作品从一条宽敞的泥道开始，深深的一笔涂在了向后倾斜的河岸上的沙滩。而这个痕迹慢慢变干，水中是金翅雀在嬉戏，而鹿、大蓝鹭、北美鹤用它们的足迹编织出了一条花边盖住了它。这样的场景，不需要我再解释更多之后发生的事情了。

我开始非常注意地观察那条泥带时，因为它已经被波齐草变成了绿色，表明了这条河已经开始了它的艺术创作，灵感正在蔓延。一夜之后，这些波齐草换成了厚厚的草甸，青翠而稠密，引来了附近高地的田鼠。而且这些田鼠几乎倾巢而出，彻夜在这片绿色的厚垫子上摩擦自己的身体。它们那弯弯曲曲的足迹表明了它们的热情和悸动。这样的毯子踩上去一定是舒适的，所以小鹿也来到这片草甸。甚至从不爱露头的鼹鼠都被吸引了出来，它辛苦地在干涸的河岸挖了条通道才来到这里，尽情地享受着嫩绿色的草甸，肆意地拖拉和堆砌。

整幅画中，我们很容易忽略那些数不清的小生命，它们小得根本看不到，而所有生命的源泉便是那绿色地带下面的沙子，它们潮湿而温暖。

为了看到这幅完整的作品，必须三个星期不能打扰这条河流。之后，在某一天的清早，当太阳升起，照亮拂晓的雾气，我们再次来到这里。这位艺术家正在渲染它的颜色，然后混合着露水一起泼洒出去。草甸变得比从前更加翠绿，上面蓝色的沟酸浆、粉色的青蓝和乳白色的慈姑花朵点缀着，闪闪发光，璀璨明亮。而且零星点缀着红花半边莲伸出的叶子。紫色的斑鸠菊和淡粉色的泽兰，傲慢地站在河岸的顶端，就靠近柳林的围墙。即使我们很小心翼翼地，不想打扰这里只能出现一次的美景，但是依然被正在欣赏花草的一只狐红色的小鹿发现。

不需要再费心地去看第二次，因为这样的画面不会再有了。也许是雨水带走了一切，也许是由于涨潮，河水会把河岸洗刷得和起初一样干净，只剩下了沙地。可是，你的回忆里应该已经挂起了那幅作品，而且祈祷着，也许某个夏季的早上，这条河流会出现相同的灵感，再次绘制美丽的画作。

九月

丛林合唱团

九月的黎明的到来似乎缺少了鸟鸣声。一只歌带鹀唱出的也是一支毫无节奏的歌,而丘鹬的叫声也只是在飞上枝头休息前才会发出,猫头鹰唯一一次的呼喊只是为了结束夜晚的辩论。而除此之外,似乎没有任何的鸟叫声,一片安静。有时候,在这样雾蒙蒙的秋日清晨可以听到一部合唱,那来自山齿鹑的歌声。突然,十几个女低音的歌声冲破寂寥,它们在极力地赞美光明的到来。就这样一两分钟后会突然停止,就和音乐开始一样突然。这样合唱式的鸟鸣,这音乐有它独特的优点。高枝上的高歌,自然很容易被发现,同样被忘却,它们拥有不被铭记的才能。人们似乎更加注意的是黑夜中看不清,藏在树荫里,深不可测的银铃般歌声的隐士夜鸫;总是在高空中穿梭云层时发出号角般嘹亮歌声的鹤;还有草原榛鸟在云雾中嗡嗡声;还有那和黎明默默道再会的山齿鹑。也许一个自然科学家都没有真正欣赏过这样的合唱,这些小鸟总是在草原上不容易被发现的栖息地低唱,任何的侵入都会导致突然的寂静。在六月的时候,我们已经预告常规的表演,那就是只要达到 0.01 烛光亮度时旅鸫便会开始唱歌,后面就会各自按照自己出场顺序进行表演。而当秋天来临,旅鸫不再会表演,所以群鸟的歌唱根本不复存在了。寂静的清晨让人感到悲伤,而我明白了往往期待的事情比起已经确认的事情更加珍贵。我起个大早,只是希望可以听到山齿鹑的合唱。秋天,我农场里的那一两窝山齿鹑,会在远处的地方合唱。我的狗似乎更加关心它们。山齿鹑很聪明,为了保持干燥,它们栖息在一棵北美乔松的树枝下,防止浓重的露水。我为自己的农场可以拥有这样一个歌颂清晨的合唱团而感到骄傲。而且,不知道什么原因,从它们开始歌唱,松树蓝色的针叶变得更加蓝了;甚至树下悬钩子铺成的红地毯也更加泛红了。

十月

烟样金黄

草原上的狩猎分为两种：普通狩猎和松鸡狩猎。若说猎取松鸡有两个地方：普通地方和亚当斯县。而对于亚当斯县的狩猎时间有两个最佳：普通时候和落叶松成为烟色的金黄色时。那些不走运的人们最应该注意这些特点，他们总是会败给那些长着羽毛的火箭，似乎只能提着空枪呆呆地看着猎物冲进短叶松林，却都没有注意那震落的金色松针。当落叶松绿色的松针变成金黄色后，这个时候初霜以至，丘鹬、狐色带鹀和灰兰灯草鹀开始迁徙。旅鸫开始在森林剥取最后一批白浆果，空空的树干就如深入天空缭绕大山的雾。桤树开始掉落叶子，却显出了周围的冬青。泛着红光的黑莓树丛似乎为你指引着松鸡聚集地的方向。我的狗对于松鸡栖息的地点要比我清楚得多，它竖着的警觉的耳朵似乎透露了微风讲的故事，我要做的就是紧紧地尾随着它。当它终于停下脚步时，向旁边一瞥，表明它已经做好准备，而问题是：要做什么呢？那是一只飞翔的丘鹬，还是一只松鸡的叫声，还是一只兔子呢？就是这样的不稳定性，才是松鸡狩猎的最大乐趣。知道下一步要做什么的人，一定是可以猎捕到它们的人。

其实打猎的目的很简单而且微妙，情趣上也没有什么太大的差别。而且最有意思的打猎要算是在暗处的打猎。如果我们打算要计划这样一次打猎活动，可以选择遥远的人际稀少的地方，或者就是找个很近的但是还没有被开发的地方。

其实大部分的猎人都不会知道亚当斯的松鸡，因为他们的车驶过这里的时候，看到的都是茂密的短叶松和矮矮的橡树。这条公路和西流的河流交错，每条河水的源头都是一个沼泽，一定经过了贫瘠的沙地注入河流。一路向北的公路当然会与它交汇，躲过那些贫瘠的沙漠。而就在这公路的旁边，干枯的树丛后面，每一条小河都会延伸到一个沼泽，而这正是松鸡们的天堂。

十月里的农场，我就坐在自己的落叶松林下的僻静草地上，听着公路上汽车的轰鸣，这些狩猎人都在向拥挤的北方地区而去。真的是可笑，想到他们紧张的表情和跳动的试速器，还有那一双双瞄准北方地区平行线的眼睛，我就忍不住地要笑。那边他们焦急的噪音，这边一只雄松鸡敲打着鼓点似乎在挑战。它引起了我们的注意，而同时我的狗已经龇牙咧嘴地盯着它。我们的意见统一，觉得它是需要某种教训了。我们现在就成全它。

不仅是沼泽中有落叶松，而且接界的高地脚下拥有涌动的泉水，恰恰苔藓堵住了所有的泉眼，这样就也会造成潮湿多泥的现象，所以在这里也可以找到落叶松。我喜欢把这样的地段叫做悬挂的花园。潮湿的淤泥外面也是极有福气的，因为有流苏的龙胆撑着蓝色的珠宝。而笼罩在落叶松雾似的金黄色下，这十月里的龙胆，绝对会吸引所有人的眼睛，即使你的猎犬已经发现了猎物的踪迹，你依然会停下来驻足观看。

每个悬挂花园和河流之间，总是会有一条方便猎人追踪的鹿径，而且偶尔飞出的松鸡也能很容易地穿过去。问题就在于子弹和鸟儿是不是可以一瞬间同时发出。如果没有成功,那么真正有鹿经过的时候,也许只能闻一闻空弹壳的火药味儿,根本没有一根羽毛。

我继续顺流而上,在上游地区发现一个被遗弃的农场。我打算从那些短小的短叶松的年轮上判断出这里被遗弃了多久,而曾经这里不走运的那个农民,一定是最后才知道这样沙质的平原根本不会长出玉米,只能出产荒芜。很多粗心大意的人根本不能发现短叶松的故事,它们每年都会长出几轮树枝,而不是一轮。而一棵小榆树最后帮助了我,它已经横在了牲口棚门前,它的年轮表停在了1930年,大旱的那年。我想在那之后,再没有人从这个牲口棚里取出过牛奶。

我很好奇,这一家人在抵押了所有的收获后,换来的却是这样的结果,不得不离开时,心里是如何的感受。有时候思想就像松鸡飞过的踪迹,几乎是不被注意的;而有些思想却会留下它的踪迹超过十年之久。我相信曾经四月里种下这棵紫丁香的人,当时一定设想着自此之后每年四月都可以看到它怒放花朵时候的喜悦。而旁边那被磨平的洗衣板,曾经它的主人一定每星期一都会洗衣服,而又期盼着再没有下一个周一,而真的实现了吧。

就在我胡思乱想的时候,我发现狗早就站在泉水中,耐心地在不停地给我发出暗示。我马上起身跟上,并且表示我的抱歉。一只丘鹬大叫起来,就好像蝙蝠的声音,十月的阳光把它的胸部照得更加橘黄色了。打猎开始了。

这样的日子里,很难把注意力只放在我的猎物松鸡上,因为很多可以让我分心的东西。穿过一条沙地的路径,我被自己的好奇心牵引着一路跟踪。从被啃断的嫩树枝来看,这条小路从一个鼠李灌木丛到达另外一个。

到了该吃午饭的时间了。就在我准备吃掉口袋中的午饭时,我发现了空中盘旋的一只游隼,我很想知道它属于什么科目。我一直安静等待观察,直到它倾斜飞翔时，露出了红色的尾巴。

我又一次把手伸进口袋，准备吃午餐，可是突然发现了白杨树，树皮都被剥落了，也许是一只公鹿曾经在这里为它的鹿茸解痒。那么这是多久之前的事情呢？现在木质已经发棕色了，我想鹿角应该已经是长好了。

我再次准备吃饭的时候，狗兴奋地大叫打扰了我。一只公鹿突然跳出，尾巴翘得很高，鹿角闪烁，蓝色发亮的皮毛。我想白杨树告诉我的应该是事实了。

我终于可以坐下来，掏出午饭，把它吃完。这时我发现一只黑头山雀盯着我，而且好像确定了它的午餐。我不知道它曾经吃过什么，也许是冰冷的鼓鼓胀起的蚂蚁窝，也许是某种像野鸡一样冰冷的鸟食。

终于吃完午饭，我对那一排将金色的树枝伸向空中的小落叶松表示了自己的敬意。每棵树下就好像是针叶编织的烟样金黄色的地毯，每棵树上都已经孕育了新芽，等待着下一个春天的到来，好像就是明天一样。

特别早

大雕鸮和大雁总是在还有星星的时候就起来了，而且载货火车也有这个怪癖。而大雁吸引着猎人要早起，咖啡壶不得不提早它的工作时间。最让人感到惊讶的是，在所有的不得不特别离开床的生物来说，其中很少会发现有一个时刻是可以让人愉悦起来的。

对于那些早起的生物来说，猎户星座也许是最好的朋友，因为它向所有人发出了早起的信号。如果猎户星座已经划过西边的天空，就好像猎人瞄准了远处水鸭的距离，起床的时间到了。

早起者之间都会互相表示理解。我觉得原因是出于它们和那些睡懒觉的人不同，它们可以控制自己不去炫耀自己的收获。猎户星座到过的地方应该是最多的，可是它什么都没有说；而咖啡壶总是轻轻地鸣叫，却从来没有告诉我们里面到底煮的是什么好东西。猫头鹰总是在三音节间不停述说，却对那夜里发生的三起谋杀案只字未提。大雁的早起，是不得不听从某个雁群讨论会订立的规定，可是它的鸣叫中根本没有丝毫的信息可以透露它们同群山、大海之间的对话。

而早起的货车，同样拥有谦逊的美德；它每天都要承担喧闹的任务，也不会到他人的领地叫嚣，但是它很难隐藏自己的重要性。对于它特别的体现方式，我感到了从没有过的安全感。

特别早来到沼泽，对于耳朵来说也许是一次冒险行为，黑暗中的喧闹是直接而纷乱的，而且丝毫不会受到眼睛和肢体的遮挡。远处传来一只绿头鸭大声品尝它的汤汁时那种津津有味，会你想象到它在水面上大吃大喝的享受情景。而一声赤颈鸭的尖叫会令让你开始展开遐想，而不会受到视觉的冲击。黑色丝绸般的夜空被一群小潜鸭的俯冲划过时，当然同时伴随着拉长的鸣叫冲向池塘，你会悄悄地想去跟着它们；可是你的眼睛只能看到星空，除此之外一片漆黑。但是如果这个事件发生在白天，那么一定会伴随着很多伏击的枪声，如果没有猎物的话，那么一定会有一堆借口来为自己开脱没有打中的事实。那副翅膀非常完美地将夜空划为两半，而白天的阳光的确不能让你眼前出现那副颤动双翼的画面。

倾听总是会停止，那些鸟儿便会展翅高飞，它们打湿的翅膀会落到新的更宽的水面上，而在东方灰蒙蒙的空中，每一鸟群都会变为一团黑影。

和所有压制性的条款一样，黎明前的约定一定只能存在于黑暗统治一切的时候。白昼的任务似乎就是把整个世界从黑暗寂静中喊醒。无论如何，只要白色布满了低地时，雄鸟们就会不约而同地吹起牛来，玉米堆也还想比从前高出了两倍。太阳出来了，松鼠们却都开始夸耀一些不存在的行为而降低了它们的"鼠格"；而与此同时，所有的冠蓝鸦都在假惺惺地宣布它在这个特殊时刻的发现，那些想象出来的危险。远方的乌鸦假装在教训一只猫头鹰，希望显示自己的高度警觉。而公松鸡似乎沉静在曾经的风流韵事里，在空中拍打着翅膀，向全世界宣布这个沼泽是它的财产，当然包括这里所有的母松鸡。并不是只有鸟兽才会有这样的虚幻假象。早饭时间到了，每个庄园已经都被叫醒，马达声、叫喊声、口哨声不绝于耳。夕阳西下，傍晚，老旧的收音机中也发出动静。于是，人们又都上床重温旧梦。

大红灯笼

猎取松鸡有一个方法，就是先确定要打猎的地点，然后根据逻辑和偶然性制定出一个计划。而这样的方法，只会让你远离那些鸟儿真正栖息的地方。

还有一种方法就是漫无目的地游走，就好像从一个红灯笼走到另外一个红灯笼。而这个方法会让你知道那些鸟真正喜欢的地方。那些红色灯笼就是悬钩子的叶子，十月的阳光会让它们变得更加火红。

在这片土地的很多地方的许多次兴奋的打猎活动中，这些红灯笼总是会为我照亮前进的路，而且，悬钩子是威斯康星中部沙地里第一个知道如何发出红光的植物。一个接一个的小沼泽，从霜降的季节到秋天的结束，每个阳光灿烂的日子里，悬钩子总是会用它那浓烈的红色照亮这个被人们称为"贫瘠"的地方。每一只丘鹬和松鸡，都喜欢独自享受灌木丛中的日光浴。而很多的猎人都不明白这些，所以总是在无棘的丛林里徒劳地进出，精疲力尽后两手空空地回家，将我们都置之不理了。

这里的"我们"，是指鸟儿、河流、狗和我自己。这条溪水就像一个活动缓慢的人，它总是不着急绕过树木，希望自己永远留在那儿，不会汇入河水里一样。当然我也是同样的。溪水每转到一个转弯时的犹豫，都预示着更好的河岸，山边的红灯笼总是会连接到长着蕨类和凤仙花的又一个潮湿的淤泥河床。我相信所有的披肩鸡都不愿意离开这样的地方，它们总是从一个红灯笼跑到另一个，而对于猎取它们，似乎就是河边的散步。

  我的狗总是很谨慎的，每次都确定我在射程之内时，才会靠近这些悬钩子丛，之后便会用它特有的方式前进着，在一百个线索中，用它湿漉漉的鼻子确定一个，而这个线索为这个地区赋予了生命和含义。我的狗是空气中的勘探专家，终生都在空气的"底层"探索着气味中的黄金。而披肩鸡的线索就是它的世界和我的世界相联系的金本位。

  此外，我的狗认为，更好地了解披肩鸡，是我作为专业的自然科学家应该做到的。当然我非常赞同这个观点。它同样指导着我，耐心而平和，用那个有涵养的鼻子中勾勒出来的艺术指引着我。我总是很高兴地看到，它可以明显地指出那些对于它显而易见，而对于我却无动于衷地推测理论。它就像一个教授，在辅导一个迟钝的学生，希望有一天我也可以同它一样拥有灵敏的嗅觉。

  对于我们这些愚钝的学生来说，我们知道什么时候这位教授的推理是正确的，即使我们并不了解过程和原因。我会谨慎地检查武器，然后尾随在后面。我的狗的确是一位优秀的教授，在我错过了很多的机会后，它依然耐心，并且不会责怪和讥笑我，这种情况却经常发生。它总是在看我一眼之后，继续沿着溪流向前，寻找下一个目标。

  当我们沿着溪流岸边行走时，其实经历了两种地表的景色：人们寻找的山坡和其中考察的底部。特别让人兴奋的是，踏上那柔弱又干燥如地毯般的石松子上，突然惊飞沼泽的鸟儿。所以，对于猎取披肩鸡的猎犬的第一个考验就是，它是不是可以和你一同走在干燥的河岸上，并且愿意去执行那潮湿肮脏的工作。

  有时候也会有突发的情况，比如桤树林变得宽阔的时候，我的狗跑到了我的视线之外了。迅速找到了一个高处作为瞭望点，站在上面保持安静，眼睛和耳朵合作共同寻找狗的踪迹。一群白喉带鹀突然飞散开来，向我表明了它应该就在那附近。偶尔也会听到它踩断了树枝，或者踩到了有水的地方，再或者干脆就是在水中行走。但是，当一切又恢复了平静，那就证明它已经在猎点，我要做好突然行动的准备了。此时，我要全神贯注地听有没有因惊吓而飞起来的松鸡鸣叫声。必须要追着那只疾飞的鸟，有可能是两只或者更多，最多也就是六只，它们会一只一只被惊吓得飞起来，每一只都有自己的高高的方向。而是不是有一只会飞到我的射程里，那真的要凭运气了。时间足够的时候，我会计算一下命中的几率：用 360 度除以 60 度，无论哪一条切线可能会出现在射程内。之后可以再除以 3 或者 4，就知道自己会丧失几次机会。这样，也许我的包里回家的时候装着猎物。

　　那么下面说说对猎狗的第二个考验吧，那就是它有时候会在劳累后请求下一个指使。气喘吁吁的它，也许在与我的商讨下，会奔向下一个小红灯笼，然后继续我们的打猎活动。

　　其实十月的风会给我的狗带来很多捕猎的线索，除了披肩鸡之外，也很容易产生很多个特别的插曲。凭借我对自己的狗的了解，当发现它用耳朵向我发出一种诙谐的情态时，那一定是在说，它发现了一只趴窝的兔子。有一次，我跟着它严肃的表情去搜寻猎物，并没有发现任何一只鸟，它还是丝毫没有动弹，翻开它鼻下一个杂草堆，我发现那是一只正在十月艳阳下睡懒觉的浣熊。每次出外打猎，至少有一次，它会对着臭鼬拼命地叫。一般情况下，那只臭鼬一定是躲在格外稠密的悬钩子丛里。它有时候喜欢在水中前行。有一次我听到上游有扑打翅膀的声音，然后是三声美妙的鸣叫，我知道它打扰了一只林鸳鸯的用餐。运气好的时候，它会在桤树林中找到姬鹬的踪迹；更加稀奇的是，有时候它打扰的会是一只卧在泥沼傍高高溪岸边的鹿。这只鹿正在享受它的白昼，也许是独爱这潭溪水，也许是更加喜爱这惬意的床，而摆动的白尾巴明显地说明它生气了，它的喜好对我们不再重要。

  捕猎松鸡的季节即将结束，就在最后的一个日落时分，火红的悬钩子再不会有光亮。我真的很迷惑，为什么这小小的灌木丛可以如此迅速地收到威斯康星的规定，当然在这之后我也没去寻找答案。在下一个十月来临前，它只能在脑海中闪着红灯笼。有时候我会认为，中间的十一个月都是用来等待下次的序幕揭开才存在的。也许，猎狗，还有那些披肩鸡，也会有同样的观点。

十一月

若我如风

十一月的风总是匆忙地吹着玉米田，玉米秆摇摆着发出嗡嗡的响声，脱落的壳子被吹得在空中飞舞，风依然是匆忙地刮着。这个季节的风总是很大，长满草的泥沼会被吹得掀起波浪，会打到远处的柳树。光秃的树枝在风中摇晃着，似乎只有抵挡之力，十一月的风是不会被任何东西阻挡的。河水汇入大海，风圈带着草在沙滩上画着圈儿，这里似乎只剩下了风。我顺着河滩走向一根圆木的木筏。我坐了下来，倾听着风声的轰鸣，还有波浪拍打沙滩的阵阵声响。这条河中已经没有了任何生命，野鸭不会在这里觅食，大蓝鹭和白尾鹫或者水鸥都不会飞到这里寻找避风的港湾，因为这里根本不会有。云层外好像发出了轻轻的叫声，好像远处的狗吠声。真是太可笑了，这个世界怎么会如此注意这样的声音？真是费解。很快，声响开始变大，应该是大雁的叫声，虽然看不到，可是越来越近了。出现的时候，大雁已经在低空飞行，它们排出的队伍就好像是一面裁减不规范的旗子。它有时被吹高，有时又降低，有时又飘起来，又降下，有时分散，有时合拢。每一对翅膀都在风中抗争着。当天空中的雁群变成一个黑点儿的时候，最后一声鸣叫似乎是在渴望夏季的再次到来。现在我坐的地方开始变暖和了，因为风已经随着大雁飞走了。若我如风，我也会随它们消失不见。

手中大斧

上帝在给予的同时也在索要，而他并不是唯一这样做的人。自从祖先发明了铲子，他就是给予者，铲子可以种植树木。而后来发明了斧子，他就是索取者，斧子可以砍倒树木。每个土地拥有者都会这样认为，无论他是不是可以理解这样的创造与毁灭的神奇力量。而不需要追溯到远古，前人同样创造了很多工具。每一个在长时间的考察后就发现，一种就是已有工具的附属品，另一种就是对已有的工具精心改良后的结果。似乎有了这样的劳动分工，我们便可以轻易地逃避对工具不合理使用的责任。而出现"哲学"这个学科后，人们的欲望和作为都是按照它的轨迹，其实使用了所有的工具。哲学告诉我们，人们都是依据自己的欲望和行为来判定这些工具的价值。

十一月里似乎只需要使用斧子，当然有充分的理由可以解释。这个月天气还没有变冷，而且很舒适，所以在你挥动斧子的时候，不会觉得冻手，而且当你的斧子最后挥动，一棵树倒下时，一阵风吹来，你会倍感凉爽。这个时候，落叶后的硬木树的交错的树枝，可以让你一眼看出它夏季的生长情况。人们总是要通过树顶来判断，为了这片土地更好的明天，如果在必要的情况下，不得不砍掉那一树木。

我看过很多也写过很多关于如何定义保护主义的文章，当然我认为最好的定义不时用文字来表达的，而一把斧子可能更好地诠释：一个人在什么时候选择什么树木，如何砍倒它。如果是一个保护主义者，他会这样：每次挥动斧子，每每砍上去的时候，他心里清楚他正在刻画自己的脸孔并签上自己的名字。无论是斧子还是笔尖，每一个签名都是不同的，而且这样的不同的确是应该体现的。

回想从前，我发觉，剖析我砍树的背后的原因的时候，会觉得很难为情。首先，不得不承认，每棵树木都不是平等和自由的。如果有一棵乔松同黑桦树争夺一块地盘时，毫不犹豫的，我会砍掉桦树，纯属自己的喜好。可是那么原因呢？

第一，乔松是我亲手栽种的，而另外一棵是篱笆下滋生出来的。所以我出于对自己孩子的喜爱一般，选择保留乔松。当然，也不完全如此，如果它们都是自己生长出来的，我可能会更加毅然决然，当然在我的内心深处一定有一个潜在原因，我必须要正视它。

这个地区有很多的桦树，而且越来越多，我丝毫不担心自己的签名会没有色彩，在邻居们都拥有桦树的同时，由于好胜心理，我总是觉得自己要有一片不一样的树林。桦树在十月就没有了生机，而乔松却可以带给我一个冬日的绿色感受。我偏向松树，因为它也同样不惧怕寒冷。松树对于松鸡是一张床，而桦树只是食物，所以床当然比食物重要得多。市场上的价格，一棵松树十美元，而桦树才两美元，经济价值也是我要考虑的吧。虽然这些理由都似乎合乎情理，可是都不是那么充分。

所以，我希望还可以找出其他原因，起码还会有一些。这棵乔松下，以后会孕育更多的生命，比如五月花、水晶兰、鹿蹄草，北极花也是有可能的。但是桦树下，也许能长出龙胆汁就不错了。黑啄木鸟会在松树上啄出一个家，而桦树似乎都不能留下它的足迹。四月里，风儿会在松树上演奏音乐，而桦树却是枯枝乱摆。这些都能充分地看出我的偏心，可是到底为什么？也许因为松树比桦树更能给我希望和憧憬。如果真的是这样，这差别的造成到底是树，还是我？

曾经我这样总结过自己的喜好：我喜爱所有的树，但是迷恋着松树。

就像上面提到的，十一月是属于斧子，当然这种钟爱是需要技巧去维持的，像极了谈恋爱的感觉。假设桦树活了下来，长在了乔松南边，而且更高更茂密，这样它就会妨碍松树沐浴春天的阳光，导致象鼻虫不会在乔松顶上产卵。但桦树对松树的影响远远比不上象鼻虫的，因为它们的后代足够毁灭松树的顶部，从而使树变形。其实这是很具戏剧性的，这种虫子喜欢日光浴的习惯，不但决定了自己的延续，还决定了树木的未来面目，当然直接影响了我使用铲子和斧子的成就感。

还有一个假设，在我砍断了桦树后，之后来临的是一个大旱的季节，那么大地的炙热，水分流失也许会超过桦树本身的需要，那么我对松树的偏爱并不能使它变得更好。

再次假设，如果是大风的季节，那么摆动的桦树粗壮的树枝一定会打到松树顶上的嫩枝，那么我的松树的命运肯定是畸形的。那么，处理这棵桦树的方法，要么毫无疑问地移走，要么就是每个冬天都要精心地打理它，使它不要超过我松树夏天会成长的高度。

对于斧子的主人来说，他使用它的偏向和喜好，就和自己农场里种树的种类一样的多样。一年四季，根据自己需要的树木美感和作用，以及自己需要照料和修建甚至砍去这些树，农场主会为每个类别都制造一个特性。让人感到兴奋的是，不同的人对同一个品种会制造出多种多样的特性。

由此可见，我是很喜欢杨树的，因为它在十月里的茁壮成长，恰恰可以在冬天提供充足的食物给我的松鸡。当然，也许杨树对于我的邻居们可能只是些杂草，原因很简单，就是它在残木上生长得太过茂盛，阻碍了他们的清理工作。我对邻居的行为是理解的，因为对于我来说，威胁到松树枝芽生长的榆树，也会被清除。

对于喜爱的松树，在我心目中仅次于乔松的就是落叶松。也有可能是因为它几乎要消失在这片土地上了，所以勾起了我的偏见。也有可能是由于它会使十月的松鸡变为金色，猎人们的最爱。也可能是它的生长使土壤酸性增加，从而使兰花中的最美的拖鞋兰可以钻出地面。可是，由于落叶松的成长太慢，带不来较好的经济状况，林业工作人员几乎放弃对它的栽种。他们也找到了相应的理由，就是这种树会死于一种叫叶蜂流行病的灾害。不过似乎我不需要担心这些，因为五十年后的这棵落叶松才有可能染病，那就是子孙们的事情了。我的落叶松茁壮得很，似乎可以带我魂飞天外了。我的观点里，最为伟大的树木应该是古老的三角叶杨。年轻时候的三角叶杨为北美野牛遮阳，为候鸽佩戴光环，充满了希望，因为最终会变为古老。六月的杨树花堵住了纱窗，所以作为农场主夫妇，对杨树失去了喜爱。现代人看来就是不顾一切地追求舒适。与我的邻居们相比，我发觉自己的爱好相对来说算是比较广泛的，对很多的品种都有恋爱。有些是被人忽略的品种：灌木类的树木。对于紫果卫矛的喜爱，源于鹿、兔子、田鼠对它宽阔枝条和嫩绿枝芽的贪婪热爱；当然它那火红的果实也让人欢喜，尤其是在白雪的映照下，会带来温暖的感觉。而对梾木的喜爱，大部分是因为十月的东蓝鸫喜爱把它当食品。而对花椒的喜爱，是由于山鹬需要每日在其中沐浴阳光。对榛树的喜爱，是因为每年十月到来，它的紫色让我迷恋，而十一月后鹿和松鸡的主要食物是它的花穗。我的父亲偏爱美洲蛇藤，所以我也就开始喜欢它，而且七月份后鹿就喜欢吃它的新叶，我总是很早告诉朋友们。它每次按时地开花就会证明我是个成功的预言家和先知，作为一个教授，我怎能不喜欢它。显而易见，我们对植物的偏爱是有传统影响的。比如你的爷爷很喜欢核桃树，那么你的爸爸就会喜欢，并且再告诉给你，你也会喜欢。同样，如果你的爷爷烧焦过一棵带有毒漆藤的木料，并把它踩在脚下，你自己同样会不喜欢它，即使秋天里的它们会变得绯红并让你感觉温暖。对于植物的偏爱，还可以从一个侧面反映你的职业，而且还有你的业余爱好，也类似于在勤劳和懒惰之间到底选择哪个更优先的情况。如果你极爱松鸡和母牛，那么无论山楂树是不是长在你的牧区，你一定都不喜欢它。习惯猎捕浣熊的人一定喜欢椴树，同样喜欢猎捕山齿鹑的猎人就最支持豚草，即使每年他都会与花粉病作斗争。每个人的偏好，必定反映了内心的情感，生活的情趣，为人的忠实和对事的慷慨，以及如何打发周末时光的一种敏感行为。无论这些是否正确，我都愿意手握斧子，在十一月的周末里度过美好时光。

宏大堡垒

每个农场都是一个学院，林地和那些树木都会为农场主提供内容丰富多彩的知识材料。这就像智慧的闪光，永远都存在，却不是那么容易捕捉到。我总结出了自己的树林和土地教会我的东西。

我在十年前拥有了这片树林，而与此同时我才发现，这里的树病和树木一样多。这片林地就被这些病搞得伤痕累累，病病怏怏。我多么希望诺亚会出现，因为曾经在向方舟储存资源时，他把树病抛得远远的。可是，很快地我就认清了事实：这些可怕的树病成功地把林地变为了一个宏大的堡垒，在全县都是屈指可数的。

我的松林里面住着一大家子浣熊，可是其他邻居里根本不会出现一只。在十一月雪后的一个周末里，我终于明白了原因。曾经我的一只浣熊躲避在一棵枫树下，现在这棵树被拔起了一半的根，而周围出现了猎人和狗刚刚留下的脚印。由于树根和泥土绞缠在一起，又因为天气的问题，冻得像岩石一样，根本不可能砍断，挖是更不可能的了，猎人想用烟雾把浣熊熏出来，可是树根上的洞太多了却救了它，猎人也就无功而返了。浣熊也许应该感谢那个把枫树弄得都是洞的真菌疾病了。这棵在暴风雨后半倒着的树，倒是变成了浣熊坚不可摧的城堡。如果没有这样的城堡，我的浣熊种籽库每年都得被猎人搬走。

我的树林里还有松鸡的一家，大概十几只。但是，每次到大雪封山的季节，它们就会集体搬家到我邻居的森林，因为那里有更合适的住处。就是在这样的情况下，我依然可以留住相当数量的松鸡，就好像夏天暴雨后损失的橡树一样多。因为这些夏天里倒塌的树木会保有很多的枯叶，下雪后，这些树里都会藏着一只松鸡。似乎松鸡要感谢夏天的暴雨为它们创造了这样的场所，在雪后可以有吃喝、栖息的安全地点，虽然狭窄，但是有叶子的掩护，它们不用惧怕风，猫头鹰、狐狸，当然还有猎人。恢复了体力的橡树，叶子可以遮阴庇护，而且，不知道为什么，松鸡会特别喜欢用它们作为食物。

从橡树上掉落下来的物质对树木本身是有害的，但是如果没有疾病的存在，根本没有东西可以让橡树折断，也就没有了松鸡的藏身之处了。

还有一种松鸡特别喜欢的美味只有带着疾病的橡树里才有——橡树虫瘿。瘿，是五信子虫在新发的枝条上叮蛰后的产物。十月份里的松鸡最喜欢这样的食物，总是囫囵吞枣般地吞咽。

其实总是有客人会造访我的病树，每年野蜂都会在上面建蜂房，可是还没有等我去收走成果，那些不被允许和欢迎的采蜂人就偷偷地盗走了蜜。有一部分的原因是，对于在一排排的蜂窝下活动，他们比我要擅长得多，而且他们还戴着防护网罩，所以敢于在秋天蜜蜂旺盛的时候下手。如果不是疾病让树木内部腐烂，那么就不会有带洞的橡树给野蜂造房子。

我的树林总是会赶上很多的事情发生，比如在兔子繁殖高潮期间，总是有兔害发生。它们总是好像和我作对，吃掉了几乎所有我希望可以茂密的树木和灌木的树皮和枝条，可那些我不是很宠爱的树种它们几乎没有兴趣。当喜欢猎捕兔子的人自己拥有了喜欢的松林和庄园时，兔子瞬间从猎物变为了不受欢迎的灾难。

虽然兔子似乎拥有一个好胃口，可是在某些方面还是很在意饮食的美食家。它们总是在人工种植和野生的植物里，选择手植的松树、枫树、苹果树。而且它们总是要求在饥饿之前，凉拌生菜已经等待在那儿。梾树只有被豪壳虫侵蚀后，它的树皮似乎马上变成了美味,兔子才会愿意吃它,被附近所有的兔子集体青睐,狼吞虎咽。

我的树林里一年四季的常住客就是那十几只黑头山雀了。冬天,我们挥起斧子砍向病或者死掉的树木时,招来了黑头山雀来用餐。它们在旁边飞舞着,好像是在催促我们,嫌弃我们的动作太慢,心急地等待大树的倒下。树终于倒塌下来,它们似乎特别在意劈裂的地方露出来的东西,这时它们摆出了吃饭的姿势,落在上面。它们在认真地找寻自己的食物,因为每片死树皮都会藏着卵、幼虫和蛹。它们的脑中一直认为,只要是蚂蚁造访过的树木中心,一定会藏有牛奶和蜜糖。我经常会在旁边看着,就是为了看着它们饱食一餐,把这些蚂蚁的卵全部清除。我突然觉得辛苦的劳动是值得的:我们和它们一样,新劈开的橡树中发出的浓郁的芳香使我们感到十分的舒适。

疾病和害虫虽然伤害了我的橡树,但是从另外一个角度来看,如果不是它们,那么这棵树里就不会有可以吃的东西,那么,冬天里,就会缺少了黑头山雀为我们带来的欢乐和和谐气氛。

其实染上疾病的树可以养活很多野生动物。黑啄木鸟最喜欢那棵松树,它可以在得病的树中心啄出肥大的虫子;而我树林里珍贵的横板林鸟在一棵老椴树的树洞里演奏美丽的小夜曲,不受到乌鸦和冠燕鸦的骚扰,这也要感谢那些疾病。而林鸳鸯把有洞的树作为自己的小爱巢,这样六月的时候,一窝毛茸茸的小东西就会来到我的森林里。所有的松树,它们的住所就是一个腐烂的树洞,同时这个树洞要和树木本身的康复能力斗争,松鼠们就乐在其中,每当伤痕恢复到把松鼠门前变得很小时,它们就会去啃噬刚刚长出的新的树皮。

就在这样的一片疾病遍布的树林里,最受到重视的就是蓝翅黄森莺,它会在一棵死树的啄木鸟洞里或者其他小小的洞里筑巢。六月到来,在树林到处是潮湿的腐烂的东西时,它金色和蓝色的羽毛格外鲜亮,它就是这棵死树变为活生生的动物的证明,反之则无法证明此点。如果你对这样的聪明而伟大的安排有所怀疑的时候,你可以看看蓝翅黄森莺。

十二月

家

  我的农场里面很多的野生动物虽然不是很愿意，但是也很确定地让我知道了我的这片土地到底有多么大，多大范围是它们日夜巡逻的地方。关于这一点我一直有疑问，似乎在它们和我的空间范围之间，做了一个比例分配，这样就产生了很明显的重要问题：到底是谁更了解这片生活的土地？

  对于人类来说，动物们的行动能力很强，它们总是用自己的形式泄露语言上不能表达的秘密。我们很难知道什么时候，它们就会用自己特有的方式将这些秘密公之于众。

  狗，是不能拿起斧子砍树，所以我们在忙着挥动斧头的时候，它却很自在地探寻着自己的领域。而突然地狂吠打扰了我们的工作，只见一只兔子从草丛中窜出，没有方向地逃跑了。它钻进了两捆木头之间，就在草丛四分之一英里的一个地方，超出了射程外，属于比较安全的距离。狗恶狠狠地在橡树上留下了自己牙印，就放弃了这个目标，继续寻找新的一个脑筋不灵光的棉尾兔。我们重新回到自己的工作中。

这是个小小的插曲，却让我注意到，兔子对于它的窝和地面上的所有树桩或者木墩的距离都了如指掌，并且知道最近的路线，那么这只兔子的家的范围，方圆至少四分之一英里。

我们设立了一个放食点，每年都会光临的黑头山雀，总是会被抓住并且戴上环志。我的一些邻居也会给黑头山雀留食物，但是没有给它们做标记。经过观察，我发现距离放食点最远可以看到黑头山雀的地方，由此推断，我的鸟群冬天里就住在半英里外，而且是可以躲避暴风的范围内。

夏天，是它们求偶的季节，很多戴着环志的鸟和没有环志的鸟混在一起，但是我的鸟即使飞得很远我也可以看到。这个时候的山雀并不惧怕大风，而且会经常发现它们在风中飞翔。

雪后，我可以在树林里看到三只鹿的脚印，因为它们的足迹都清楚地写在了雪地上。我顺着这些脚印，反方向地走下去，发现了三个邻近的窝，就在沙滩上很大的柳树林里，被雪映照得格外明显。

接着我顺着脚印一路跟踪，发现这脚印一只通向了邻居的玉米地，这时我看到柴禾堆被弄得乱极了，一定是鹿在刨地里的剩玉米时闯的祸。之后脚印又转回了沙滩，不过似乎它们选择了另外一条路线。它们在途中一定刨过地里的小草，试图找可口的嫩芽，还到溪流边喝过水。我经过了一夜，发现了它们的活动范围大概是一平方英里。

松鸡总是藏在我的树林里面，可是去年冬天一场非常大的风雪过后，我没有再看到一只松鸡，连它们的足迹都没有发现。我几乎猜测是不是我喜欢的鸟儿都搬走了。就在我绝望的时候，听见狗的狂吠，而且只对着一棵去年夏天被狂风吹倒的橡树，树梢布满叶子。三只松鸡被惊吓地一只接着一只飞了起来。

在这之前，我丝毫没有发现这棵树附近，或者树梢附近有任何的踪迹和脚印。真相就显而易见了，鸟儿是飞进去的，可是又是从哪里飞来的呢？松鸡是必需进食的，尤其是在寒冷的冬天，所以我就检查了掉在地上的食物残渣，让我找到了蛛丝马迹。那些是鳞苞，还有已经冻住的龙葵的果皮。

在夏天里，我曾见到过一个地方长满了龙葵，就是附近的一片小枫树林。于是我自己就找了过去，仔细地勘察后，在一根圆木附近看到了它们的脚印。这些鸟儿曾经是在这里出现过的，但是没有在雪地上留下半点踪迹，而且它们也在曾经到过的一些地方收集了浆果。经过测算，活动距离应该有四分之一英里远。

就是那样的夜晚，夕阳伴着余光，一只松鸡在我家四分之一英里的杨树林出现了，可是我也没有发现过它的足迹。这样的事情就这样不了了之了。这些鸟儿，总是用翅膀掠过松软的雪层，也许是怕足迹破坏了美景，它们的家园在方圆半英里以内。

在科学角度，从没有具体地诠释过这样的家园概念，所以我们了解极少。不知道不同的季节分布的区别，和大小的划分，也不知道在这样的家园范围内要准备什么样的食物和巢穴，或者在什么时间会出现敌人突袭，还有就是具体的拥有者是谁，属于个体还是集体。也许这就是动物经济学，或者是生态学的基础范畴。每个农场都好像是一本生态学经典，熟悉森林的人才可以读得懂其中的内容。

银装素裹

创作的规则好像就是为了上帝和诗人准备的，而对于普通的老百姓似乎永远无法有资格去创作，而如果他们有方法可以突破这样的定律。比如如果我要种一棵松树，上帝和诗人都是不需要的，我只要一把铲子，其实这个规则的古怪漏洞就这样被打破了，随便一个乡下人都可以宣称：我让那儿有棵树，那一定就会有棵树。

上帝在第七天就已经认可了他的劳动成果，可是在我看来，之后他再没有对自己的作品价值表示过任何的态度。也许是他觉得肯定得太早，也许他觉得矗立在那里的树比无花果叶子的穹顶更加亮丽。

铲子一直以来被认为是枯燥乏味的工作标志，这是为什么呢？也许是因为很多的铲子都是不锋利的，做苦重工作的劳动者几乎都有一把钝铲子，那么到底前者是因，或者是果，还是反之，我就不知道了。但是我知道的是，如果有一把好的锉子，一定会让我手中的铲子在挖起那肥沃的土地时发出美妙的音乐声。曾经有人说过，锐利的刨刀、凿子、解剖刀都可以发出音乐来，可是在我看来，最美的音乐来自我的铲子。每次我种下一棵松树，都可以听到手中的铲子在欢快地唱歌。我觉得，那个用尽力气期望在时间的竖琴上拨出一个清脆音符的人，一定是选错了乐器。

一年之计在于春，春天自然是一年中种树最好的季节。所有的事物都是一样的，最温和适中才是最好的，当然铲子也是一个道理。其他的时候，你只要观察松树的成长变化就可以了。

五月份对于松树就是新年的来临，因为，即使是最嫩的那棵枝桠也已经变成了"蜡烛"。为这个新生儿起这样名字的人，一定是具有高度敏锐的精神感应力。"蜡烛"就是对一个明显存在的事实的形象表述：新芽总是直挺挺的，很脆弱，而且具有强烈的蜡烛般的光泽。当然，长期种植松树的人们都知道，这支蜡烛其实拥有更深层的含义，它的顶部燃烧的火焰永不磨灭，可以照亮前方通向未来的小径。年复一年，松树跟着蜡烛的指引，一直耸入云端，每一棵都是在期盼同样的事情，只要结束的号角没有吹响，它们就会努力地继续向上，到达目的地。而一棵古老的松树，最终忘记了顶端的蜡烛哪支更重要，在碧空中看起来是平顶的树冠。当然有一天我也会忘记，却不会忘记任何我亲自种下的树木。

你如果是一个勤俭之人，你会更加喜欢松树，因为它同样具备这样的品格，和其他勉强度日的硬木不同，它的生活极有规律，总是依靠前年储存生活。打个比方，每棵树其实都好像有一张自己的银行存折，每年六月三十日就是一个支取结算日。就在这一天，如果十根或者一打的嫩芽又钻了出来，就说明第二年春天它会再长高二至三英尺，需要多储存水分和光照。但是如果只有四至六根新芽，就说明它根本不会长得太高，所以它存折中的偿付能力就得以体现了。

人类总是会经历艰苦，对于松树也是一样的。而在松树的身上就显现得比较慢，它们本身体现在相互接替的树枝之间的涡轮式替换上，空隙比较短。这就是作为一棵树所能书写的自传，而这也是只有伴随它成长的那个人才能读懂的自传。如果想确切地知道哪一年是最为艰苦的，就必须在生长缓慢的一年往前推一年。因此我们可以得出结论，是由于1936年的大旱灾，导致了1937年松树普遍成长缓慢。而相反的，1941年松树的成长速度明显地都很快，也许是它们已经判断出了将要面临的事情，从而向世人宣布，尽管人类对未来一无所知，但是它们还是明确了自己的方向。

如果你发现只有松树成长得不理想，而其他的植物并非如此，那么说明一定有外在的因素或者人为的因素干预：或许是火灾留下的阴影；或者是田鼠的肆意地啃噬；或者是狂风的作品；或者是这片土地下面正在进行某种不为人知的试验活动。

松树好像可以告诉我很多秘密。如果我离开了一个星期，完全可以通过这个方式了解究竟都发生过了什么事件。三月份，我可以通过看鹿对乔松的啃噬高度，来判断它们的饥饿程度。假设一只已经吃过了玉米的鹿，绝对不会竭尽全力去啃噬超过四英尺以上的枝叶；而如果真的是一只极为饥饿的鹿，它可以够到八英尺以上的枝叶。这样，即使我没有看到鹿，也可以了解它们的嘴馋程度。当然同样我也不需要到邻居家串门，便可以知道他们是不是运送了玉米垛。

五月份，新的蜡烛嫩芽开始变得翠绿，这个时候鸟儿是极为喜欢这个味道的，造访的原因一目了然。每个春天里都会有这样好像被砍掉了顶端的树木，而旁边地面散落的一定是那些凋零的蜡烛。很容易就可以知道它遭受了什么，可是十年里，我一直没有亲眼见过鸟儿去啄食那些蜡烛。这让我知道一个可观的教训：我们没有必要去怀疑从没有亲眼见到的事实。

来到六月，几棵乔松有些不对劲儿，突然蜡烛枯萎，由绿变成棕色，之后就是死掉。原来是一簇嫩芽中有了象鼻虫，并且还有了虫卵，蛴螬被孵化，长大注入树木中，之后这条枝芽也就结束了它的历史使命。没有顶的松树肯定是不会有好运的，难逃一劫，因为下面的枝条没有了方向，方寸大乱，在争执不下的情况下，最终沦为了灌木。

其实象鼻虫对松树的选择也是严格的，这是个奇怪的现象，因为只有吸收光照充足的松树才能得到象鼻虫的青睐，没有阳光的照顾，连虫子都不会造访。当然可能这就是逆境生存的事实证明。

来到了十月，活下来的松树用它们独有的形式与我交流，被磨擦的树皮透露出了鹿的"自以为是"。远处一棵孤零零的短叶松，大概八英尺高度，激起了公鹿对这个世界挑战的心理。在这样一场没有裁决的斗争中，似乎规则只有一个，这棵松树受到的惩罚越大，那么鹿角上的树脂就会越厚。

有时候很难清楚地解释树林里发生的简单对话。在一个冬天，我发现了一棵松鸡躲避的树，树下有一种半消化物，根本看不出是什么东西。我检查了所有松鸡会吃的食物，都没有发现同样物质的迹象。最后，我剥开了短叶松顶端的嫩芽，这时我终于找到了线索。松鸡啄食了树芽，树脂被消化了，嗉囊拨掉了它的皮，最后就得到了那样一个小圆块，其实那本来应该是嫩绿的蜡烛。我们完全可以认为，这只松鸡一直在和短叶松的未来赌博。

北美乔松、多脂松、短叶松都是威斯康星的松树品种，但是在结婚年龄上却各不相同。短叶松应该是最早熟的，在离开摇篮的一年或者两年，它就可以开花结果。我树林里面的几棵13岁短叶松，都已经开始有自己的子孙后代了。而同样是我树林的13岁多脂松，今年才第一次开花，而北美乔松才刚刚结蕾。似乎只有它们才完全遵守盎格鲁萨克逊的自由、纯洁的交友，等待21岁才能成人结婚。

幸亏在松树的社会观中有多样性的体现，不然我的松鼠们的福利会被大大地减少甚至剥夺。每年夏天，松鼠们已经开始扒开短叶松的果实，获得松子了。和它们比起来，我们的劳动节扒开的果壳根本是九牛一毛，每棵树下都堆满了它们宴会散去后的残羹冷炙。当然总是有松果逃过它们牙齿，突然冒出的一支黄花就是充分的证据了。

几乎大部分人都不晓得松树会开花，而且即使知道这个事实的人也可能缺乏想象力。因此鲜花怒放的季节，从来没有人注意到松树。当你知道这一点后，就应该在五月的第二个星期来看松树，就好像你戴了眼镜就一定要准备一块镜布以备不时之需。松树花粉是极为丰富的，会让你完全折服于这个繁花似锦的季节，即使没有了戴菊鸟的歌唱。

幼年的乔松在没有父母陪伴下是生长最好的。对于整块林地，我再熟悉不过了，对于年轻的一代，无论光照多么充足，只要长者在旁边，它们一定长得瘦小短矮。所以在我的林子里，这样的情况是不允许出现的。我很想知道，这样的改变是由于长者或者土地的谦让，还是年幼者的包容。

很多地方松树都很像人类，比如对同伴的挑剔，而且不善于掩饰自己的喜好。比如乔松就是喜欢覆盆子，而多脂松和花大戟之间的亲密，当然还有短叶松偏爱杨梅。所以当把乔松种进了覆盆子的土地中，我可以肯定一年内一定会有嫩芽长出，新生的针叶也会为它健康同伴展现那充满生命力的绿光。但和在同一片大地上，沐浴同样阳光的同伴相比，有着覆盆子陪伴的乔松，更加茁壮和挺拔。

我非常享受在十月的时候，笔直而坚定的覆盆子红色的地毯上散落着青色羽状物，从中间穿过，无论它们是否意识到了自己健康状况，而我是完全地注意到了。

和政府要保持持久性的外表一样，松树有着"常青树"的美誉，和任职相同，也是交叠任期的。其实它们只是在漫不经心间用新的针叶替换了旧的针叶，骗过了那些不善于观察的人们，以为它常年是绿色的。

其实每一种松树的组织结构都不同，而为了保持它们针叶的生存方式，特别提出了类似"职位任期"的方式。比如，乔松的针叶大概是一年半，其他两种则是两年半。新的针叶会在六月上任，而旧的叶子就会在十月做告别演说。演说辞似乎不尽相同，黄褐色的墨水在卸任时已经成为了褐色。针叶落到地面，和其他落叶混在一起，为大地增添了一层智慧。正是这样的一层层累加，才使人们走在松树下格外地敬畏起来。

隆冬腊月，偶尔从松树得到的信息，似乎要比林地政治、天气和大风预警更加重要。在幽暗的夜晚，当厚重的雪已经盖住了一切，大自然的力量虽然安静但是强有力地笼盖四野，这种情形尤其可能发生。就是这样，我的松树依然挺拔，银装素裹一般，一排排，一列列。黄昏时分，远望过去，似乎是千百棵树矗立在那儿。此时此刻，给我以无限的力量。

65290

为一只鸟戴环志，就好比手中持有一张彩票。大部分时候，我们都喜欢凭借侥幸获得彩票，而不是从保险公司购买。这个保险公司了解得过于全面，所以不会给我一张可以中奖的彩票。抽出一张彩票恰恰是那只掉进落网戴着环志的麻雀，或者是那只有一天还会掉进落网的黑头山雀。而这样的锻炼，证明着它们还活着。

刚开始人们总是为了给鸟儿戴上环志而兴奋不已，因为这证明了它打破了之前的纪录，提高了总成绩；当然这个竞争的对手只有自己。对于早已习惯的老手来说，戴环志只是件令人开心的普通事情，令他们激动的则是重新捉住了一只很久以前戴了环志的鸟儿，而这只鸟的各种情况，比如年龄、胃口等等，你比它还要了解。

所以，对于我们家五年来最重要的一个户外活动议题就是：编号65290的黑头山雀是否还活着度过了一个个冬季。我已经坚持了十年，每个冬天都要给在我农场捉住的黑头山雀戴上环志。

在冬季刚刚来临，捉住或者得到的山雀几乎都是没有戴环志的，也许是由于大部分是幼鸟，而一旦被戴上环志，就被注明了"日期"。冬天慢慢过去，捉住的鸟儿没有戴环志的也慢慢变少。这个时候，我们意识到，当地的鸟群几乎都被戴上了环志。可以根据环志的号码知道现在鸟类的数量，同样，也可以知道去年到现在还有多少鸟儿幸存了下来。

编号65290是"1937级"七只黑头山雀里的一只。当我第一次捉住它的时候，并没有发觉它有什么与众不同的才智。和一组的同伴一样，为了抢夺一块板油，它们的勇气都超越了判断力；同样，被抓住的时候都会啄一下我的手指。我为它戴好了环志，并且放飞后，它飞上了枝头，很不满意地啄着铝脚环，拍打着自己的羽毛，轻轻地叫着，似乎是一种咒骂，最后无可奈何地飞向天空追它的同伴去了。就像"闪光的不一定是蚂蚁蛋一样"，它是否已经有了总结能力，是值得怀疑的，因为同一年的冬天，我捉住了它三次。

第二年的冬天，我的捕捉证明了它们一个组里还存活三个。第三年里就只剩下了两个。而第五年的冬天，我发现唯一的幸存者只有它了。它的身上并没有天才的标志，而它卓越的生存能力已经是最好的证明了。

从第六年起，它就再也没有出现过。我觉得根据四年来的失踪纪录，足可以证明它有可能在这场战斗中已经失踪或者牺牲了。

在十年中，所有戴上了环志的鸟儿里，似乎只有65290是活过了五个冬季。我的纪录中三只活了四年，七只过了三年，十九只度过了两年冬天，六十七只似乎在一个冬天后就再没有出现过了。由此可见，如果我要经营鸟类的保险，我可以准确地开出保险金了。而问题在于，我要用什么作为赔偿给它的遗孀，也许应该是蚂蚁卵。

由于对鸟类的了解不多，所以对于65290为什么可以逃过它同伴的种种噩运，我只能有些猜测。也许是在面临敌人时它聪明的躲避？那谁是它的敌人？它们如此渺小，几乎没有敌人。那个叫"进化"的家伙想入非非，将恐龙一直变大，越来越大，最后自己绊倒自己才结束；而让黑头山雀变小，小到刚好不会被当成甲壳虫去捕捉，也没有小到被猫头鹰视为肉食目标。由此"进化论"得到了高度的认识，而且一定会得意地大笑。但是似乎这样渺小的生命个体的自由和热情发出了嘲笑的声音。

像美洲隼、鸣角鸮、宋头伯劳，尤其是同类中比较小的棕榈鬼鸮，似乎发现了杀死一只黑头山雀是一件很值得炫耀的事情。而我真正有证据的只有一个：一只鸣角鸮把一只黑头山雀当成子弹玩，而且通过环志我知道那是我的鸟儿。这些小土匪只能欺辱小小的同类吧！

其实在我看来，如果是天气杀死了一只黑头山雀，那才是真正没有幽默。我猜想黑头山雀的学院里一定有两个训诫：冬日里，不要去有风的地方，那是危险的；暴风雪来临前，一定不能打湿自己的羽毛。

曾经一个冬日的黄昏，下着濛濛细雨，看到一群鸟儿飞进了我的树林，那里有它们的家园。这件事证实了第二个训诫。依照我的经验，这雨虽然来自南方，可是太阳出来前，会转为西北方，会变得寒冷无比。这些鸟儿找到一棵死了的橡树栖息，树皮都已经脱落，而且里面充满各种尺寸、形状、角度和方向的破洞。如果选择躲避南来的雨不打湿自己，那么早上会遭到北方的雨袭击，而且一定会冻死。聪明的鸟儿会选择四面都干燥的地方，清晨一样安然无恙。我想这就是鸟类王国中的智者，65290和它的同类即是靠着这个智慧存活下来。

黑头山雀日常的所有行为，都说明了它们有怕风的习性。寒冬，只有风和日丽的日子里，它们才会壮着胆子离开树木，飞行距离和风力成反比。我知道几个有风的林地，冬季绝对找不到黑头山雀，可是其他季节则会被它们全部占领。这里风大的原因是由于母牛吃光了草坪。对于银行家，他们有暖气，从不考虑这些，只在乎那些抵押了财产的农民，而农民为了债务要更多的母牛，这样也就需要更多的牧区，所以除了福拉狄龙的风例外，风其实并不被人厌恶。可是在黑头山雀看来，冬天的风就是不能进入的世界屏障。如果黑头山雀有自己的办公区，这里的标示一定注明：保持宁静。

当然捕捉它们的时候，也会找到原因。如果把捕鸟器的方向调转，鸟儿进入时，尾部感受到微微的暖风，这时，即使有马去拉它接进诱饵都不会成功。而相反的方向成功率就会很高。来自后面的风又冷又湿，尾部的羽毛是它们的温度感应器，马上就会有反映。很多鸟都怕后面吹来的风，比如啄木鸟、树雀鹀、灰蓝灯草鹀，但是它们的加热和抗风能力由此也变得比较强，一般情况下不会有问题。自然界的书籍总是不提及风的问题，风只得写在火炉背面。

在鸟的王国里一定还存在第三条训诫：分辨所有高分贝的噪音。当我们刚刚挥动斧子砍树时，一群鸟儿已经开始等在旁边，一旦倒下后就会跑到裂缝中去寻找各种美味。同样，一声猎枪就会惊起所有鸟儿，当然结果总不是很理想。

如果没有到动斧子的月份，什么可以叫它们起来吃饭？大锤还是猎枪？估计是树木倒下的碰撞声。1940年最后一个月,一场冰雹袭击了我树林里几乎所有的死树干和活树枝。有一个月的时间,鸟儿们对捕鸟器嗤之以鼻,因为冰雹带来的自然的福利,已经让它们饱食终日。

65290自从领了它的奖赏,到现在已经很久了。我祝福它,在新的家园里,每天都有充满蚂蚁卵的橡树倒下,这样就不必在意风向哪里吹,永远在安宁中度日,有一个好胃口。而且,期望它依然戴着我给它的环志。

○ 地质物征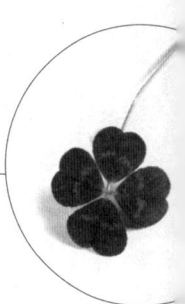

∽ 威斯康星州 ∽

沼泽的悲鸣

黎明的风总是无声无息，难以洞察，却又潜入了这一片巨大的沼泽，轻轻吹拂，淡淡掠过，吹往那梦幻般的河畔。一片幻影般的薄霭慢慢逼近，笼罩着茂密的落叶松林，带来了温润的露珠，飘过了沼泽。这样别样的安宁漂浮在地平线上。

远处的天空传出了清脆的响声，然后又会温柔地拥抱大地。之后，寂静再次笼罩。猎狗又再狂吠，之后就是一系列由它引起的混乱、嘈杂的各种声音。狩猎号角在空中响起，清晰而洪亮，同时又慢慢消失在雾霾中。

号角声的出现不是一成不变的，有时激进，有时低沉，有时平静，启发了连续的喇叭声。纷乱的脚步声后是一阵在死亡边缘挣扎的嘶鸣，猎狗狂吠，它们打破了沼泽的寂寥，却也不清楚这喧闹来自何方。之后，雁群呈梯队飞过来，它们的翅膀似乎不用扇动，直接出现在沼泽左侧的天空，鸣叫打破空中的宁静，直接降落在觅食之地。似乎这样就开始了新的一天。

这片土地对待时间是极为尊重的。冰河世纪后的每个春天，都会伴随着响亮的鹤鸣。这片沼泽的泥碳层本就是原始湖泊的底部，现在鹤群的位置就是湖的所在，这曾是历史的篇章。由于塞满河塘的地衣被压缩才会产生现在的泥炭，当然其中也有落叶松的残留，当冰雪褪去后鹤群在落叶松上的遗迹。一代又一代的迁徙族，用它们的骨骼建筑了这个通往未知的地区，总是有新的主宰者，继续生活、繁殖、死去。

而结局会是怎样？沼泽旁的一只鹤正在津津有味地吃着一只青蛙，同时想拖着笨重的身体飞向天空，用翅膀去划破那朝阳的光彩。整片落叶林似乎都在回应着它的叫声。一切对艺术的认知开端都是对美的欣赏，对大自然也是如此。整体上的完美统一，也许在对待鹤的特性上也是适用的，很难用语言表达。

即使如此，我们也可以说：随着对世俗历史的了解，慢慢地认识了鹤。现在我知道了鹤类源自始新世。它所在的那个动物群体，很多成员都深埋在这片山峦之下，已经是很久以前的事情了。它们的鸣叫在我耳中，再不只是鸟叫，代表了蛮荒历史的遗迹，代表了曾经的辉煌时代，而那个黄金的年代为鸟类世界和人类世界都奠定了牢固的基础。

由此可见，这些鹤不仅生活在现在，而且经历了历史变迁中的各个重要阶段。只要地质钟正常地运转，它们每年必定会在同一时间回到这里。当然这里也因此有个特别的意义。在生物学角度看，一个栖息着鹤的沼泽同其他平凡无奇的沼泽相比，是具有特殊的古生物学价值的，它似乎成为了历史长河中的永胜者，但是也许猎枪会毁了这一切。很多沼泽都出现过我们不愿见到的悲伤的场面，也许都是因为那里曾经是鹤的栖息地。而现在的它们似乎只能忍受侮辱，存在于历史的长河中。

各个阶段的猎人和鸟类学家,应该都可以观察到鹤所具有的特殊意义。曾经只是为了得到一只鹤,罗马帝国的统治者佛雷德里克,放出了他的大隼。伟大的忽必烈也撒出了最勇猛的鹰。马可·波罗这样说过:"忽必烈从使用鹰狩猎中得到了无比的快乐。他曾经在察罕查尔的宫殿,四面都是平原,为了怕鹤会挨饿,特意让人们种植了小米和谷物。"

本特·伯格是一位著名的鸟类学者,生于瑞士,他在小时候,在荒原上看到了鹤,从此就致力于对鹤的研究,并成了他终生的事业。他为了它们到达了非洲,而且在尼罗河畔找到了它们的栖息家园。谈到第一次的体会,他曾这样说:"和那个奇观比起来,天方夜谭中的大鸟也会让你没有了兴趣。"

北方的冰川开始消融,碾过山丘,使山谷更加低陷,有些已经越过了冰川的四壁,来到了巴拉布山,之后回落到威斯康星的河口。融化的冰川带来漫涨的河水,汇集于此,这样就形成了一个大湖,几乎有整个州的一半面积,西边就是冰川,所以融化后的冰水形成激流不断地注入其中。这个久远的湖滨依然可以看到,而湖底就是这片大沼泽的底部。

这个湖的水位一直上升,最后漫过了巴拉布草原的东部,在那里引出了一条新的水源,这样也可以使它流向远方。冬季里,鹤回到了小湖边,鸣叫像是它们凯旋的号角,号召更多的动物来建筑这片沼泽的行动。沼泽被漂浮的泥炭水藓带来的淤泥填满,而沙草、落叶松、地挂也来凑热闹,都拥挤在泥沼里,而且通过根系为自己抢夺了位置,吸收水里的营养,泥炭也越来越多。湖泊就这样慢慢地消失了,可是鹤依然留了下来。它们每年冬天都会来到这里的草地,跳舞嬉戏,繁殖瘦长、红褐色的下一代。虽然是鸟类,但是这些幼鸟更像是"小驹"。没有任何原因的,我就喜欢这样叫它们。如果想弄清楚原因,你可以在7月里来到那片曾经原始的牧场上,看到它们和母鹤一同玩耍的场面,一切也就理解了。

曾经有一个法国猎人，身披鹿皮，将自己的小船停到了这片沼泽的小湾里。鹤对所有这样侵犯它们领地的人都没有好感，而且鄙视他们的行为。一个世纪后，英国人乘着他们的棚车来到这里，在临近沼泽的冰渍层开垦了空地，并且种上了粮食，当然这并不是为鹤准备的。但是对于鹤来说，无论是冰川、帝王，还是农民，他们的意图都与自己无关。鹤只管吃掉看到的粮食，而且当农民并不愿意放弃谷物的拥有权时，它们会愤怒地叫喊，之后飞到另外一个沼泽去。

在还没有苜蓿的年月里，同时由于大干旱的原因，农民的牧草状况似乎很糟糕。在干旱的一年，农民在落叶林里点起了火，烧成空地，清理了枯树后，很快地有拂子茅长了出来，这里将成为一个牧场。之后的每个八月，这里的干草就会被人们整齐地收割。冬季里，鹤迁徙到南方后，人们会把牛马赶到沼泽的冰面上，并且把收割的干草铺到自己的农场里。人们学会了用火和斧子来对付这片土地，这样一来，牧场面积越来越大，二十年来，牧草地几乎覆盖了这片土地。

同样的八月，对于农民和鹤来说是完全不同的感受。农民欣喜地哼唱着歌曲把牛马赶到这里收割干草；而鹤则要催促着自己的孩子退到远一点安静的区域，声音听起来如此悲伤。每到这个季节，鹤银灰色的羽毛就会变为红褐色，所以农民叫它们"红色沙丘鹤"。当干草收割成垛时，沼泽的归属权又重新转交给鹤，它们会再次到来，并且带来十月里最多的候鸟群。它们组成了联盟，在上空盘旋，瞄准玉米田俯冲向下，直到冬季来临的信号发出才会结束。

牧草地的时代，对于沼泽地居民属于田园时代。人类和动物、植物、土地，在相互包容、理解中生活，当然心中都是为了一个共同的目标而努力。沼泽也会永远提供牧草和草原松鸡，鹿，当然还有鹤的歌唱，好吃的蔓越橘。

新的一代土地所有者似乎根本不懂得这一点。他们的朋友圈子里根本没有植物、动物和鸟儿。这样一来，这里的平衡经济基础就被打乱了。他们根本不满足于现在的农场范围，希望可以开发沼泽。挖渠、开垦土地的风气一发不可收拾，成为了一种传染病。排水道把沼泽隔成了一块一块的，满眼望去都是新开垦的农田和空地。

可是庄稼的收成并不理想，而且经常被冰冻袭击，同样昂贵的水渠带来了繁重的债务。大部分开荒的农民就这样又离开了这片土地。泥碳层干枯、萎缩，引来了火灾。太阳似乎开始惩罚这片土地，烟雾弥漫了这片荒野。人类只是在气味上反感，却没有人采取半点行动抵制这样的浪费。夏天里的干旱，就连冬季的雪融化后都不能熄灭燎原的火苗。平原和草地处处都是烧伤后的疤痕，古老的湖泊沙滩都是凌乱无序，因为多年泥沼覆盖着它。灰烬总是消灭所有的杂草，土壤开始钻出无序的杂草，之后两年左右的时间，山杨树丛在这块土地也慢慢变得浓密。鹤的生活环境大受影响，它们紧紧依存那些所剩无几的草地，数量越来越少。对于它们，每当电铲响起就好像是丧钟的敲响。那些只在乎进步的牧师们，因为对鹤的一无所知，也就不会在意它们的处境。工程师们永远不会在意动物品种的日益减少，同样也不在意是否缺少了一个沼泽。

在近二十年里，庄稼越来越差，火灾越来越多，空地越来越多，鹤的数量逐年递减。似乎能够制止沼泽被燃烧的只有洪水，这样，种植蔓越橘的人依靠堵塞水渠，使水回流从而解决了农田干旱问题，提高了收成。于是，那些根本不了解实情的政治家大肆鼓吹偏远土地开发带来了丰收，解决了事业，保护了资源等。之后这片沼泽迎来了大批的经济学家和规划师。同时蜂拥而至的还有勘测人员、技术工程师、资源保护人员等等国家机关办公人员。这次兴起的就是抵制挖渠的热潮。政府给了农民钱，回收了土地，规模性堵塞水渠。沼泽逐渐地湿润起来，火灾留下的伤疤开始变成小小的水塘，草地还是会有火灾，但是不会再播及湿润的土壤。

原本所有的一切，只要国家保护组织撤离后，一定会有利于鹤的生存，可是事与愿违。燃烧过的灌木丛依然在无情地蔓延开来，再加之政府资源组织修建的条条蜿蜒的道路。对于政府，修一条路远比考虑这个区域真正需要什么要简单得多。如果一个沼泽没有道路，在习惯按字母顺序的保护主义者眼中，就好像是建筑家眼中没有排水渠的沼泽一样，根本是没有意义的。这种没有按照字母顺序被编写进自然资源中的荒芜与僻静，似乎只有鸟类学家，还有迁徙的鹤会意识到。

所以，无论是沼泽的历史，还是人类的历史都是在相互矛盾中结束一个时期。这些沼泽最终逃脱不了沦为荒野的命运，而鹤则成为了这一个景观的标志。可是对于爱着这片荒野的人们来说，我们也是自相矛盾的，由于过于珍惜，就回去看它和抚摸它，可是等到我们一旦爱够了，也就没有什么荒野可以珍惜了。

总会有一天，我们真以为自己在实施着保护的时候，最后一只鹤唱起了离别的歌，在沼泽上空盘旋后，飞向更高的天空。高高的云端又传出了狩猎的号角，猎狗又开始狂吠，伴随着猎枪声，之后就是一片死一样寂寥，也许只有银河的牧场会没有这样的事情发生。

沙 乡

每种职业都有美好的特征，而且同样也会有赞美之词，当然这要建立在有其用武之地。于是导致了，经济学家们需要给他们喜欢的所有贬义词找到一个用武之地，例如低于边际收益、退化、制度陈腐等等。可是对于无边的沙乡，似乎这些词语都可以用得上，而且没有任何一个人会反驳，贬义词在这里自由出入，不受限制。

话说回来，如果没有这片沙地，那些专门研究土地的专家其实也会感到不舒服。除此之外，他们也许找不到更好的地方提供给灰化地、潜育化和厌氧微生物之类。

在过去不久的几年里，负责社会规划的工作人员由于另外一个原因开始重视这片沙乡。这一片空旷的多沙区域一直没有迎来居住者，但是它的规模和条件使人甚为满意，地图上布满了花纹圆点，这些圆点如果是一致的话，将会是单调无聊的。每个圆点都相当于是个澡盆，或者五个社区人员，再或者长度为一英里的沥青路，也能让你想起一份血淋淋的鹿肉。

总的来说，沙乡极为贫乏。

20世纪30年代，伴随着四十个骑手越过大沼泽，很多福利活动开始高涨，可是这片沙地上的农民却不愿离开，即使银行贷款利息已达百分之三。当然这些老实的农民根本没有想离开这里。由于想知道原因，我便买下了一个属于自己的沙地农场。

六月里那挂满在羽扇豆上的露珠，总是迷惑我的心智，开始怀疑这是偶尔的恩惠，还是这片土地根本不贫瘠。在一个商业化农场里，根本没有机会见到羽扇豆，更不要提可以得到晶莹剔透的露珠。那些根本没有见到过清晨里羽扇豆露珠的官员们，只要看到它们长出来就会当做是杂草铲除，而且是毫不迟疑。我在想经济学家们真的知道羽扇豆吗？

当然那些一直没有搬离这片沙地的农民，他们一定有让自己必须留下来的原因。映入我脑海里的第一个画面，就是四月里布满砾石山里开满了白头翁花。虽然白头翁花从没有透露过，但如果要追溯它的来源，应该是冰川时代的砾石就把它带到了这里。贫瘠的砾石不能提供给白头翁花太多阳光，只有四月里的阳光才能让它们绽放。而在冰雪、冷雨、凛冽刺骨的寒风里，白头翁花享受着独自绽放的特权。

在这个世界上，存在着一些植物，它们似乎并不要求富饶和丰富，只希望有自己的空间。你看那小小的蚤缀草，在羽扇豆没有把山岗铺满蓝色前，它已经给山岗戴上了有白边的礼帽。你在一个有假山，花草茂盛的农场里根本找不到蚤缀草，因为它拒绝那样所谓极好的环境。更小的柳穿鱼草也是一样的脾气，它更纤细，更渺小，以至于你根本注意不到脚下的它们。除了在沙地上，你在其他地方能找到柳穿鱼草吗？

最后我们来说说葶苈，在它的眼里，柳穿鱼草则是高大而茁壮的。据我所知没有一个经济学家知道葶苈。如果我可以是一个经济学家，我一定要用自己的所有知识去对抗这些沙子，还有脚下的葶苈。

在这世界上，也有一些鸟类只能在沙地看到，原因有时候容易推测出来，有时候则很难知道了。比如泥色雀鹀，它们喜欢这里就是为了短叶松，只有沙地才有短叶松。还有更明显的，沙丘鹤习惯僻静，没有别的地方比这里更合适。但是对于丘鹬来说，它为什么偏偏爱在沙地筑巢呢？它们绝对不单单是为了食物，因为在富饶的土壤里，蚯蚓更多。我经过了多年的研究，终于知道了答案。雄丘鹬在空中飞舞表演时，极像踩着一双高跟鞋的矮小的女士；它绝对不愿意在覆盖了繁花的舞台上表演，因为根本显不出它的优势。而这里有荒芜的牧场，贫瘠的沙地，起码四月的季节，这片土地不会有任何覆盖物可以掩盖它的光彩。那些苔藓、葶苈、酢浆草以及蝶须，根本不被它考虑在内，不会构成任何威胁。所以雄丘鹬只有在这里可以昂首挺胸、装模作样和气势汹汹地展示自己，不会有任何遮蔽，它的观众可以没有任何障碍地欣赏它的舞姿。这里似乎成了它真正的希望之地。这个现象虽然只在一年中的一个月，甚至是一天中的一小时，对于经济上没有任何影响，但是对于两性关系选择具有重要的意义，丘鹬就是在这样的环境中选择配偶的。

经济学家还没有研究如何让丘鹬搬家。

漂 流

古生物时代，大地最后面临被海洋淹没，X在石灰石的暗礁上标明了时间，在这种情况下的时间，作为一种被封印在岩石里的原子来说，是停滞不前的，这是极为抽象的假想。

跟随着一棵大果橡树根的成长，钻进裂缝吸取养料并且生长延伸，断层出现在我们眼前。一个世纪就像一个瞬间的过往，岩石不再能封锁住时间，X再次出现，开始参与生物世界的成长。它帮助花朵的成长，花成为了一个橡果，鹿吃掉了橡果，印第安人吃掉了鹿，这一连串的事件都发生在一年里。

X现在停留在了这个印第安人的骨骼中了，它似乎生活在了追逐和竞争、温饱和饥饿、恐惧和希望里。对于一个原子，这些事件都是化学上的推拉变化，似乎这样的争斗根本没有准确的时间限定。X的第一次旅行伴随着这个印第安人的死亡而结束，被深藏在了地下，它开始退化，只有土地的往复循环才能带给它第二次的复活。

这次X似乎被一根冰草的小根吸入体内，之后X来到了一片叶子里。六月的阳光洒在草原上，而X作为叶子的一个原子分担着吸收阳光的任务，同时完成着叶子另外一个任务，就是为一只鸟鸮卵挡住阳光。雌鸟在上空飞翔鸣叫，似乎在赞美着某种完美无瑕的东西，也许是它的卵，也许是这片叶子，也许是这草原上一望无际的繁花烂漫。

当这只鸟要飞赴那远方的阿根廷时，草原上所有的冰草都在挥动长长的新穗道别。当从北方来到这里的第一支雁队出现在上空时，冰草们已经换上了葡萄酒般的红色衣裳，一只拉布拉多足鼠为了节俭度日，把X叶子拖进了自己地下的巢穴，就好像又一次把印第安人拖进了地下，躲避很快到来的霜冻季节。

可是一只狐狸并没有成全老鼠的想法并且吃掉了它，巢穴被酶和真菌腐蚀，X又一次安逸地躺在地下，吸收营养，做着自己的春秋大梦。

第三次是一簇垂穗草把X带出了地下，之后进入一头野牛的身体中，又变到野牛肉片里，当然最后还是进入土壤。一支鸭砣草又让它有了下一次的旅程，很容易地进入了野兔的体内，之后又无缘故地进入了猫头鹰体内，和平时一样，最后结局还是土壤。再一次的旅程从一支鼠尾粟开始。

随后的整个旅程都被一次草原大火无情地结束了，所有的植物都化为了尘埃和烟雾。氮原子随风而去，而磷原子和氢氧化钾落入大地。一个旁观者可以轻易地猜对这个生物学戏剧的结局，所有的氮被一场大火消耗干净，植物不复存在，那么土壤一无所有后慢慢流失殆尽。

草原似乎不是只有一个方案，虽然草科稀疏消亡了，却促进了豆科草本的成长。比如，草原苜蓿、野豌豆、胡植子、山马蝗、灰色紫穗槐，还有可爱的巴布豆，它们的菌都存在于细根的小瘤里。根瘤的任务很简单，就是在空气中吸收氮，然后使植物成长，之后进入土壤。这样一来，草原土壤中从大火中失去的氮，会通过这样的形式补充，从而更加丰富。头脑简单的白足鼠都知道草原是富饶的国度。在那个一切都慢慢消亡的年代中，很少人会注意到草原富饶的根本原因。

X每次的旅程都是通过植物和动物开始的，而且每次的结束都会进入土壤，并且雨水会把它携带着向下坡走，一英寸一英寸地移动。植物活着的时候会储存原子抵抗流失，一旦死去则会用腐烂的软组织留住这些原子。动物吃掉这些死去的植物，把它们带到山顶或山脚，或者任何它们要去的地方，通过粪便的排放来确定这些原子的最终位置，抑或是这只动物的死亡地点。比如，狐狸在草地上捉住了一个带有X的黄鼠，然后把它带到了山顶的窝里，而这时一只鹰结束了狐狸的生命。这个事件的结果只是表明X在狐狸世界的旅程结束，并不是代表一个新旅程的开始。

这个故事还会继续，鹰的意外收获被一个印第安人再作为祭品献给了神明。因为印第安人总是觉得神明会更加关心他们的祈求，其实命运之神只会在重力下玩弄骰子：小老鼠、人类、土壤、鸟儿，可能只是为了让原子注入大海的一个方式。

其中有这样一个故事，X本来是存在于河边的一棵三角叶杨树里，可是一只海狸吃掉了它。海狸总是会死在它觅食的低处，那一年的冬天很寒冷，而且池塘干涸了，海狸就这样饿死了。X就在这具尸体中随着春天的洪水漂流向下，一个世纪的时间里，它都在一直向下地漂流。最终它来到一个回水水湾处，被埋在淤泥里，之后被蜊蛄吃掉，蜊蛄被浣熊做了晚餐，而最后印第安人捉住了这只浣熊，最终X的命运就是被印第安人带到他长眠的河边。春天里，河岸由于河水的蜿蜒冲击开始下陷，一个星期的洪水过去了，X最终来到了曾经古时候被禁锢的地方——大海。

由于生物世界的原子是完全处于自由状态下的，所以它可能根本不知道什么是自由；那么重新融入海洋的原子早就把自由抛到脑后了。每次大海收回一个原子，那么草原上就会被又重新拯救出一个来。我们可以肯定的事实是，生物生活在大草原中，必须要努力吸收养分，迅速成长，并且要很快死去，循环往复，才不会得不偿失。

根部的本能就是向裂缝无限地延伸，所以Y也从母体礁石中获得了自由，这个时候草原迎来了一个新的动物，并且这种动物开始对草原进行了整顿。而目的只是让草原适应它独有的规律和秩序。牛犁割开了大地的皮层，Y要通过麦子进行新的一次旅程，即使每次都是令它头晕目眩应接不暇。旧时草原需要每一种动物和植物，因为它们的竞争或者合作都是为了维持一种不断持续的秩序，所以那个时候的动物和植物都是被需要的。而对于麦农来说，似乎只有牛和麦子是唯一有用的东西，他对其他毫无兴趣。如果他发现自己的麦田上空飞翔着白鸽，那么下一个动作一定是让它们消失。如果麦田中出现了虫子在偷窃，他会大发雷霆，因为虫子太过渺小，无法被轻易杀死。但是，他根本没有意识到这片土地根本不适合种麦子，这种滥用的方法使土壤在无形中流失，从而春季的连续不断的降雨已经使土壤完全裸露出来。当一切都在严重虫害和洪水中结束的时候，Y和它的同类早已伴随着洪水去了远方。

当小麦帝国最终消亡后，人类在旧时草原历史上又翻开了一页：畜牧业帮助土地储存了肥料，种植苜蓿吸收氮使土壤肥沃，玉米田的种植充分挖掘了土壤的内在潜力。

除了种植苜蓿，人们还种植了其他可以防止水土流失的植物，这样不但保护了曾经拥有的耕地，而且还开发出新的土地，当然这些土地都是要保护起来的。

尽管苜蓿的存在，但是黑色的沃土依然越发稀薄。水土保持工程师们用堤坝和梯田来挽留它，陆军工程师建起了大堤和翼坝，为了防止河水把它带走。作为黑土地不会被河水带走的代价，河床变高了，阻塞了航运。于是，工程师们开始想办法，修起了很多像海狸居住的大型水塘，Y可能就住在其中一个水池中，这里便结束了它的一个短暂世纪旅行。

来到水塘中，Y借助于水生物、鱼类和水鸟进行过短暂的旅程。由于工程师们也修建了下水道，所以它们被带了出来，最后成为远方大海和山丘的战利品。曾经生出过白头翁花和欢迎丘鹬归来的那些原子，现在只是没头没脑地置身于油污和淤泥当中。

根永远都不会停止在岩石中伸展，雨同样不会停止倾泻在田野中，白足鼠还是会遮盖那些印第安人夏季的留念，那些赶走过鸽子的老人们还在不停地宣讲他们曾经的光荣的战绩。红色的牲口棚依然要迎接那些进进出出的野牛，无论它是黑色还是白色，因为它们便是那些巡游原子的免费巴士。

候鸽纪念碑

我们为了一个物种的葬礼,特地建立了一个纪念碑。它表明了我们的哀伤和悼念之情。令我们伤心的是,活着的人再也无法看到胜利之鸟凯旋的方阵。三月的天空,充满了胜利的鸽子带来的喜讯,它们似乎在为春天铺路,把战败的冬季在威斯康星的树木和草原留下的遗迹一扫而光,驱逐干净。

很多在年轻时候看到过候鸽的人还健在,而曾经被鸽群带来的风吹动过的树木也还活着。但是,十年之后,也许之后最老的橡树才能想起它们,而在以后更长的历史长河中,也许只剩下山岗的记忆中存在着那些胜利的鸟儿。

通常我们在书中和博物馆里可以看到鸽子的身影,但都是模拟和想象的产物,这些产物根本没有经历过任何艰苦和喜悦,根本对此一无所知。田野中的鸽子会突然废除草丛,提醒着鹿迅速找到躲藏之地,而书中的鸽子却做不到这一点,也不能在挂满山毛栗果实的树林里展翅歌唱。书中的鸽子不需要明尼苏达的麦子来作早餐,也不会去吃加拿大的蓝草莓。它们没有得到过太阳的亲吻,不会得到季节的垂青,不会知道凛凛寒风带来的寒冷和天气的变化。它们永远都会活着,却从来没有过生命。

我们的祖辈在衣食住行方面都比不上我们现在的生活。他们与命运的抗争需要极大的勇气,同样也利用这样的勇气剥夺了鸽子的生命。我们现在的悲痛,大概就是不知道对于这样的交换,人类是不是真的有所得而无所失。新科技的发明创造给我们带来更多的舒适,而这些新发明能否如鸽子那般,让春天更加光彩照人吗?

达尔文在一个世纪之前,提出了物种起源的学说,似乎告诉了我们所有前人不知道的东西:人类只是物种进化长途旅程中的一个成员。直至今天,我们应明白一个道理，应该更亲近那些与我们同行的生物。这是一种生存和允许生存的精神。也要对生物界复杂事务的广泛性和持续性存在高度的好奇心和探寻欲望。

总体来说，在达尔文理论提出的一百年之后，我们需要清醒地明白，人类现在是探险船的船长，那么人类本身并不是唯一的探索对象，同样之前的责任以及意义，只是在黑暗领域里的鸣笛者。

恕我直言，人类真的应该醒来了，而令我担心的是大部分人仍然还在沉睡中。

这样看来，作为平等的物种，人类为鸽子表示悼念，的确是件奇怪的事情。马格诺人，克罗在杀死最后一只猛犸象的时候，心中只有烤肉。而猎人射杀最后一只候鸽的时候，只是为了显示自己的高超技艺。更可悲的是，打死最后一只海雀的水手心中没有任何想法。而我们，正在为了失去候鸽而感到悲伤，并且建碑纪念。这也许就是我们区别于野兽的最好证明了。杜邦先生的尼龙，万尼瓦尔布什的炸弹，都做不到这一点。

这个纪念碑，就是那矗立在悬崖顶端的游隼，脚下踩着广阔的山谷，日日夜夜，永远地眺望着它。每年的三月，看着那些飞过的雁群向河水诉说着，那冰原是如何的寒冷和清静。年复一年的四月，它都注视着红色蓓蕾的发芽成长，消亡。周而复始的五月，它都会看到那山丘上的橡树变得更加翠绿，观察着怎样的林鸳鸯要在椴树中寻找带孔的树枝，金色的黄森莺如何才能在河柳上撒下金色黄粉。它同样可以看到八月时白鹭的到来，并且在沼泽上作片刻的停留；九月的上空吹着口哨的一定是可爱的行鸟；十月不但会有落叶以及掉在上头的山核桃；十一月的冰雹就在它的眼皮下面制造着森林混乱。可是候鸽一直没有飞过。再没有鸽子了，留下来的只有这青铜制造的，不能发出任何声响的纪念碑立在这岩石上。旅行者读到碑文的时候，丝毫不会得到任何的鼓舞和激励。

又是那些经济学者来教育我们，告诉我们这个纪念碑只不过是一种怀旧的行为，如果当初捕鸽者没有把捕到的鸽子杀死，那么农民为了自己的利益，一样会把杀死它们的大任揽到身上，鸽子命运不会改变。

虽然这样的说法是有事实根据的，但是他们根本没有理由可以这样地说。

候鸽曾经引起了生物学界的一场风暴。它们是游走于两个不能同在的两股势力中（富饶的土壤和空气中的氧）出现的一道闪电。每年这个挥动着翅膀的闪电都会呼啸穿过大陆。它们在长途跋涉中消耗着，在森林和草原中获得美味的果实。和其他的生物一样，鸽子只有在保持自己的能量强度下才能生存。当候鸽的数量被猎人减少，而拓荒者又切断了它们获取能量的渠道时，它生命的火焰也就到了熄灭的时刻，没有剩下一丝火星和一缕青烟。

现在空中只剩下了橡树的累累硕果，可是拥有翅膀的闪电已经不复存在。蚯蚓和象鼻虫再也不会担惊受怕，非常慵懒地完成着它在生物链中的任务，而这曾经是空中那道雷霆闪电的重任。

候鸽热爱这片土地。它们努力生活，渴望那成串的葡萄和饱满的山毛栗果实作为自己的美食，从不惧怕遥远的旅程和气候的多变。威斯康星今天没有免费的晚餐，明天就会在密歇根、拉布拉多或者田纳西的天空中看到它们的身影。鸽子的爱只能对眼前的东西，无论这些东西曾经在任何地方出现过，它们去寻找的同时，需要的只是自由的天空和翅膀的力量。

爱是什么？是当今世界的事物，也是大多数人类和候鸽不了解的新事物。让我们在历史的层面剖析美国，在合适的层面剖析命运，感受一下那时代长河中存留下来的山核桃树。这一切对于我们一点都不难，而且只需要自由的天空和挥动翅膀的勇气。这就是我们超越所有物种的客观证据，并不是杜邦先生的尼龙和布什先生的炸弹。

弗兰博河

作为从来没有到那些荒野的河道划船的人，或者每次都会有一名向导的人，这件事情总是新奇的，而且如果得到了训练，就觉得那是特别有意义的。我从前也是这样认为的，可是自从在弗兰博河遇到两名大学生后，我改变了想法。

晚饭后，我们总是收拾好一切后就坐在岸边，看着一只公鹿向遥远的岸边走去，它很快地抬起头，耳朵竖起看着河的上游，之后，奔向了不会被人发现的地方。

我看着河流拐弯的地方，知道了吓走公鹿的原因：两个年轻人坐在船上正向下游划来。同样他们也发现了我们，之后让船靠在岸边，并且过来和我们打招呼。

他们的第一个问题竟然是："现在几点了？"当然马上附上了诚恳的解释，他们的表停了，而且，在他们的人生里，这是第一次没有钟表、汽笛和收音机帮助他们确定时间。人们总会在不能确定时间的时候感到极度不安。也没有什么人给他们送吃的东西，一切都要从河里得到，没有肉也是可以的。也没有交通警告诉他们下一个危险拐角有什么，哪里存在暗礁；他们有时候会把天气搞错，或者找不到扎帐篷的地方，没有一个舒适的地方会让他们躲雨，没有一张地图告诉他们哪里可以到营地，哪里的营地比较凉爽舒适，哪里都是蚊子的营地；同样没有一本书告诉他们哪种木材可以点起篝火，而其他的只能产生烟雾。

之后我们知道了他们将要入伍，成为一名军人，就在这次冒险结束之后。在和我们分开之后，他们将会顺流而下继续旅行。这次冒险是他们第一次，也许也是最后一次体验自由，只是钻了学校和兵营的间歇而已，那可是两个最大的管辖。荒野探险的本质是最令人悸动的，不仅因为新奇好玩，而且因为它可以给你充分的自由，包括犯错误。这片荒野可以带给他们全新的感受，可以体会到智慧和愚蠢带来的奖励与惩罚。当然这些对于生活在丛林的人来说是司空见惯的，但是现代的文明创造了千万种东西使它们远离了人类生活。而这两个小伙子，则是在这样的情况下，依然按照自己的意志进行着探险之旅。

每个年轻的生命都应该经历一次这样的荒野探险，从而体会自由的特别意义。

在我还小的时候，我父亲告诉过我很多像弗兰博河一样好的地方，可以野炊、钓鱼、探险。当我真正地把自己的小船推入这条希望的河流之中，它令我更为惊喜，远远超出我的预期，不但是一条河流，还有已进暮年的荒野。可是这片土地被新修的公路、桥梁、别墅和景区分隔得支离破碎。就在这条河的下游，在精神上似乎出现了两种幻觉反复交替：每到达一个停泊点，你会觉得身处一片荒芜的区域，而没过多久，你也许就可以看到别墅主人种植的芍药花。

经过那些芍药花就是安全地，突然一只鹿窜了出来，一下子又把你的精神拽回了荒野之中，接踵而来的激流就更加让你肯定了自己的感觉。而下游一个池塘旁边，那个人工合成的原木小屋庄又再次让你清醒，你的眼睛不会哄骗你，引入眼底的都是合成屋顶，旁边还有"在此休息一下"的牌子，还有一个具有乡村特色的凉亭，提供给午后桥牌爱好者。

那个伐木的巨人波罗·布尼安，他太忙了，根本没有考虑过自己的子孙，当然，我猜想如果他选择保留一块北方的土地让后代知道曾经的森林的样子，那一定是弗兰博河。因为这里同一块土地上生长着北美乔松、糖槭、黄桦，还有很少见的铁布衫。这种松树和硬木树共同成长的现象，无论是古代还是现代，都是少见的。这里的松树，由于特有的生存条件，要比其他地区的松树茂盛许多，它们应该感谢周围的那些硬木树。但是也是由于它们的茁壮，而且旁边就是一条可以漂流圆木的河流，所以早就被砍伐干净了，当然那些腐蚀的木桩就是最好的证明。得以逃过一劫的就是那些天生有些残缺的树木，但是它们的存在，已经足够展现弗兰博河的轮廓了，似乎成为了那些翠绿日子的纪念碑。

对于硬木的采伐要晚很多，因为实际上，最后一个硬木公司的火车皮上标着"钢材托运"只是十年前的事情。现在那个公司唯一留下来的就是一个"土地办公室"，早就被遗弃在那个旧城市里，曾经向那些农民出售被他们砍光了的土地。于是美国历史上的一个时代被砍光，以逃离结束了。

如同野外的狼一样，只能在荒废的土地上寻找食物，弗兰博河只能依靠剩下的东西来支持伐后经济。那些像骗子一样无耻的伐木商人，打着纸制的幌子，开始在灌木丛里寻找曾经没有注意的资源，那些可怜的小铁布衫。锯木厂的工人开始挖掘河床，他们打的是里面木筏的主意，因为很多木材曾经在那个光辉的年代沉浸在这条河中。挖出来充满泥垢的收获物，都被完好地运到了旧码头，其中一部分是具有重要价值的，因为在当今的北部森林，那样的松树已经绝迹了。那些保守的伐木者，开始砍断北美崖柏上的水草，鹿跟在后面，偷偷吃掉那些掉落的精华。这里所有的一切都在依靠着残留下来的东西生活着。

这里的清理工作就是这样的彻底，所以当现代化来临，度假的人群想在这里建造别墅，用的材料都是爱达兰或者俄勒冈的圆木仿制品，几乎都是厚木板锯的。这些木材也是通过卡车才来到威斯康星的土地上。这是多么讽刺的事情啊，就好像那众所周知的笑话，把煤运到纽卡斯尔。

事实上，自保罗布尼安之后，这条古老的河上，还是有几个地方没有被改变的。每天清晨，在摩托艇醒来之前，还是可以听到荒野里鸟儿的歌唱。很幸运的，有几个国家所有的林区，依然没有被砍伐。那里住着非常珍惜罕见的野生动物：河里的北美狗鱼、鲟鱼，还有鲈鱼；秋莎鸭、绿嘴黑鸭和林鸳鸯一直在这片沼泽繁衍生息，空中总是翱翔着白头海雕和渡鸦。到处都是鹿，当然我觉得也许是太多了。因为我仅仅划船游览了两天，就看到了五十二只。河边总是有一两只野狼闲逛着。尽管在1900年之后这里再没有出过貂皮，但是还是有捕猎者说他曾经见到过貂出没。

为了充分利用这些残留的资源，并且作为核心发展，1943年后，当地政府把这条河五十英里的一段区域重新建设划分为无人居住的荒野区，为威斯康星的年轻一代作为娱乐和服务的一个区域。这个范围包括在森林的基本区域，河道沿岸没有林区，也几乎没有道路通过。慢慢地，一点一点地，政府开始出高价迁走旁边的私人别墅，关闭了无关紧要的公路，而且尽全力地希望这片土地可以恢复到最原始的状态。

近几年来，曾经为保罗提供最喜欢的卡劳松土地，也开始和拉斯科县一样，发展了乳品业。那些牧场主们，希望政府的发电厂给他们最便宜的电，还私自组织了一个农村性质的电力管理办公室，1947年申请了建立独立发电站，建成后，却占用了重新划分的五十英里原始森林的下半段，特意用来划船的区域。这必然会激起尖锐而剧烈的政治斗争。这些牧场主集体给立法机构施压。最后立法机构根本没有考虑环境问题，批准了建水电站，而且完全没有顾忌地否定了资源保护委员会的意见。也许以后划船的水域，甚至州里所有的河流，最终都是服务于发电厂。

我们的后代，将不会看到一条野外河流了，大概永远也不会知道人类曾经失去了享受午后阳光，听着水中荡漾的小船的美妙歌声的大好机会了。

伊利诺伊州与衣阿华州

伊利诺伊公车之旅

一个农民正在和他的儿子,在院子外面卖力地锯着一棵老三角叶树。这棵树又老又粗壮,树边只能留下一英尺锯片继续拉扯不停。

曾经的某个时代,这棵树是苍茫荒地的一个坐标。乔治罗杰斯克拉克也许就扎营在这棵树下,野牛们也许很喜欢在它的树荫下休息,尾巴左右摆动着驱赶苍蝇。鸽子在每一个春天都会如约而至,站在枝头拍打翅膀。也许只有州立大学的博物馆才能和它媲美。有一年它就在农民的纱窗前撒下了杨花,而且这件事情更加引起了重视。

这个时候州立大学告诉农民们,比起杨树,中国榆不容易堵塞纱窗,所以更加适合。不但这样,州立大学在其他方面也好像很权威的样子,比如:李子的储存、印度大麻病、玉米的杂交等。可是农场到底来自哪里,它却是守口如瓶。

在这里，它的任务就是让伊利诺伊的土地长出大豆来。

现在我乘坐的公车，正在以每小时六十英里的速度，行驶在曾经只有轻便马车和马匹才能通过的道路。混凝土的路面在不断地加宽，农田边的篱笆好像都要躺倒在公路边了。在被修建得整齐的公路边，同那些七扭八歪的篱笆中间，存在一条狭窄的草皮，伊利诺伊的遗迹就存在这里，那一点点大草原的草皮。

汽车上与我同行的乘客，没有一个注意到这一条遗迹。一个忧心忡忡的农民正在向外望，他的口袋里面露出了一张化肥账单，我想他现在看的应该是羽扇豆，或者巴布豆。这些植物曾经在草原上吸收空气中的氮，再转化入土地，使土壤更加肥沃。这个农民还是没有能分清楚它们同暴发户偃麦草的区别。如果我现在问他，为什么他的亩产量是其他非草原地区的几倍多。估计他的答案只能是说伊利诺伊州的土壤好。如果我继续追问，那些挂在篱笆上像豌豆白色尖壮的花是什么，他一定会摇头说不知道。也许会觉得它只是一种杂草。

我们迅速路过了一个公墓，它的边缘闪着光，应该是紫草的作用。现代人似乎只喜欢和泽兰、苦苣菜沟通感情，所以紫草只能留在死人的周围。

我打开窗户，一阵悦耳的鸣叫传来，那应该是一只高原鹬的美妙歌声。曾经的时光里，它的祖先会尾随着野牛，在这片无边无际的草原上艰苦跋涉，那能让人忘记青春。一个男孩也看到了这只鸟儿，却和他的祖父说这是一只扇尾沙锥。

前面有一个大牌子，写着"现在已进入格林河土壤保护区"。还有一行小字，由于我们的车迅速驶过，根本没有看清楚。我想那些小小的字母应该是这里资源保护队的员工名单。

这个牌子被漆得极为干净。下面的草长得非常矮，似乎做一个高尔夫场地都是可以的。附近还有一个非常美丽的环状的旧水湾，现在已经干涸得可以看到底了。新的水湾底部被弄得很直，这是工程师的主意，为了便于加快流速。而山上正相反，为了减慢水土流失，水土资源工程师又把它们弄弯。这些流水一定由于这些不一致的指引而变得头昏脑胀。

这个农场的所有东西都是银行的钱。院子中堆满了没有开罐的油漆，新的钢材和混凝土材料；谷仓上的标志表明了它新的创始人；房顶上的避雷针闪闪发亮，风标一看就是新镀上的金色，得意洋洋地随风转动；猪圈里的都是腰缠万贯的家伙们。

林地里的老橡树自由地生长着，周围没有任何树篱，也没有灌木篱，看不到任何管理标志和一排排的围栏。玉米地里都是胖胖的小牛，但是没有看到山齿鹑。草地的边缘是一片草地，那些铁丝的围栏上都是金属倒刺，犁地的人们都在说："不浪费、不愁缺。"

在河水下游的低处，水流带下来的各种垃圾都堆积到了旁边的灌木丛里。河畔根本没有进行任何的修葺，伊利诺伊的水几乎最后都会流入大海。溪流会把它们带不动的淤泥堆积到一起，那就是高大豚草的生长地。是什么起到了缓解的作用，并且可以维持这么长久？

笔直的公路像绷紧的带子，隔断了玉米地、燕麦和苜蓿地。公共汽车的里程表数值越来越大，乘客们只是在不停地交谈着，交谈着。究竟都是什么话题呢？他们在聊棒球比赛、税收制度、女婿、电影情节、摩托车还有葬礼，没有一个人在关心和谈论窗外这片我们正在驶过的、海洋般辽阔的伊利诺伊土地。这片广阔的土地，没有起源、没有历史、没有沉浮、也没有生与死的较量。对于车上的人们来说，这里只是为了到达一个目的地要经过的路线而已。

不停蹬踏的红腿

当我开始认真回忆过往的经历时，怀疑同时产生，那些所谓兴起的历史过程，是否也代表着一种走向衰败的过程；那些成年人引以为傲的，年轻孩子渴望的经验，难道不是被日常琐事稀释的原本该有的本质吗？在某个层面我们可以肯定一点：起初我开始追逐和对野生动物的研究，无论是形状、环境和颜色的记忆都依然生动鲜明，半个世纪的专业研究也不能改变和抹杀掉分毫。

很多业余的猎人都是自小就有一把单管猎枪的，我也并无例外，而且小时候就已经开始被允许去追逐野兔。在一个冬日里的周六，我和往常一样要去野兔区打猎，可是在路上我注意到了那冰雪覆盖的冰湖，而且有一个洞眼没有结冰，露在表面，它的出现应该是风车将暖水注入湖中而导致的，因为就在那附近。这样的季节，野鸭应该都飞往了南部的远方，可恰恰这个时候，我的头脑中有了关于鸟类的第一个假想：如果现在有一只野鸭留在这个湖上，无论如何它早晚一定会掉进这个窟窿里。虽然那不是最好的时机，我还是压抑了自己对野兔的欲望，找了一块解冻的泥土，坐了下来开始等待。

就在这等待的一下午，时间似乎变长了，乌鸦一只只地飞过，风车吱吱哑哑地吃力转动着，我开始感到寒冷了。就在夕阳西下时，一只孤独的野鸭在西边出现了，它根本都没有做任何准备，就呼扇着翅膀落在湖面上。

开枪的场景我早就不记得了，可是只记得它伴随着一声枪响后，跌入了冰雪之中，腹部朝上，躺在那里，红色的脚蹬踏了两下，我就这样地看着自己第一次猎鸟的战利品。我的父亲给我猎枪时，他说我可以用它射杀松鸡，但当它们停在树上时，我不可以打它们，我的父亲告诉我长到一定年龄，自然就可以打到飞行的鸟。

我的猎狗似乎特别擅长将松鸡驱赶到树上，可是我的第一次所谓道义上的狩猎，就放弃了这样最传统的射杀方式，让那只已经没有活路的鸟匆忙地逃跑了。说实话，就是恶魔和那七个王国都抵不上一只松鸡给我的诱惑。

第二年的同一个时期，当然我还是不太能打中飞着的松鸡。有一天，我悠闲地穿过一片茂密的山杨林。这时候一只松鸡突然出现，飞到我左边的一棵杨树上，并且是在我背后横向飞过去的，之后拼命地向附近地一个沼泽方向飞去。对于猎人来说，这是一个千载难逢的射杀松鸡的好机会，我开枪了，这只鸟伴随着散落的羽毛和金黄色的叶子死去了。

直至今天，我可以画出一幅图画，来描绘当时的场面，就连地面的苔藓和桦木、蓝紫苑也可以画出。我平生第一只猎到的松鸡就是飞行着的。我怀疑现在我对蓝紫苑和桦木的特殊喜爱，也许就是从那个时候开始的。

新墨西哥州和亚利桑那州

云霄之上

最初在我刚刚搬到亚利桑那的时候,白山属于所有的骑者,是他们的天下。这座山只有几条沿山公路可以过马车,其他的地方都太过陡峭崎岖。那里根本没有小汽车,但是由于太高了也不受徒步者的欢迎,即使用了牧羊人的手杖也不能解决多大的问题。排除了这些普通的人,这个被誉为云霄之上的高原,似乎最适合骑马的人,成为他们的领地。这里的人群就是这样组成:骑马的牧羊人,骑马的放牛人,骑马的政府人员,骑马的狩猎者,以及那些到处可以见到的,没有任何目的骑马的人,根本无法分类。这些人很难理解,为什么那些所谓的贵族的统治是要以交通工具为基础的。

那些通了铁路的地方根本不会存在这样的问题,当然在那些两天就可以由南到北的城镇更不会存在。在那里你可以选择你的旅行方式,徒步、骑驴或者骑马，甚至是放牛的马、四轮马车、货车、火车硬座，或者卧铺都是可以的。当然这些都对应着你的生活环境和社会等级，每个等级他们都有的圈子，独有的语言，特有的服装和特有的食物，他们会去不同的沙龙或者俱乐部。当然有些东西还是可以共同分享的，那种可以向综合市场赊账的民主，还有亚利桑那州的灰尘和亚利桑那最宝贵的财富——阳光。

如果这些人向南方前行，路过了平原和山岭，当他们到达白山的时候，就会发现他们不同的交通工具和代步工具都失去了意义，同样不能不承认，等级在这里消失得一干二净。直到最后，到达"云霄之上"时，骑马的人完全统治了世界。

亨利·福特的革命使这样的情况不复存在。现在，似乎飞机决定了一切，把天空赐予了汤姆、迪科和亨利。

冬天的山顶成为了骑马人天然的禁区，因为高处的草皮已经被深深的积雪掩埋，通往山顶的小山谷也被雪埋得严严实实，这是唯一上山的道路。到了五月，每个小山谷都会咆哮着迸发出一条冰河。不过，如果你的马足够勇敢，愿意踩着那齐腰深的淤泥向上攀登，那么你在半天后就可以站在那高高的山顶上。

山脚下的小村庄，每年五月都会有一个传统的，且心照不宣的竞赛，就是看谁是那第一个登上僻静山顶的人。我们很多人也想参与其中，因为找不到可以让我们坐下来等待的理由。这里宣传得很快，无论谁成为了第一人，都会获得他应享有的光荣。同时他成为了这个地区本年度的头号传媒人物。

山里的春天，虽然和童话书上讲的不同，但也不是突然就会到来的。春风拂面和寒风刺骨交替而来，即使羊群已经上山了，还是会保持一段时间这样的天气。冰雹和雪倾泻而下，覆盖在灰褐色山地草坪上，零零散散可以看到悲伤的母羊和冻得哆嗦的小羊羔。我曾亲眼见过比这更加悲惨的画面。春季的暴雨总是不能带来欢乐，平时兴高采烈的乌鸦都弓起了它们的脊背。

夏季到来了，这座山就和这里的生活、气候一样复杂多变，不好琢磨。就连最迟钝的马和它的主人，也会对这样的变化万千有着刻骨的记忆。

风和日丽的早上，这座山会自作主张地让你下马，并且享受地在刚刚盛开的花朵和青草上打滚，马儿也是很愿意的，当然除非你是一个勒得住缰绳的主人。周围的一切都在欢唱，不绝于耳的美妙歌声，似乎一切都在迅速成长。一直被暴风雨袭击的大片的松鼠和冷杉，在这样的日子里它们也会挺拔地站在那里吸收着阳光。面无表情的松鼠，是它的声音和尾巴暴露了自己的心情，告诉你的无非是再明显不过的事情：很少会有这样宝贵的一天，在这样僻静的地方享受如此丰富多彩的时光。

可是一个小时之后，这些美好将会被雷暴云团遮住，空中没有了太阳，这片乐园将要迎来闪电和大雨，甚至还有冰雹的造访。黑压压的云团在上空悬浮，好像是一颗炸弹被扔上了空中。马儿已经开始害怕了，一块滚动的石头和被风吹动的树枝都能让它惊跳。你当然要从马鞍上转身拿出雨衣，它惊慌地倒退、喷鼻和哆嗦着，就好像你要揭开重要的事件。后来每当有人说他不怕打雷的时候，我就会告诉他，那是因为他没有在七月到过白山。

这样的雷声已经够吓人了，可是当闪电劈到一块岩石上，而且那石头就在你旁边冒烟时，那才是恐怖的。更让你觉得害怕的是，一道闪电打到松树上，飞溅的碎片到处都是。我还清楚地记得那是一棵十五英尺高的粗壮的乔松，就在一道闪电下倒插在我的脚下，好像一把音叉立在那儿。

山顶是一大片草场，骑马也要跑上半天时间。千万别觉得那是平坦的草长莺飞的草坪。这片草地的边缘是卷曲的，中间也是波荡起伏地填满了"海湾、山包、峰顶、山梁、半岛"，而且都各不相同。几乎没有人掌握所有的一切，骑马的人们应该会发现很多新鲜的打赌机会。我之所以说新鲜，当骑马的人走进了山坳时，总会有一个感觉，无论什么人，只要他到了这里，看到这里的景色，他必定会情不自禁地唱首歌，或者用诗歌来抒情。

每个山区的宿营点，都会有一张山杨树皮，上面刻着名字的缩写，还有日期、牲口火印，一切都是在经历了上面那精彩的一天后的杰作。无论岁月如何流逝，人们总是可以通过这些印记，读出"德克萨斯"的历史和文化，当然请不要在枯燥的范畴去看，而是从一个创业者的生涯去品味。就在这些刻画的缩写里，你也许会发现一个名字，曾经在马匹拍卖会里，他的儿子抢走了你喜爱的马。也许还有个名字，会提醒你，曾经你和他的女儿跳过舞。突然发现一个名字，他的名字刻在那里，没有火印，日期是 19 世纪 90 年代，猜想他是个孤独自由的牧牛人，独自来到了白山。而就在十年后，这个名字又出现了，旁边多了火印，这说明了依靠自己的勤俭，他已经是个有钱的公民，也许还有一个产业链成功的牧场。几年之后，旁边多了一个女人的名字，那应该是他的女朋友，这几个缩写的字母应该是由爱慕者，而且同样追求经济发达的小伙子刻上去的。

刻字的老人已经去世了，在他晚年的岁月里，心脏只会为了他银行户头里的数字，还有牛群、羊群才能震动几下，可是这片杨树皮上的名字，却说明了他年轻的时候曾经为了这片土地的美妙而沉醉。

这座山的历史不仅写在这张杨树皮上，而且地名上也是有体现的。牧区的称呼总是不能文绉绉的，还带有一些幽默的意味，但是也不会俗不可耐。这也是它引起来访者的注意的方法，而且还有各种各样的解说，听起来也是足够有说服力，慢慢地变为了传说故事。

"尸骨场"就是其中一个奇怪的名字，这里拥有美丽的草皮，随处可见的已腐蚀的头盖骨和脊椎骨上，而这并不恐怖，因为上面满满地覆盖了宾紫草，无论是突出还是凹陷的地方。19 世纪 80 年代，一个来自德克萨斯温暖的山谷里的愚笨牧牛人，完全相信了这里的无限美丽，所以来到了这里，而且决定让他所有的牛都在这里过冬。结果很简单，11 月来了，暴风雨来临了，他纵身上马离开了这可怕的地方，可怜的牛儿就无处藏身了。

"坎贝尔的忧郁"，这个名字似乎很浪漫，它就在蓝河的源头。很久之前，有一个年轻的牧牛人，把他心爱的新娘带来了这里。而美丽的女人厌倦总是石头和干草，她期望着钢琴。于是，一架坎贝尔的钢琴被买了过来。在这个地方只有一匹骡子可以拉得动它，也只有一个超能力的赶牲口的人才能让车平衡。可是这钢琴根本留不住这个女人，她最终还是走了。这个故事结束了，现在只有倒塌的房子残留下来的橡子纪念这种悲伤。

"菜豆泽"，也是个名字，朴实而滑稽。这是片长满草的泽地，四周被松树围绕着， 这里有一个圆木房子，是留给来到这里留宿的人们，当然我也曾在那儿过夜。这里存在一个不成文的规定，只要是在这里过夜的人，都要给主人留下猪肉、面粉之类，而且要为下一个住宿的人把牲口棚里的草料加满。可是曾经一个很倒霉的人，由于暴风雨在这里足足待了一个星期，最后能充饥的只有豆角了。这样滑稽的故事就这样被流传下来了。

"天堂牧场"，这是多么美丽的名字，在地图上它真的是再普通不过了。如果，你愿意骑马真的置身其中的时候，你会发现远途的跋涉是值得的，这个地方的确不同寻常。它的位置是在一座高峰的最里面，难道天堂不就应该是在那样的地方吗？在一条弯曲穿过一片草地的小溪里面，你可以找到鲟鱼。如果一匹马可以在这里待上一个月，一定会变得肥硕起来，甚至背脊上可以储存一小洼雨水。当我第一次来到这个地方，我几乎感叹道："哪里还有比这个更贴切的名字啊？"

之后我还有很多次机会可以再到白山，可是我都没有再去，因为害怕面对旅人、公路、锯木厂、伐木的铁路对它作出的改变。我听一些年轻人说，那是一个美丽的地方，而在我第一次到达云霄之上时，他们还没有出生。同他们心照不宣，因为我同样这样认为。

像山一样思考

一种沉闷的、傲慢的嚎叫,在层层山峦,万千山谷中回荡,漆黑的夜晚总是不能缺少这样的一声嚎叫,之后在寂静中消失。这种悲啤是放荡不羁的,不能被收服的,对于世界的苦难是如此的鄙夷和蔑视。

所有活着的生命,甚至是已经死去的,都不能对这声音无动于衷。对于鹿来说,死亡的警笛已经拉响;松树似乎听到了一场暗夜战斗的前奏,那将是血腥的场面;郊狼们似乎整装待发准备去拾遗的现场;对于牧牛人,好像看到了存折上的赤字;对于猎人们,他们已经预示子弹会遭到狼群的阻挡。显而易见,这是希望和恐慌的同在,在这背后还有更深层次的意义,而答案只有这山川才知道。这高山是永恒存在的,所以只有它在听到这样的狼嚎后可以保持最初的客观。

虽然很多人并不清楚狼叫的含义,但是不能否认它的存在,因为它时时刻刻都提醒着你它的存在,当然这也是把有狼地区和其他地区分开的明显标志。夜晚狼的嚎叫总是令人毛骨悚然,白天就会有人拿着猎枪去寻找它的来源。即使夜里它们停止了嚎叫,而且看不到它们的足迹,还是有很多小事儿告诉你真相:夜里突然听到驮马的鸣叫;山间传来岩石的滚落声;到处逃窜的鹿发出的声音;云杉树下的阴影。只有孤陋寡闻的初学者才会忽略狼的存在,并且不承认山对于狼有一种神秘认知这一事实的存在。

我是在亲眼看到一头狼的死亡时刻,才真正地体会了这一点。当时我们正在高岗上吃着东西,我们的脚下是湍急的河水蜿蜒流过。我们当时觉得是一只雌鹿正在横穿这条河,水几乎没到了它的胸部,它游过白色的河水,爬上对岸,甩着身上的毛,对着我们摇尾巴的一刻,我们这才恍然发现那是一只狼。这时候旁边的树丛里爬出了几只正在发育的小狼仔，它们欢乐地嬉戏着，摇着小尾巴。它们的确就是一窝狼，就在我们脚下的山川里嬉戏玩耍。

在那个时候，我们怎么会放弃一个这么好的猎狼的机会。一秒钟内，猎枪迅速上膛，兴奋地瞄准：要如何向下面的山坡处射击，并不是特别容易的。当我们的枪膛已经空了，那只狼也死了倒在那里，而一只小狼正拖着一条腿希望可以躲到岩石后。

我们到达狼的所在地，从它的严厉依然可以看到那闪烁的，令人悲伤的，面临死亡的绿光。就在那一刻，我突然察觉到，而且自后一直这样认为，这双眼睛里的某些东西，对于我来说是新鲜的，但是也是这山和狼之间才特别存在的东西。年轻的我，似乎不去打猎就会手痒。在我的心里一直觉得狼少了，鹿就多了，所以没有了狼，那个地方就成为了猎人的天堂。可是现在这绿色的光，似乎让我有了新的认识，无论是狼，还是山，都不同意我的观点。

在以后的一段时间，我亲眼见证了，一个州接着一个州地猎杀着它们所有的狼。而就是那些失去了狼的山，比如南面的一座，它由于新出现的鹿径而变得皱皱巴巴。所有可以使用的灌木和树苗都被鹿啃噬干净了，之后死掉了。所有可以吃的树都变得光秃秃了，这都是那些鹿干的好事。这座山好像是由于某种错误而受到了惩罚，而又是谁给了上帝一把大剪刀。那些曾经渴望着食物的鹿群的饿殍和已经死去的艾蒿一同变成白色。或者是那些没有被鹿吃到的叶子，也最后腐烂地掉落了。鹿因为自己的数量太多而死去了。

之后我开始思考，由于鹿生活在对狼的极度恐惧中，那一座山就会由于鹿而变得极度恐惧。而且据可靠的研究，被一只狼消灭的一只公鹿，在两三年中就会有替补，而一个被鹿损毁的草原，几十年也得不到改善和复原。

其实对于牧区也是这样，为了保护牛群而射杀狼群的牧民并没有意识到这一点，他自认为可以取代狼在草原上起到生物平衡的作用。其实他错了，他根本不知道山在思考什么。就是这样,沙尘暴产生了,洪水卷着我们的希望冲向了大海。

我们一切的奋斗是为了安全、舒适、长寿和繁荣,长治久安。而鹿群的奋斗是用它们轻便的四肢。牧牛人的奋斗就是凭借套圈和毒药,政治家的笔是他奋斗的利器,而我们能使用的是选票、机器和钞票。这一切换来的似乎都是一种产物:这个时代的和平。如果这样去定义成就,那么的确一切都是再好不过了,并且似乎合乎客观定义上的思考,而太多的安全会导致长远的危机。也许,卢梭的名言的含义就在于此。这个世界的一切启示都来自荒原。狼的嚎叫大概就隐藏了这样的秘密,它得到了群山的理解,却没有得到人类的领悟。

埃斯库迪拉

生活在亚利桑那,抬头就是蔚蓝的天空,而脚下就是捶碎草,可以看到的地方都是埃斯库迪拉山。

在繁花盛开的季节,在草原上策马奔腾,向山北奔去,无论何时何地,映入眼帘的都是埃斯库迪拉山。

再往东骑行,你会策马穿过很多令人头疼的,长满树木的山坪:每个凹陷都是一个独立的小王国一般,阳光下桧树散发着迷人的香气,到处都是蓝头松鸡的曼妙歌声。你登上了一个山脊,似乎就是浩瀚空间中的一颗微尘,旁边就是高高挂起的埃斯库迪拉山。

沟崖交错的蓝河峡谷在南边的路上,随处可见的白尾鹿、野活鸡和充满野性的家牛群。也许你很轻易地忽视了一只美丽的白尾鹿在和你道别,只要向下游看,一定可以理解你为什么会错过这个美景。因为远处那蓝色的山:埃斯库迪拉山。

再往西边看,那是著名的阿帕奇国家森林公园的外围。我曾经为了统计树木产量到过那里,再高的松树,最后也是以四十为一个单位,被我换算到成为笔记本上的数字,假设成为木材堆。勘测人员在用力地攀爬着,气喘吁吁地向上的同时,似乎感觉到自己笔记本上的各种标志是有间接关系的,而他们汗湿的手指,被洋槐尖刺的伤口,蚊子叮咬的不适,松鼠行为的厌烦,都是没有直接关系的,却存在一种古怪的不协调。而到了下一个山坪,当山间的风吹过来时,带来了树木的清香,所有的疑问似乎不再存在了。遥远的临海方向,悬挂着那美丽的埃斯库迪拉山。

这座山对于我们的意义重大,不只是因为它和我们的生活工作紧密相连,它甚至关乎于我们每一餐。冬天的傍晚,我们总是会把一块鸭肉埋在河滩上,谨慎的鸭群在西方晚霞的映衬下飞翔着,最会飞向铁青色的北面,那便是埃斯库迪拉的方向,消失得无影无踪。如果它们会再来这里,我一定保证有一只雄鸭会在我荷兰烤箱中烘烤。如果它们不再出现,看来我们只能更爱咸猪肉和青豆了。

实际上,只有一个地方,我们看不到地平线上的埃斯库迪拉,那就是它的山顶。这山顶,你看不到它,但是你可以强烈地感受到它,原因还包括那只大熊。

我称这只熊叫"老大脚",它就是个强盗头领,埃斯库迪拉就是它的大本营。每年春天积雪消融,春暖花开,这只老熊就从它山丘的冬眠洞中钻出来,来到山下,看到乳牛就是一记猛击,击瘪其头颅。吃饱喝足后,再爬回到它的山头上,舒舒服服地在那里度过夏季,其间以旱獭、鼠兔、野梅和根茎为食。

我曾经看到过这只熊的捕猎现场,一只乳牛的头颅和脖子都被撕得稀巴烂,就像是一辆飞驰的货车留下的车祸现场一样。

从来没有人见过这只熊的真面目,可是春天到来时,它总会在泥泞的河边,山崖脚下,留下自己的足迹。即使是最勇猛彪悍的牛仔都会注意到这些,知道有老熊的出没。无论他们的马奔向何处,他们都会看到这座山,知道这里有只老熊。每堆篝火旁的话题,都是围绕牛肉、巴拉斯舞蹈,还有这只熊。虽然"老大脚"每年只会索取一头牛,只占据那几平方英里无人到访的岩石,但是它似乎对于这里人们的生活还是起到了至关重要的作用。这个牧牛的区域首次迎来进步事务的时期,各种各样的进步事件就这样发生了,并且派来了它们的使者。

首先是横贯大陆的汽车司机,牛仔们很了解这个探路者,他总是和驯马人谈论着最近刚刚看到的新鲜的事情,当然也有夸张的比喻。

后来又来了一位身穿黑天鹅绒衣服的美丽女士,牛仔们虽然听不懂,但是倾听着,她操着一口波士顿口音在讲解妇女参政。

所有的人都很佩服电话工程师,他只要在刺柏上拉一根电线,就可以瞬间带来全城的消息。有一位老人还希望这根电线可以带来腌牛肉。

有一年春天,又来了一位进步的使者,似乎是一位政治领域的猎人,一个穿着工装像圣乔治的人。他是来猎取那些对政府不利的恶龙的。他当众问道,哪里有那些会起到破坏性作用的动物?大家异口同声地说是"老大脚"。

这个进步的代表,给他的骡子装了驮,就向埃斯库迪拉前进了。

一个月以后,他回来了,还带回了一块很重的兽皮,就压在他的骡子上。整个城里只有一个谷仓可以晾得开它。他说他曾经使用毒药、陷阱,所有可以想到的办法都没有任何收获,最后还是靠着手里的一杆枪,等待着老熊上套,最后打死了它。

那应该是发生在六月,熊皮已经开始有了斑点并且发出恶臭,所以根本没有什么价值而言。我们都觉得有些怠慢和失望,因为没有留下一张完美的兽皮作为对"老大脚"的纪念。最后留下来的就是在国家博物馆的一个头骨,以及科学家们对于头骨拉丁文的争论。我们一直在反复地思考,到底是谁为进步订立了规则和示范,而这件事情就这样发生了。

时间似乎塑造了这里的一切,起初对埃斯库迪拉玄武岩的山体不停地啃噬,消耗,等待,当然也在不停地建造。时间为这座老山留了三件东西:一个让人肃然起敬的外貌;一个迷你的动物共同体;一只熊。

捕杀熊的那个政府人员知道,他似乎给牛群带来了安全。但是,他不知道,自己破坏了这座大山的体系,这座山是拂晓时星星合唱时开始就建立起来的生物共同体。

而让这位捕猎者来的局长,是一位进化"建筑"结构的生物学专家,但是他不懂得那平衡和牛群是一样重要。他没有预见到二十年内,这个地区变成了旅游境地,对一只熊的需要远远超过那些牛。

那些投票来支持要消灭草原熊的家伙们都是拓荒者的儿子,他们曾经如此高声赞美着边疆人民的坚强和刚毅,而现在他们却用选票和权利埋葬了边疆。

对于熊的灭绝,我们这些林业工作者,只能表示缄默。曾经有个牧场主在犁地时发现了刻有卡拉纳多上校名字的宝剑。我们对西班牙人的态度总是很严厉,因为他们曾经狂热地崇拜黄金和宗教皈依,而没有必要屠杀印第安人。而我不能想象,自己却也在某种程度上,成为了肯定正义感而侵略的上校。

埃斯库迪拉仍然高悬在地平线上,但是现在看到它,你却不会再想到老熊,它只是一座山了。

墨西哥州的奇瓦瓦和索诺拉

瓜喀玛亚

从中世纪开始便有了一个自然科学的科目,那就是美好的物理学。并不是只有太空探险者才痴迷于此,很多人都千方百计地要了解其中的公式。最明显的便是北方森林的秋色,只是大地和一棵红枫,还有一只松鸡的总和。从传统的物理学层面来看,这松鸡只是代表了一英亩能量的一百万分之一,只是总体的一小部分。但是如果没有松鸡,整个事件就不再存在。由此可见,是某种动力的相当大的能量被取消掉了。

这样的损失如果只是出自我们的胡思乱想,那就是很容易的了。但是没有一个严谨的生态学家会相信这样的说法。他们充分地了解何为生态学的死亡。现代科学角度,是很难定义这种意义上的死亡。一位哲学家为这种不可预计的本质作出了定义:物质事物的精灵。严格地区分它和现象的不同。现象是可以被预言和表述的，即使是遥远星辰的晃动和转动，都是可以预言和表达的。

北方树林的精灵是松鸡；山核桃林也有它的精灵冠蓝鸦；灰嗓鸦则是泥炭沼泽的精灵。鸟类学的教科书中并没有这样的讲解，当然，在我看来，对于科学来说，它是比较新奇的想法，但是如果你是一个具有敏锐观察力的科学家，这一点绝对是再明显不过的。就是这样的情况下，我要记录下我在马德雷山脉发现的精灵：厚嘴鹦鹉。

所谓发现，就是我知道几乎没有人到过它的栖息地。可是，如果置身在马德雷山脉，除非是聋子或者瞎子，不然不可能注意不到它们对这里生活和环境起到的作用。每天早上，这些叽叽喳喳喧闹的鸟儿都会离开峭壁上的桥，到破晓的高地完成它们的早课，在这之前，估计你还没有吃完早餐。就像鹤群一样，它们翻滚旋转着，盘旋在空中，激烈地争论着一个你几乎不能理解的问题：这慢慢地到来的一天，是比前一天更加阳光灿烂，还是会变得阴霾无趣？争论的结果是平局，所以它们各自结伴飞到那高高的山坪，享受那美味的松籽早餐去了。它们根本不会察觉到你的存在。

用不了多久，当你到达山谷外的山坡时，机警的鹦鹉大概会发现你，对于它来说就是发现了平时只有鹿、山狮、熊或者山野鸡才会走的小路上，又多了一种气喘吁吁的爬行动物。它会告诉同伴们，早饭都不再重要，它们会集体喧闹着朝你飞过来。它们在你头上不停盘旋的时候，也许你希望手里可以有一本鹦鹉字典。它们其实在向你探寻来历，是怎样的鬼使神差让你来到这里。更像是一个鸟类会议现场，它们想弄明白你是不是可以欣赏它们的家乡，这里的公民和天气，还有相关这里的一切历史和地点，还有光荣的未来。当然也许都是可能的，这不无可能。这时你的闹钟会瞬间闪现不好的预示：如果道路通向了这里，这个狂想的鸟类委员会向那些带着猎枪的生物问好时，会是什么样的场面？

它们很快地就摸清了你的底细，原来你就是个笨拙的、不善于用口哨声向它们的礼仪道谢的家伙。它们这个时候会想起树林里没有吃完的美味的松籽，继续回到餐桌边。这次它们可能会飞到下面峭壁的某棵树上，你就可以偷偷地向下观察它们。首先进入你眼帘的必定是那些五彩缤纷的颜色，它们带着鲜红和黄色肩章的天鹅绒般的制服，还有黑色的帽子。它们会从一棵松树飞到另外一棵，但都是叽叽喳喳地喧闹，它们都是以偶数的队形出现。只有一次，我发现是五只组成的队伍，我想可能是没有其他的鸟可以加入它们了。

我不知道，春天里交配期间的鸟儿，是不是也像现在这些和我打招呼的鸟儿一样热情，因为现在是九月。作为一个鸟类学家，你尽可能地去描述这个美丽的呼唤场面。在表面上看，其实就和蓝头松鸡在雾霾笼罩的山路表现很像，但是叫声可以把它们区分，因为蓝冠鹦鹉的啼叫是温婉的，而且好像讲述着一个古老的故事。而相比起来，瓜喀玛亚的叫声会高很多，更加具有戏剧性，更加幽默风趣，气氛更加热烈。

我听说，在春天，交配的鸟儿住在一棵高大的枯松树上，它们会选择啄木鸟留下来的巢，暂时隐居在这里，以便它们完成繁衍后代的任务。不过啄木鸟的洞真的够大吗？瓜喀玛亚，其实是当地人以这种美妙的声音来取的名字，它们几乎是鸽子的大小，很难完全进入啄木鸟的巢穴。它们是不是用自己的方法把洞口拓宽了呢？也许那个洞是属于比较大的帝王啄木鸟的？这个地区是出现过这样的鸟的。我想把发现这个真相的光荣任务留给下一位热爱这里的鸟类学家。

碧潟湖

永远不再次重踏荒野是一个明智之举。百合花上的金色越来越多，那一定是人为的原因。故地重游有时候不仅会破坏一次旅程，而且也会让曾经美好的回忆失去光彩。其实所有让人难忘的冒险，只有在记忆中才能保持真正的感受。就是这样，我从1922年同弟弟一起划船到科罗拉多河三角洲进行冒险，之后再没有第二次的到访。

三角洲地区，似乎1540年赫恩登德阿拉孔在此登陆后，似乎就没有再被注意过，好像被遗忘了。我们到达一个河湾扎下帐篷，据说是他的船曾经就停在这里。直到这一刻，自我们来到这里已经几个星期了，没有看到过任何一个人或者牛的踪影，更不要说篱笆和砍柴的斧子。旅程中，我们曾穿过了一条马车道，不知道是哪个倒霉家伙接了这样不讨好的工作，修筑了它。路上的罐头盒，对于我们那就是极为有用的器皿，所有的都被拣了起来。

三角洲的拂晓是极为热闹的，到处是黑腹翎鹑的叫声，它们的栖息地点是悬垂着的牧豆树。马德雷总是最早迎来太阳的地方，阳光也会从这里斜照在方圆一百英里的大地上，这里是一片盆地，周围都是嶙峋起伏的高山。我们从地图上看，三角洲被一条河分为了两个部分，而置身此地的时候，根本找不到一个它确切的地点，因为到处都是这条河的足迹，遍布整个三角洲，在一百个碧色的潟湖之中，根本不能确定哪一条是最清澈的，而且最为便捷到达海湾的河道，就这样，我们也和它一样在这片潟湖中驾船游览着。这河道分分合合，转来转去，扭转千回，就像是忙碌于这阴森恐怖的密林之中，顽皮地挑逗着所有的小树，不小心迷了路，但是又很开心地不去想回去的道路。我们跟随着它的随性，也是如此地自由。我们享受着迷失带来的拖延滋味，同样我们享受着一种不愿汇入茫茫海洋而失去自我的自由之旅。

《圣经》旧约诗篇里有"他把我们引领到静静的流水之旁"一句话，在这次履行之前，在我踏上了这条小船之前，对于我，这句话就是一个平淡无意义的句子。如果大卫从来没有写出这样的诗句，我想我们一定要把这感受记录下来。由于河里的水藻缘故，河水变成了深绿色，慢慢流淌着，可是依然美丽无比。

河道旁边就是由牧豆树和柳树组成的绿色屏障,而在那后面是荆棘密布的荒漠。每个拐弯的地方都好像有白色的一动不动的雕像,船慢慢靠近的时候,我们才能看清楚那是美丽的白鹭,它们在守护自己的池塘,和水面的倒影作着伴,从不会觉得孤单。水面上偶尔出现的洋鱼,永远都逃不过那些鸬鹚的黑色大嘴。红胸反嘴鹬、半蹼白翅鹬和蓝翅鸭都被吓得分散在空中。这些鸟在空中的一片云前集合,整顿心情后,也许会再回到营地附近栖息。一群白鹭飞落在远处的一棵大松树上,你会以为是一场早来的暴风雪的作品。

这里的一切,不管是鱼或者鸟,都不是为了我们消遣而存在的。因为随处都会碰到一个画面:一只山猫趴在水中漂浮的原木上,一只爪子会机敏地捉住河中路过的洋鱼;艰难跋涉在浅滩的浣熊家族,会得到它们的报酬,大口咀嚼着水里的甲虫;郊狼在小洲的木桩上望着我们,等我们走后,就会来享用它们原本的美食——牧豆树豆角,或者一些失去了行动能力的鸟、野鸭之类的鸟类;你可以在所有的浅滩上发现黑尾鹿的足迹。如果运气好,随着鹿的足迹,就可以看到三角洲的霸主——美洲豹。

我们却不是很走运,连美洲豹的影子都没有看到。可是处处都可以感受到它的威力遍布三角洲,因为活着的生物一旦忘记它的存在,将会付出生命的代价。如果你看到一只鹿在一个灌木丛周围闲荡,悠闲吃着树叶的时候,证明周围一定不会有美洲豹的,因为鹿只有侦查后才会如此大胆。篝火旁边的故事一定不会没有美洲豹的故事。如果不是在主人的脚边,猎狗绝对不会在黑夜里蜷缩,因为这里的黑夜仍然由兽中之王统治着,巨大的爪一下可以放倒一头牛,牙齿犹如一把剔骨刀,一口下去猎物绝无生还可能。

现在的三角洲对于牛群是相当的安全,可是对于爱冒险的猎人也许就变得乏味而无趣了。在这片大地上,自由已经代替了恐惧,可是同样带来的,还有在碧色的潟湖再没有了成就感。

英国诗人基普林被阿姆利则的炊烟吸引的时候，他的确应当好好地详述这个星球上绿色的柴火，因为除他之外，没有一位诗人看到并且歌颂出来。因为大多数的诗人都在无烟的环境下创作。

在三角洲，我们只会烧牧豆树，因为它可以产生极浓的芳香。这些树木多节不朽的树干，经历了上百次的霜冻和雨淋，变得松脆后由经过阳光的不停烘烤，可以随时取来使用，燃烧后就会产生蓝色的炊烟升起在空中，这个时候烘烤面包或者一只鹌鹑，将是最好的选择，同时可以温暖脚腕和胸脯。当我们把充足的牧豆树枝放进荷兰烤箱的时候，一定不能是在睡觉前，因为那只鹌鹑一定会被烤焦，并且搞得一片狼藉。牧豆树有七条命，它可以无限地燃烧自己的生命，不会停歇。

不同的地方，要选择不同的木炭来做饭。比如玉米产区，我们会选择白橡树炭；如果是北方的森林，松木熏黑后是最好的选择；亚利桑那的刺柏作为柴火，最好是用在烤鹿肉排骨的时候；而在三角洲烤一只嫩雁，最完美的燃料莫过于牧豆树炭了。

为了这么一餐大雁的美食，最好的自动步枪绝对是明智之选。它们几乎花费了我们一个星期的时间，每天早上，雁队都会伴随着吵闹的叫声从河湾飞向陆地，饱食之后就会再飞回去，这个时候则是安静无比。碧色的潟湖中，它们究竟要搜寻什么珍馐作为美餐呢？我们为了知道它们到底喜欢什么食物，一次又一次地在它们栖息的地方安营扎寨，等待它们的停留。一天早上大约八时，雁群在上空盘旋，打乱了队形，最后像落叶般慢慢降落下来。我们终于知道了它们如何聚会，一群接着一群降落下来。

每个河湾都会保留前一天雁群的活动踪迹，第二天，我们选择了其中一个河湾，偷偷埋伏下来。但是这里离我们的宿营地很远，所以我们都已经很饥饿了。弟弟实在忍耐不了准备吃一只烤鹌鹑，这只鹌鹑刚要进入口中时，空中突然出现了一个雁群的喧闹声，我们不得不屏住呼吸保持安静。它们在空中盘旋，争吵不停，似乎有所迟疑，最后还是飞了过来。随着一声枪响，弟弟嘴边的鹌鹑掉到了沙地上，我们终于可以美美地吃上一顿烤大雁，而现在这只大雁正在河岸边蹬着腿马上死亡。

又一群大雁飞来，落在地面上。猎狗似乎更加兴奋，我们则已经很淡定地先吃掉了鹌鹑。同时可以在我们匍匐的地方听着大雁的交谈和争吵，它们都在啄着沙粒。这一群就这样吃饱后飞走，而另外一群会再次到来，然后饱餐这里的石头。碧色潟湖有数不清的沙粒，而这里的似乎很特别，符合大雁的口味。一只雪雁觉得为了这样的美味而飞行四十英里是值得的，而对于我们，为了它们，这样的跋涉也是值得的。

这里应该是猎人的天堂，三角洲的小动物多数是打不完的。只需要几分钟，每个帐篷都会被挂满鹌鹑，足够我们第二天的美食。如果希望吃到最美味的鹌鹑，就要从它被从一棵牧豆树上打落的一刻，到让它就躺在牧豆树炭的篝火上，中间要间隔一个黑夜。

这里所有的猎物都是相当肥硕。每只鹿都很肥美，以至于你可以在它凹陷的脊背，放一小桶水，也许它对我们倒不倒水根本无所谓，不会命令或者默许。

其实很容易就可以知道为什么它们如此肥美，周围的牧豆树和百里香都挂着丰收的豆角。这里的河边长着一种一年生的野草，它的种子可以作为食物，而且丰硕得可以用杯子去盛。那里还有成片的类似咖啡草豆的地方，如果你走过，一定会把衣服上的口袋统统装满。

这里有几英亩的河边泥塘被一种野瓜占据着，这种瓜好像有个奇怪的名字叫"加拉贝斯拉"，即使是冬日里结了冻的瓜，也会有浣熊和鹿的垂青，它们打开瓜只是为了里面的籽。鸽子和鹌鹑也会来凑热闹，在瓜上拍打翅膀，极像一根烂香蕉上的一群果蝇。

我们当然不会吃这些鹿和鹌鹑的美食，可是依然可以感受到它们咀嚼这芳香瓜子而带来的喜悦。它们这样的喜悦就好像是节日的庆祝，欢乐感染着一切，我们的情感就和它们的一样，所有的一切都令人陶醉，彼此都享受着这种幸福的感觉。在人类生活的区域，我似乎再没有过这种对土地的热爱之情。

三角洲的野营冒险根本不存在啤酒和九柱戏。最大的困难是饮用水，因为潟湖的水是咸的，而我们可以找到的河流水也是浑浊而不能饮用的。所以每到一个宿营地，我们就会留下一口新水井。可是我们发现大多数水井最后也是通到咸水。后来我们慢慢学会了如何找到淡水，即使比较困难，也是值得的。每次想要确定井水是否可用，我们就会先把狗放下去，如果它喝得起劲，我们就会再把船拉到岸边，之后安营扎寨。当太阳消失在圣佩罗巴蒂尔的晚霞时，鹌鹑也被放进了荷兰烤箱，发出吱吱的响声，一切都慢慢开始沉静下来。碗碟收拾妥当后，我们开始回忆着一天的经历，周围伴随着夜晚特别的声响。

我们从来没有刻意计划过第二天的行程，因为我们知道那是没有用的。每当太阳升起，或者早餐前的一个突发奇想，都可能让我们改变注意。我们就像这条河流一样，自由地漂流着。

每次我们爬上一棵三角叶杨树，眺望远方，都好像有个声音告诉我们，在三角洲按照计划旅行是件很困难的事情。视野广阔无限，没有任何障碍，可是这也会让人不敢去进一步地规划和深度地观察，尤其是西北部，那是希拉山。那里有永不消失的海市蜃楼，上方悬浮着一条白色的带子，那就是著名的大盐湖。亚历山大帕蒂曾经计划跨过三角洲，直达加利福尼亚，而1929年，他不幸死在了这里，死亡原因则是疲劳过度和蚊虫叮咬所致。

我们曾计划从碧色潟湖到达一个更绿色的湖，而中间大概要穿越一个三百码的丛林，里面生长着密度极高的，大概像矛一样高的灌木，名字叫"卡克泥拉"。而不巧的是洪水来过这里，将这些矛都折断了，就像在我们面前摆了一个马其顿的步兵方阵，我们也只好掉转头回去，并且坚信还是眼前的潟湖更加妖娆美丽。

从来没有一本书或者一个人明确地指出，一旦迷失在卡克泥拉的方阵中是极为危险的，我们很幸运地在它成为现实前就得到了预警。当我们把船停到丛林的上游时，我们看到了突然死亡的一幕，这似乎就是对我们的警告。涨潮时的激浪可以摧毁最牢固的船筏，这激浪是由于海洋定期涨潮引起的，简直是一道坚硬的水墙。我们讨论过如何对付这个激浪的方法，而且梦中也曾相遇。梦里那骑着海浪的海豚，还有在海空之间呼啸的海鸥舰队。可是当我们来到河口时，把船挂在树上，等待着，两天后我们完全没有了兴致，浪潮根本就没有来。

三角洲的一些地点根本没有名字，我们不得不自己为它们取名字。其中一个潟湖，我们在那里看到了空中珍珠，为它取名叫"莫里托"。那是在十一月，我们仰面躺在草地上晒太阳，头顶上盘旋着一只红色美洲鹫。瞬间，它的后面升起一个白色斑点构成的圆圈，在空中时隐时现。突然一声清脆的鸣叫响起，我知道了，那是一个鹤群。它们正在巡视三角洲，确认它是不是完好无损。那个时候的我，所有鸟类知识都是来自对大地生物的热爱，因为它们是白色的，我相信那就是美洲鹤。但是我后来知道了，毫无疑问地它们是沙丘鹤。不过，其实这并不重要，重要的是，现在我和这些鹤拥有同一片荒野，享受同一片天空。这遥远荒芜而又僻静的空间，似乎把我们一同带回了从前的时代，我们回到了更新世，并且有了一个共同的家园。当时，如果我们可以发出号角般的叫声，一定会洪亮地向它们问好。现在时隔多年，我们似乎依然可以看到它们在空中翱翔。

所有一切都已经过去了很久，成为非常遥远的事情了。我听说，现在的碧色潟湖种上了甜瓜。如果真的是这样，那么那里将再无生趣。

人们好像一直在破坏自己最喜爱的事物。就像我们，所有的拓荒者都在破坏着那天然的荒野草原。很多人都会说那是迫不得已。即使现实是这样的，我还是很欣喜，因为没有了荒野的同时，我也已经不再年轻。当地图再没有一个空白点后，那么就算有四十种自由，又有什么用呢？

伽维兰之歌

每一条河流都会通过水流拍打岩石、树根和沙滩的不同声音，演奏出一首美妙的曲子，唱出自己的歌。

瑞奥伽维兰也有了这样的一支属于自己的歌。这首歌带给所有人欢乐与喜悦，水面的涟漪似乎在随歌舞动，还有那藏在了梧桐、橡树和松树的满是青苔的树根下的硬头鳟。它不仅美妙，同样也很实用，可是整个山谷都可以听着叮咚的水歌声，小鹿和火鸡到水边饮水时，从来都不会注意人和马走动的声音。所以每个拐弯处都要留意，这里也许就是猎捕鹿和山鸡的好机会，你不必再去攀登高高的山坪。

这种水之歌每个人都可以听到，其实山林中有很多种声音，但不是每种音乐都会被注意。如果想听到几个准确的音符，需要站在一个地方很久，尝试着去听懂高山和流水的对话。寂静的山林夜晚，当所有的篝火已经熄灭后，七星已经转到山崖的另一面，你可以选择一个舒适的地方，安静地坐下来，在狼叫的背景下，认真地思考所有见过的生物，并且尽力去理解和了解它们。这个时候，你会听到一种无边无际的连绵不断的波动声音，那就是水的音乐，乐谱就是那流淌在高山大川的痕迹，音符就是所有生物的生死，韵律就是世纪和时间的流逝速度。

每一条河流都拥有自己的生命之歌，很多情况下，由于一些不和谐音调的掺杂而被糟蹋了。放牧的无节制破坏了很多植被，造成了水土大量流失，来复枪、陷阱、毒药进一步地杀死了鸟儿和哺乳动物，一些为了经济利益吸引游客而建造的道路直达公园和森林。公园为很多人提供了可以听到这种音乐的机会，但是当音量足够大的时候，剩下的恐怕是没有音乐，只有噪声了。

当然有一些人，虽然是靠河生活，但是依然保持了河流的原样。伽维兰肯定有几千人的居民，因为到处可以见到他们的工作成果。每个山谷都富有吸引力，你选择一个开始攀爬，之后你会发现那是一个小小的岩石台地，或者是一个有裂缝的堤坝，起伏连绵，紧密相连。堤坝后面总有一小块土地，而往往曾经作为一块农田，依靠旁边峭壁上的雨水来浇灌。在地垄上，有一个石基上面是瞭望塔，农民们可能就是利用它在看管着自己的田地。饮用水应该是来自河流，他好像也没有养任何牲畜。那么他种植了什么作物？而又是在什么时候呢？那里小小田地里三百岁的松树、橡树或刺柏树上，有一些证据给了我们答案。这样我们就知道了，农田一定远远存在于那些树木之前。

在这些小台地上，总是可以看到卧着的鹿。因为小台地上铺着一层像树叶子铺成的软毯子，也没有小碎石子，还有灌木做的平坦的床。而且一边比较突出，便于侦察突袭的敌人。

有一次，凭借狂风的掩护，我小心翼翼地来到一只公鹿的头顶上，它正在一个堤坝上休息。为了躲避阳光，它躲在一棵大橡树下，这棵橡树的根缠绕着古老的石基。远处金色的垂穗草非常明亮，映衬出鹿角和耳朵的黑色轮廓，金色中点缀着绿色的侧花槐的玫瑰状的饰品。一切都像个好机会，可是我却没有命中目标，箭头打在了印第安人曾经坐过的石头上，粉碎了。它机敏地跳下山，在远处向我摇摆着白色的小尾巴，那一刹那，我似乎觉得，它和我在同一个寓言故事里。一路追逐而来，从灰尘到灰尘，来到石器时代，之后又追到现在。我觉得错过得正好，因为若我有一棵橡树在花园里，同样希望有一只鹿在下面栖息，之后猎人会追随而至，想射它却没有射中，心想：是谁建造了一道墙？

有一天，我的鹿会被一支箭射中肋骨，橡树下的床也被一只小牛偷偷据为己有，远处的垂穗草也被它吃掉，最后杂草会取而代之。洪水来到，冲垮古旧的老堤坝，所有的碎石都被卷到下游，堵住了旅游的道路。我们曾经见过狼的那条小路，现在被一辆驶过的卡车掀起灰尘。

那些根本没有长远眼光的人们，觉得伽维兰的土地到处只有峭壁和岩石，坚硬没有未来。这里的树木都是蜷曲地生长，也不能做木材和支柱，草地太陡，根本不可能做牧场。可是，经验丰富的古代台地建筑者并没有被表面的现象所迷惑，在他们的眼中，这片土地充满了牛奶和蜜糖。虽然这些树木弯弯曲曲，可是每年的果实足够喂养这里的野生动物。鹿、火鸡以及野猪认为这些果实就是味美的肉食，就好像玉米地里的小牛，自由地过着自己的生活。那些金色的草下面隐藏着一个小菜地，长满了球茎和块茎的野山芋。如果你可以捉住肥壮的彩鹑，打开它的嗉囊，你可以看到这片荒芜的土地的植物标本集锦。这些就是这里的植物区系向动物提供的能量。

每个地区都有它标志性的佳肴，体现当地的生活富足。伽维兰也是如此，这里的群山知道烹饪的原理，每年的11月底到第二年的1月间是猎杀以橡木为食物的鹿时期。然后把它挂在一棵橡树上，至少七天，而且是在艳阳下晾晒。然后下刀的时候从脊背的脂肪层上切下半冻的肉条，之后横切成肉排，用盐、花椒和面粉滚抓肉条。之后用橡木作为燃料，加热荷兰烤箱，把肉放进去烤。烤至焦黄色，之后取出。在脂肪内撒上面粉，加牛奶和冰水，把一块肉条放在酸味饼干上，再一同放入肉汁中。

这种烹调方法似乎有所象征：这黄金色的肉汁，就是那山上公鹿曾经沐浴的金色阳光。

伽维兰之歌的序曲就是这里的食物。不仅仅是指人类的食物，还有植物和动物的食物。美洲狮最爱公鹿，而公鹿最爱橡树。而最后美洲狮死在了这棵橡树下，进入它曾经美食的食物果实中。这就是比较明显的从橡树开始，又回到橡树的食物链环之一。再比如，橡树是蓝冠鸟的食物，之后又被苍鹰吞进肚子。还有那些人类用来做肉汁的熊也吃橡树，还有天天躲着人类的火鸡，当然还有总是只能给人类上一节生物课的鹌鹑。每棵橡树都来自马德雷山脉的广阔外壳的外壳分离下来的一粒粒泥土，被伽维兰的水流带到各处，而所有的食物循环都对一棵新的树木生长有帮助。

植物、动物和土地组成了一个庞大的乐器，而有些人负责检查这个乐器的结构，他们被尊称"教授"。每个乐器被很多教授拆分着，而每个教授会选一种乐器，用一生的时间去拆分、组装和讨论它们的各个部件，这样的动作被称为研究，而进行肢解的地点被称为大学。

一个教授可能会熟练地演奏自己的乐器，从未触摸过另一个。但是每次音乐响起，他绝不会和他的同事或者学生承认这一点。

教授服务于科学，而科学服务于进步。科学的服务要非常到位，以至于一些落后的地区迎来进步的热浪时，许多古老复杂的乐器都被打碎和践踏了。零件们一个个地从这首歌曲中被踢掉，如果在被毁掉前，教授已经为它分了类，那样还可以得到些安慰吧。

科学为人类社会作出道德贡献，同样也有物质上的。道德上的贡献也是客观性的，被称为科学观点。它代表着一种观点，对于事实的墨守陈规，除了事实，所有的一切都要被怀疑，而事实的多个方面都可以各得其所。这也形成了一个循环，似乎每一条河流都需要更多的人，而更多的人就需要更多的发明创造，而更多的创造来源于科学，这一点是被认为是一个不变的事实。似乎这条逻辑的无限延伸通往美好的生活和未来。而事实上，每条河流上的美好生活，都要依赖于这条河的美妙歌声，还有对于某些有待理解的音乐的保存，而这确是科学中要被怀疑的一个方面。

伽维兰还没有迎来科学,所以水獭还拥有自己的池塘,并且自由地在浅滩上嬉戏,而且随时可以捉住河岸下出现的硬头鳟,它根本没有担心过洪水会来到这里,河岸会被带进太平洋,或者猎人有一天会来和它们争夺这些肥美的鳟鱼。它就好像一个科学家,从来没有怀疑过自己对生活的向往和方式。在它的生活中,伽维兰之歌永远响彻山谷,永不停歇。

俄勒冈州与犹他州

雀麦当家

如同小偷间也是有信用存在的，所以对于动植物里的虫害来说，它们之间也有相同的团结合作。如果一只害虫在某处遇到了阻挡的障碍，另外一只会到来，并且用另外的方法去攻破。由此可见，几乎每个地区和每种资源都会迎来那些生态学志愿者。

家雀对于马匹的减少并没有任何责任，而它还是被跟着拖拉机来到的紫翅椋鸟代替了。栗树枯萎病曾经只会存在于西部栗树林以内，但是因为荷兰榆树病的泛滥，导致每次栗树枯萎病都会蔓延到西部树林的境内。北美乔松疱病本就只能打到没有了树的西部平原，但是由于它走了后门，所以几乎已经很容易地蔓延到了落基山的另外一端，从爱达荷州成功抵达加利福尼亚。

生态学的偷渡者几乎是尾随着第一批的居民到达这里。彼得卡尔木，一位瑞典的植物学家，他发现欧洲大部分杂草在1750年就早已植根在新泽西和纽约。它们就好像和农民犁地的速度在竞赛一样，传播极为迅速。

西欧的一些杂草，要感谢那些放牧的牲畜，它们就生活在那些厚重的蹄子踩出的土地上。这种传播的速度是难以想象和记录的。随着一个新的春天的到来，人们可以在平原上发现一种新的杂草已经在这里旺盛生长了。最好的例子就是悄悄进入中部山区和西北部山丘的行窃草，也就是雀麦。

为了防止你对这个大熔炉里新的成员抱有太美好的幻想，我还是来好好地介绍一下这个根本行不成景观的一种杂草吧。它其实和狗尾草、马塘草一样，都属于一年生草本植物，每年的春天和秋天都会撒下种子，冬天的时候死去。它的拉丁名字为"屋顶"的意思，就是因为在欧洲，它的生长地点是屋顶腐烂的草屑里，也被叫做"屋顶上的雀麦"。可想而知，这种在屋顶上都可以存活的杂草，一定可以在大地这样富饶的大屋顶上成长起来。

如今你可以看到西北部山区旁边那些蜜蜂色山丘，上面曾经铺满了茂盛和有益的禾本草类和须芒草，可是现在都是雀麦的身影。它吸引了所有司机的注意，将他们的视线牵引到远方的最高峰，但是却没有被发现其真身。司机们从来没有想到，这些山丘被涂抹了生态学的香粉，却呈现出如此受伤的肤色。

那么这样的代替是如何产生的呢？原因是过度的肆意放牧。当越来越多的羊群和牛群出现在草原，把草皮啃噬干净后，自然会有其他的东西覆盖在已经流失土壤的大地上，这个时候雀麦就出现了。

每一株雀麦上都长着一撮刺芒，而且生长得很稠密，这样一来就会避免成熟后的果实被牲口吃掉。如果你想知道一头牛吃了它的果实是什么感觉，最好就是自己换上矮帮儿的鞋子到雀麦丛里走一走。所有要在雀麦区里进行工作的人员都会穿上长筒靴。在这里尼龙长袜唯一的去处就是汽车脚踏板或者人行道上。

秋天的山丘上似乎覆盖了一层黄色的毯子，走近后你会发现都是那些刺芒，它们是极其容易被烧着的，就好像羊毛和棉花。所以在雀麦地区，一定要做好充分的防火措施，但是完全的防火是不可能的。一般动物可以使用的好植物，都被大火逼到了较高的地区，比如艾蒿、紫蔷薇等，而冬季里它们很少会用作饲料使用。那些较低的松林边缘，用来遮挡鸟类和鹿的植物，也被大火逼到了较高的地方。

在一个夏季旅行者的眼里，似乎烧掉几棵灌木作为原料，对于山川来说根本不是什么大的事情。他根本没有考虑到，冬天的高山，大雪后对于动物和禽类来说都是禁区，不允许进入的。牲畜可以在山谷里得到喂养，可是鹿和驼鹿的唯一生路就是在山川中寻找食物，不然就会饿死。冬天里，可以栖息的地方是很狭窄的，越是向北，冬季草皮和夏季草皮的区别就会越明显。所以那些原本存活于山丘上的紫蔷薇、艾蒿对于这个地区的野生动物就是非常关键的，而如今由于雀麦和其带来的火灾使它们急速减少。与此同时，由于这些零散分布的灌木自身的保护意识，所以经常藏匿于一些四季常青的草类之中。当灌木被烧掉后，那么这些草类就会被牲畜啃噬。猎人和牧人总是为了冬季牧场的物资运输次序争吵不停，就在这个时候，雀麦却正在使他们争论的牧场越来越少。

雀麦似乎引起了很多的麻烦，可是最让人烦恼的还是那些饥饿的鹿和乳牛吃了雀麦的果实，这是很严重的后果。雀麦偷偷地潜进了老的苜蓿地里，牧草自然退化了。它阻止了野生孵化的小野鸭从上游向低处迁游的生死攸关的通路。雀麦偷偷地潜进沼泽边远的低地，松树的秧苗再也不能钻出土壤，同时也带来了容易发生的火灾威胁着老树的繁衍生息。

在我到达北加利福尼亚的关口时，自己亲身经历了这样的小小烦恼。我的小汽车和行李箱被严格地检查了一遍，检疫人员还是很客气地向我们作了解释，加利福尼亚欢迎所有的旅行者，但是他们必须确认这些行李和汽车里没有损害动植物的害虫。我问他都包括哪些,他列举了果园和花园有可能感染的病虫害,却没有提到小小的雀麦。事实上,这条黄色的毯子已经从他的脚下通过,铺满了平原,以及四面八方的山川之中。

当然就如同鲤鱼、紫翅椋鸟还有猪毛菜的事情一样,其实雀麦带来的并不一定都是缺点,也有它的优点,这个窃贼也是有点用处的。在雀麦生长过程中,当它还没有成熟,它是一种很好的饲料,也许你午餐盘里放着的小羊排,就是它的成果。雀麦减少了由于肆意过度放牧而引起的严重水土流失现象,讽刺的是,它来到一个地区的原因也是这样的过度放牧引起的。其实生态领域里的这些循环现象,完全值得研究和思考。

我就发现过这样一个线索:是不是双方都是把雀麦作为一种必然的邪恶来看待,从而导致必须共同生存至死亡;或者是把它当作对于过去土地使用错误的纠正方法来看待。可是,直到今天,没有人因为野生动植物的管理而感到骄傲雀跃,也没有人觉得拥有了一片有问题的土地而感到遗憾惭愧。为了广泛地宣扬保护主义,会议室和编辑办公室里都被我们吊起了风车,可是假使倒退40年,我们依然有可能放弃它的执照。

马尼托巴州

克兰布依

在我看来，教育似乎是当一种事物已经几乎被遗忘，或者不被重视了，才会想起去了解和怀念它。

沼泽性质，对于我们大多数的人来说一直都是被忽略的。直到我带一位访问学者到了克兰德波埃，我才真的意识到了这一点，这也是一个特别的爱好吧。但是对于那位访问学者，他此行的目的无非就是想证明它比其他的沼泽更加的贫瘠和难以生存。

更为奇怪的是许多鸟类也是同样认为克兰德波埃与其他的沼泽是不同的，比如鹈鹕、游隼、棕塍鹬、西鹩鹁。可是它们更加喜欢这里，胜过其他的沼泽，原因是什么呢？它们似乎对于我们闯入了它们的领地感到极为不满和愤怒，好像不只是因为没有经过它们的许可，而且还应是其他别的不当举动，可是那是为什么呢？

之后我发现秘密的所在：克兰德波埃是个与众不同的沼泽，不只是指在空间方面，而且同样存在时间方面的不同。只有那些只相信二手资料的人才会真的认为，所有的沼泽在1941年发生了同样的事情。然而，鸟儿是第一经历者，它们拥有更为深刻的理解和感受。假设，一队南飞的鹈鹕，到达克兰德波埃的上空感受了这里上空微风的轻拂，它们一定知道这里的地质着陆点和旧时代相同，是个远离那些危险的潜入者的安全地点，而且也是未来的希望。于是它们振动着翅膀，同时伴有奇怪的原始的咕噜叫声，盘旋后，降落在这片旧时代所残留下来的、受欢迎的土地上。

　　这里已经有了很多的避难者，而且每一个避难者都有自己独特的从历史进程中得到的喘息。一对对可爱的愉悦的燕鸥，像顽皮的孩子，在泥滩上空叫喊着，那逐渐融化的冰层迎接了最早的冰融，闪动着的光圈就是它们准备捕捉的鲤鱼。一对怀疑主义者沙丘鹤，它们对所有恐惧的东西都是会发出嘎嘎的叫声，像是在挑衅着。而天鹅永远保持着王者风范，它们庄严地在水湾上摆着自己的姿态，惋惜一切将逝去的美丽。沼泽从一棵被暴风侵袭的三角叶杨这里泻入大湖，就在它的顶部一只游隼扑向路过的水禽，而似乎这就是它的游戏一样。它其实早就吃过了一只鸭子，现在就是在吓唬路过的蓝翅鸭，它的兴致就是引起各种水禽的尖叫。这种游戏从它在阿格赛思湖下面的草原就开始了。

　　这些野生动物的感情很外露，所以如果想进行一个分类是相当容易的事情。而在克兰德波埃，有一种避难者的心思很难参透，因为它一直都不会理会人类侵略者。如果说大多数的鸟儿都很容易相信穿着工作服的工作人员，而西鹏鹬则完全不是。我小心翼翼地不出任何声响地靠近沼泽边的芦苇，可是看到的只能是它入水的水花。它进入水湾的行为更是无声无息的，远处的芦苇后面发出了银铃般的叫声，就好像它是在向它的同类发出讯号，警告它们刚刚发生的事情。

　　我始终不能了解它，因为这类鸟似乎对人类有着某种防范。我的那位客人，很轻易地把西䴉鹬的名字从自己的鸟类名单中划去，并且只是不经心地标注了这美好的叫声为"格里格——格里格"，之后写了一些无足轻重的废话。这个人根本没有体会到，这里其实有着比鸟类名称更为重要和值得珍惜的东西。他永远感受不到，这里"秘密"信息的真正含义，并不是简单的伪造音节的歌唱，而是希望可以被理解和翻译。一直以来，我也没有比那个人更加聪明，因为我也不能准确地翻译和理解那个秘密的信息。

到了深春时分，那种铃声般的声音维持的时间更长了一些。从清晨到黄昏，每一片浅滩都可以听到那美丽的声音。按照我的推断，现在那些幼年西䴉鹬应该开始了自己的水上生活，并接受着父母的哲学式教育。但是，如果你想去旁听那堂课，绝对是件难上加难的事情。

假如有一天，我可以将自己的脸整个深深地扎进麝鼠洞的污秽中，衣服一定会变成这片土地的颜色，而我的眼睛也一定可以洞察这片沼泽的一切秘密。一只鹬浅鸭，带领着它那一群粉红色缘的金绿色羽毛的小雏，从我眼前漫不经心地游过。我的鼻子似乎被什么东西擦了一下，原来是一只弗吉尼亚的秧鸟。一只鸊鷉的影子迅速掠过池塘，一只小黄脚鹬落在池塘中，委婉地唱着歌，我正在构思一首诗歌，而它抬起脚走动时，发出的声音简直就是一首更好的诗。

而我身后的浅滩也发出声响，那是一只水貂正在胡乱地滑动着，好像一直在空气中寻找什么气味，懒懒地拖动身子。沼泽鹪鹩不断地往同一个莞草丛里扎，那里充满了幼鸟的喳喳声。正当我在阳光下开始有些打盹的时候，一个充满了野性的红眼睛在我面前闪烁着。在它确保了安全无事的时刻，一个银色的身影出现了，就好像大雁一样大，有着流线型的身躯。就在我恍然大悟之际，刹那间，第二只西䴉鹬出现了，而且它宽阔的脊背上还有两只幼雏，就像两颗明亮的珍珠，巧妙地夹在隆起的双翅之间。我刚刚喘了一口气，它们已经拐弯了。而耳边传来那银铃般的声音，好像有着嘲讽的意味，从远处的芦苇丛那边传出来的。

对于科学和艺术，最珍贵的遗留应当就是历史的意识。可是，我认为西鹬鹩根本不具备任何意识，可是它似乎更加了解历史。它原始而又幼稚的大脑，根本不可能知道黑斯廷斯战役的胜利者，但是它们知道在时间中谁才是真的赢家。如果人类的进程像它们一样的久远，我们也许就可以知道西鹬鹩叫声的真正含义了。回望历史，只不过是少数几个有自觉意识的时代，就给我们留下了如果多的传统、自豪、轻蔑和智慧的意识。那么是怎样的勇气在激励这些西鹬鹩持续不断地生存下来。早在人类社会产生之前，西鹬鹩的时代就应该是存在的了。

西鹬鹩的叫声，在某些古老文献的记载中表明，无论如何，都是引领沼泽大合唱的统帅，当然也起到支配的作用。这本古老文献的记载中说明它就是生物群的总指挥。伴随着一个又一个的世纪更替，水位也在降低，一个又一个的沼泽中出现了大大小小的湖滨，又是谁在测量着它们的尺度？眼子草和莞草充分地吸收阳光给它们的一切，之后又奉献给了麝鼠的肚皮，是谁为它们保驾护航？又是谁帮助死气沉沉的沼泽充满了茎秆？白天孵卵的野鸭得到了谁的消息所以总是小心翼翼充满耐心？又是谁激起了夜间屠手水貂嗜血的欲望？那些苍鹭的长矛为何如此精确，而游隼为何有如此捕食速度？这些动物都是在我们听不到的劝诫声音下，进行着这些长年以来的各种各样的行动。我们一直认为它们是无知的，那些技巧都是天生就有的，那些生产力也都是自动化的，它们根本不知道什么疲惫和厌倦。我认为西鹬鹩才是真正不知疲倦，并且提醒着所有的生物，若想生存下来，就必须要永不停歇地奋斗和寻找食物，使繁衍和死亡交替不停。

曾经的伊利诺伊到阿萨巴斯卡的平原上遍布着沼泽，现在慢慢推向北部。人类不可能只依靠沼泽生存，而且必需脱离这里的生活：农田和沼泽、野性和顺从，根本不可能在进步的大潮中相安无事地共存。

于是，挖泥机出现了，堤坝出现了，瓦罐和火炬出现了，玉米地带已经不在了，现在是小麦地也不见了。碧蓝的湖泊变成了深绿的沼泽，绿色的沼泽换来了沉甸甸的淤泥，之后又改造成麦田。

有一天，我的沼泽也会被堤坝围住，然后将在麦田下被遗忘，就好像没有存在过。正如现在和过去，将在未来被遗忘一样。最后的一个池塘中最后的一条泥荫鱼在它的尾巴最后一摆前，燕鸥将会大声地和克兰德波埃道别，天鹅那神圣的姿态只会出现在空中，群鹤那告别的号角一定是吹得最为响亮的。

○ 乡野的秘密

乡 野

玉米和冲蚀沟等抵押生长的地方是土地；而土地的习性，也就是土地的泥土、生命和天气的集合是乡野，这两者时常被人们弄得混淆不清。面对人们常说的乡野"所有者"那些可怜急切的需要——抵押、不同的机构、各种芋草路①等，乡野的态度一向是平静无奇的。农场里的松鸡犹如国王的贵客一样，只管在树丛上飞来飞去，毫不关心农场的上一位主人是个私酒酿造者。

富足或者贫贱

土地即便贫贱也可能是富足的乡野，或者说在富足的土地上，乡野或许是贫贱的。以物质丰盛与否作为富足的评判标准，这是经济学家的行为。可是，

---

①芋草路，指的是乡村地区，这些地区在美国都较为贫困。

乡野就不同了，哪怕土地是贫贱的，它依然富足，在普通情况下，或者是初看时，这样的性质并不是十分明显。

这就像是一个我所熟悉的长着松树并且被海浪拍打的沙滩，那里的岸边朴素清爽。在你看来，这个沙滩整个白天都不过是被浪花拍打的地方。它是条黑色缎带，无论如何，小小的船只都无法到达尽头。它是个无趣的地方，唯一的用途就是对里数进行记录。可是，一到晚上，这里就会变成一个绚丽的小湾，先是在慢悠悠风力的推动下，岬角出现海鸥，随后是忽然间飞出来无数叽叽喳喳的潜鸟。你会有一股要冲上岸边的想法，想要在熊果地毯上踩踏，想要在凤仙花的枝丛里肆意采摘，想要把一只松鸡猎杀在山丘后面的矮树林中，或者对岸边的李子或者越橘尽情采摘。神奇的小湾出现了，那些游着鳟鱼的溪流又在哪里？我们的安营之处一定是在岸边的树林里，波浪疯狂地对船舷两旁的小漩涡进行拍打，为的就是能够尽早上岸。

小湾上面随即篝火连连，炊烟袅袅。这里的土地是贫贱的，而乡野却是富饶的。

一些常年葱绿的树林不一定招人喜爱。我们身处路边高大、平滑的栎树或者美国鹅掌楸的林子里，面对着平凡的植物，浑浊的污水，看不到野生动物的情景，你会发现这些一点也不可爱。对于红色的细流不会形成小溪这一点我们无法给出解释，而对于一个没有鹌鹑叫声的树林必然是一片荆棘，我们也无从证明。可是，对于一个尤其热爱野外活动的人来说，这些都是无可争辩的事实。像是误把富饶的乡野看成贫贱土地，时常犯下这种错误的人是那些只把野生动物看成是为大家观赏或者猎捕的人们。

一些看起来很普通的树林，里面却别有洞天。最为平淡无奇的莫过于玉米地带的林地。可是，假如你把来这里的时间定在八月，你会因为一个个成熟的足叶草果实或者一株株被压碎的唇膏薄荷而欣喜若狂。山核桃树会在十月散发出诱人的光芒，这里仍不愧为富饶的乡野。除了山核桃树，还有一只小松鼠变成了美丽的棕色，夕阳下栎木的木炭，以及远处笑声不断的横斑林鸮。

品味乡野

因为人们的审美能力不同，所以他们对乡野的品味各有不同，如同品味油画和歌剧一样。有些人去旅游景区习惯被赶着去，就像是牛群。他们眼里的壮丽景色无非是悬崖、峭壁、倾泻而下的瀑布等。堪萨斯平原的一望无际无法吸引他们的眼球。他们的眼里只有漫无边际的碧绿草原，根本看不到活生生奔跑的牛群。他们认识的都是校园历史，具体的区别就是，同样是看地平线，德·瓦加是在牛肚皮底下，而他们的眼里只有地平线。

时常有珍宝隐藏在乡野的普通外表下，这和人十分相像。只有在乡野生活并且和乡野融为一体的人，他们才有可能对这些珍宝进行挖掘。在一群蓝色的啁啾冠蓝鸦映衬下，一个历经数千个炎热夏日，并且单调乏味的被刺柏覆盖的山麓丘陵，格外显得与众不同，犹如佩戴蓝色浆果的老人。单调无味的玉米田，会因为一群再次飞过并且叫声不断的大雁而增色不少。

∽ 人的空闲和爱好 ∽

"无知的人在无所事事时最为悲惨!"这句亚利奥斯图①的至理名言就是我要宣讲的,我不能确定其具体出自哪一章哪一节,可是,我确信他一定说过。

我很少把某些话当成是至理名言,这句是些许特例中的一句。无论过去、现在,还是未来,以至于就在吃早饭之前,我对这句话的真实性毫不怀疑,我非常高兴地告诉大家这一点。哪怕是拥有了世界上所有的学位,如果他不懂得享受空闲,他依然一无所知。相反,即便不曾进入过学校一天,只要他懂得享受空闲,他依然是有教养的。

如果这个问题是被拥有某种爱好的人向没有任何爱好的人谈论的,那将是最为可笑的错误。这就好比是把自己的爱好强加给别人,这是对爱好所有优点的抹杀。嗜好无需强加,它会自动找上我们。把爱好强加给别人,就如同是硬生生塞给别人一个妻子,这样获得幸福的几率会很小。

---

① 英文名字 Lodvico Ariosto,(1474~1533),意大利著名诗人,《疯狂的奥兰多》的作者。

所以，我们说，做这些事情的人都是些无所事事并且喜爱招摇的人的行为。只要人们不反对，他也许可以听进一些劝说，假如可以，他们会从我们的一言一行里学到很多东西。

嗜好是什么？

到底什么才是嗜好？和普通人追逐的东西相比较，它的区别在哪里？对于这样的问题，我们始终无法完整地作答。张嘴就来的答案就是：相当耗费劳动力，毫无效率可言，并且没有任何实用价值和意义的东西便是嗜好。时至今日，人们总喜欢把手工制作当成是一种消遣，其实，使用机器完全可以省时省力地制作出来，并且物美价廉。可是，单就制作机器来说，这在另一个时代就是个绝佳的嗜好。以一种新的弩炮形式把圣彼得凑巧忘记记录的自然法则展现给现实教会世界，并且引起巨大的骚动，这也许就是伽利略应当知足的东西。可是，如今的机器制造已经失去了往日的性质，哪怕新机器受到了机器界的非常注视。事情的本质因此渐渐浮出水面：针对相同时代的事物进行反抗，尤其是对那些社会化进程比较排斥或者忽视的东西进行坚持，这就是嗜好。假如，这个解释是没有任何错误的，我们就可以用激进分子来定义所有具有嗜好的人，他们是社会的少数派。

可是，这件事情依然不容忽视，这完全是因为拥有嗜好的人们，他们自己犯下了严重的错误。任何嗜好都无需认可，更不能主动追求，这是不可违反的严格规定。而嗜好在"想要怎样"的驱使下，就会变得唯利是图，这就成为了一项事业，这其实是一项操练而已。嗜好不包括举哑铃运动，因为它是由利益驱动的，是种被迫式的告白。

嗜好的吸引力

曾经有个上岁数的德国商人居住在我们镇上矮矮的平房里,我那时还是个乳臭未干的小孩子。他一到星期天就会去密西西比河,在哪里,他会不停地对岸边突出的石灰石岩面进行敲打。被他敲下来的碎片有几吨重,所有的碎片都被他粘贴了标签,然后编目分类,它们里面包含着一种小化石,那是早已绝迹地茎状类水生动物——海百合。这个儒雅的老人虽说有些怪异,可还不至于伤害他人,这是小镇上所有人对他共同的评价。小镇上有一天忽然了来了好些有威望的人,报纸上因此大肆报道。这些人都是来拜访这位德国老人的,他们要么是科学家、要么是世界有名的古生物学家,有的甚至来自国外,他们都要听一听这位老人有关海百合的论述,老人的看法被这些人视为权威。这位老人原来在海百合方面是个世界顶级的权威人士,他是历史科学的制造者,海百合知识的创始人。可是,小镇上的人们知道这一切时,老人早已去世很久了。老人真的很伟大,小镇的领导者都被他衬托得相形见绌了。他的研究被陈列在了博物馆,他的名声将永远被世人传颂。

像这样的人,我还认识很多:其中有一位能力出色的银行经营者,他对玫瑰情有独钟,他不仅从中获得了快乐,还因此使得自己的工作更加出色;另外一位是制作车轮的人,他对番茄的知识了如指掌,当然,对车轮的有关知识同样不在话下,对于两者的因果关系,我无从知晓;还有一位开出租车的人,他一旦谈论起有关甜玉米的话题会显得格外博学,你会因此而诧异,为何自己知道得这样少。

起死回生的训鹰术应当是我知道的最具吸引力的嗜好了。它在美国吸引的人数只有几个,在英国可能有一打,人数真是稀少。面对猎杀苍鹭的选项,我们可以购买一只弹药桶，仅需耗费两角五分；可是，要训练一只鹰，饲养者要耗费的训练时间都在几个月或者几年之久。弹药桶堪称是化学工业的完美组合，作为一个射杀工具，我们甚至可以为其总结出一个致命反应的公式。鹰，同样是一个射杀工具，它就如由炼金术发展而来的产物，周身笼罩着神秘色彩。对于驯鹰者和鹰之间相通的捕食感应，无论是现在还是将来，或许永远没有人可以理解。对于鹰捕猎时眼睛、爪子、翼展的完美结合，我们人类制造的机器永远也无法进行模仿。以前，只有少数的训鹰者食用过烟熏苍鹭，这种食用方法好比是童子军食用兔子的方法，不过，他们的兔子是用弹弓、木棍，或者弓箭猎杀到的，而这只兔子好像是被夏日里的跳蚤咬伤的，多数被捕杀的苍鹭还是毫无用处的。另外，训鹰术的嗜好一定要十分完美才好，否则，稍有不慎，鹰就会被驯化成智人或者飞入高空不再回头了。

还有一项就是制作和发射弓箭。有一种传奇性的说法一直在不懂内情的人们中间流传着，在他们看来，弓箭的射杀性能十分有效。威斯康星州每年都有一次宽头箭的猎鹿活动，每次报名的专业人士都到不了一百个，并且最后只有一个人可以猎杀到公鹿，不仅如此，即便是猎杀到公鹿的人都不知所措。可是，如果换成是来福枪，五个人当中就会有一个人猎杀到公鹿。弓箭射杀性十分有效的说法因此被推翻了。我只能这样说，作为上班迟到，或者星期四不倒垃圾的好借口，制作弓箭首当其冲。

对于枪械的制造，我们不懂，起码我不会。可是对于弓箭的制作，我们都很在行，其中有些一定可以猎杀到动物。我由此突发奇想，我们对嗜好的定义也许可以修改一下。对某样东西或者制造这种东西的工具进行制作就是目前好的嗜好的有关内容，这一切等我们过了这个年龄就会发生改变。这又是对时代潮流的反抗了。

美妙的嗜好和赌博依稀相连。面对着一根笨重、凹凸不平、容易产生裂缝的桑橙木，我们必然要想象，透过这根木头的粗野，就要出现一个美丽动人的猎杀工具；当然还会有这样的可能，这个完美的猎杀工具或许会在被拉出优美弧度后突然断裂，变得毫无用处；而接下来，我们不得不重新制作另一个，长长的板凳上，我们又会多出一个月的不眠之夜。换句话说，失败是所有嗜好都必须要面对的可能事实，而与之形成鲜明对比的就是福特车在生产线上寂寞走下来的必然结果。

嗜好的两种反叛形式包括，独自一人对日常琐事进行反叛和一群人（有可能会是一家人）一同进行反叛。这两种反叛假如都是没有任何希望的，那会是很好的结果。倘若整个社会的人都不满传统习俗的压抑，而纷纷采纳反叛的主意，那将是十分混乱的情况。可是，这样的情况不会出现在我们面前。社会化动物最顶级的发展成果就是不随波逐流，并且它的发展和其他机能是同步的。有一种我们无法想象的进化过程存在于"无拘无束"的野蛮人和更为自由的哺乳动物以及鸟类之中，这一点是科学刚刚发现的事情。嗜好可能是对群居世界等级制度的公然反叛，可是绝大多数人还是这个群居世界的一部分。

环 河

因为流入自己，而无穷尽的奔流不息，这就是环河，英文名字 Round River，这是先前威斯康星州的奇观之一。这条河流后来被班扬发现了，并且被记录在他的传说里，他曾经在这奔流不息的河流里放入了很多原木。

班扬的记录里运用了比喻：威斯康星州有无数的环河，它自己其实就是一条环河。可是，人们都以为是事实。那是一种丛土壤里流出来的能量流组成的水流，它进入了动物又进入了植物，最后回归到土壤，从而组成了一个永不停息的生命循环。有一个脱离了水的环河版本，那就是"尘归尘土归土"。

生态环河

班扬放入环河里的原木被聪明的我们去掉了树节，它们的方向和速度因此被我们控制了，仅凭此项技能，我们就有权利被称为智者。如今的经济学就是这个技巧的代名词，历史就是先前的流经路线，政治能力就是对新线路的选择，而政治则是马上到来的急流或者浅滩引发的有关谈话。除了切掉自己所骑原木的树节，他们还要切掉河流中其他原木的树节。我们用国家计划来称呼这些和自然进行的集体交涉。

把生物的连续体用河流来进行描写，这在我们的教育系统里为数极少。我们从小被灌输的生物学知识就是关于环河水道土壤，以及四周动植物群的组成，地质进化学知识就是关于上述事物的开始时间问题，工程学和农业学知识就是关于对上述事物的开发和利用等。可是，面对一条水流，我们必须自己对其干旱、洪水、逆流和沙洲进行推断。我们只有对自己的思考角度作90度调整，并对生物的集体行为进行检查，才能很好地学通生物溪流的水文学。反叛专业化就是我们要做的事情。我们要学习的是所有生物界的地理，而不是针对某一项学得更细更深。

在思考角度上，这种和达尔文的学说相隔90度的新科学被我们称之为生态学。和别的小家伙一样，这个小家伙正处在最初学说话的阶段，它正全身心地创造着自己的夸大语。这在将来必将有所发挥。生态学和环河知识注定要联系在一起。对于把生物的集体知识转化为生物航行术的集体智慧这一点是它晚些时候要告诉我们的事情。说到底，就是保护自然资源。

使得人和土地十分和谐地相处在一起，这就是保护自然资源的目的所在。土地在这里的含义就是地球表面，以及其内外的所有事物。与土地和谐地相处在一起就是要形同朋友，我们不可以偏爱其右手而舍去其左手。也就是说，我们不可以为了植树造林而破坏了土地，不可以为了保护水域而虐待山脉，不可以为了爱护猎物而憎恶掠食者。和我们的社会一样，在土地这个有机体的所有部分里，合作与竞争是同时存在的，这些都是内部运作的组成部分。对这些部分，我们只能细心地调节，切不可单方面废除。

和电视机与录音机相比较，土地有机体的复杂组成被我们发现才是20世纪科学上最伟大的壮举。在这方面，可以体会到知识贫乏的都是对此有颇多认识的人。而动植物毫无用处的那些想法最为无耻。无论大家了解与否，土地在整体机制良好的情况下，其所有的组成部分必然是良好的。假如，某种我们比较喜爱的事物经过数十亿年的生物演变被造就出来了，可是我们又对其缺乏了解，那么，对于那些我们看似没有任何用处的东西一定不可抛弃。对于土地，比较明智的修补方法是不要舍弃这个机制中任何的钝齿和齿轮，当然这也是我们首先要做到的事情。

不能舍弃土地机制的任何部分就是自然资源保护的首要原则，我们是不是已经知道了这一点呢？遗憾的是，对于其中的所有组成部分，哪怕是科学家都尚未认识清楚。

许佩沙特山是德国的一座山脉，山的南坡和北坡都是德国的国有森林，两百多年来一直受到精心的照料。山的南坡生长的是栎树，这里的栎树被誉为最好的，就连美国的上等家具木材都使用这里的栎木。而北坡就不同了，这里生长的全是普普通通的欧洲赤松，如此大的差别是如何形成的呢？

翻开栎树下的落叶层，不难看出，叶子的腐烂和落地几乎是同时进行的。而赤松下的情形截然不同，针叶堆积了很厚一层，并且以十分缓慢的速度腐烂着。追其根源就是，南坡在中古时代曾被一位主教圈占，这位主教对狩猎十分热爱，而北坡面临的却是开荒者的滥伐、毁林耕种，这样的情形在今天的威斯康星州和爱荷华州林地仍然上演着。北面的山坡在遭受了如此蹂躏后才重新又被种植了赤松。可是，土壤结构在此期间发生了改变，里面的微小动植物群数目大幅度地减少，也就是说，土壤的消化器官被损坏了，这些损失在经历了两个世纪的细心呵护下仍然无法弥补。要发现许佩特山上那些被破坏后影响了和谐共处的小钝齿和小齿轮，我们需要有先进的显微镜和一个多世纪的土壤科学研究。

只有生物群落始终保持平衡，里面的生物才可以安然生存，不至于消失。某些生物群落存活的时间很长，这是许多人都清楚的事实。其中，拥有基本相同土壤和动植物群的1840年的威斯康星州，以及冰河结束时期也就是一万二千年前的威斯康星州，就是个很好的例子。凭借保存在泥潭沼泽里的动物骨头和植物花粉，我们就可以推测出这一切。天气的记录甚至都被留在其中，这些可以凭借保存不同分量花粉的连续性泥土层推测出来。只有在当时发生了连续的旱情，或者遭受了大火袭击，或者遭遇了牛群践踏，我们才会在公元前三千年的泥土层里发现大量的猪草花粉。这里的350种鸟类、150种鱼类、90种哺乳动物、70种爬行动物，连同几千种植物和昆虫，并没有在这些危机状况下灭绝。正是因为其内部生物群系超凡的稳定性才使得这个生物群落生存了如此长的时间。对于这种稳定的机制，科学至今无法解释，可是即便是对此不精通的人也会看出两点：第一，在岩石里提取出的养分，不断循环在复杂的食物链中，它们增长和消亡的速度相同或者是前者高于后者；第二，土壤养分的积累和动植物的多样化并存于这个地质时期，两者是相互依赖的。

目前，供观赏用的样品依然是美国自然资源保护的重点。小钝齿和小齿轮的角度是我们尚未发现的。瞧一瞧爱荷华州和南威斯康星州的草原，这就是我们的后院。什么才是那里最珍贵的东西？黑钙土，就是那些充满养分的黑土。它们都是谁创造出来的？是上百种的草、植物和灌木；那些草原上的菌类、真菌和昆虫；那些哺乳动物和鸟类，是它们创造出了这些黑土。结合在一起的所有一切组成了生物群系、组成了竞争与合作并存的共同体。这片无际的黑暗、血腥的土地就是这个生物群系历经一万年的生死存亡，燃烧和生长、逃亡和捕食、冰冻和开化的结果。

对于这片土地的起源，我们的父辈是不会知道的，他们也无法知道。大量动物群被他们歼灭了，植物群被他们驱赶到了最后的避难所——铁路路基和公路的两侧。这些植物群在工程师的眼里只是些杂草和灌木丛，它们不断被推土机和除草机消灭。花园就是这些偃麦草的最后去处，这是所有植物学家都可以推演出的结果。公路局在花园消失之后，聘请来了造景专业人士。这些专业人士把一些榆树以及一些观赏性的小檗、绣线菊和欧洲赤松安插在偃麦草丛中。这些人为景致被在此经过参加某个重要会议的自然资源保护协会的委员看到时，居然还迎来了阵阵喝彩声。

提供观赏只是这些草原植物的一个功用，我们在将来某一天还需要它们来重建草原土壤，可是很多植物会在此期间消失不见了。这些小钝齿和小齿轮依然不会被我们这些心无恶意的人认识到。

面对拯救较大钝齿和齿轮的行动，我们依然表现得天真。面对濒临灭绝的物种，我们会用些许的悔悟来讨得心安。面对物种的消失，我们会痛哭失声，可是，习性依然不改。

有个很好的例子就是，近来西部几个州家养灰熊的消失。不错，灰熊依然在黄石公园里幸存着，可是，它们饱受着外来寄生虫的折磨，它们时刻都要面临着庇护所边缘的来福枪突袭，它们的繁殖区无时无刻都在面临着新建道路和度假村的侵蚀。它们被我们看到的几率越来越低，只有少数的几个州，少数的几个繁殖区。只要尚且有一只灰熊存在并且陈列在博物馆里就可以了，这是我们用以安慰自己的谬论。我们只有在很多的地区同时伸出援手才能保护这些濒临灭绝的物种，这是历史给我们每一个人的清晰声明。

关于自然的精致品味

我们需要关于小钝齿和小齿轮的知识，需要大众在这方面的觉醒，然而有时候，我想我们更需要一样东西；《森林和溪流》杂志曾在其编辑手记里，称这样东西为"关于自然的精致品位"。我们在培养"关于自然的精致品位"这方面，是否有任何进展？

在大湖之州的北部尚有一些狼，每一州都为捕狼提供奖赏。除此之外，每一州也都求助于美国鱼类暨野生动物署的专家来协助消灭狼。然而，这个机构和几个自然资源保护委员会都抱怨，在愈来愈多的地方，鹿因数量过多而无法找到充足的食物；森林中的居民则抱怨周期性的兔满为患。既然如此，为什么灭狼的公共政策必须持续下去？我们从经济学和生物学的角度来辩论这类问题。哺乳动物学者声称，狼是一种遏止鹿只过度繁殖的自然力量；猎人回答说，他们会处理那些过多的鹿。但是，他们再争论个十年，就没有狼可供他们争论了。这些自然资源保护的论点总是相互抵触。

在大湖之州，我们为我们的森林苗圃感到骄傲，也为我们重新培植昔日的北方森林的进展感到骄傲。但是，当你查看这些苗圃时，会发觉你看不到北美崖柏和美加落叶松。为什么没有北美崖柏？因为此树生长过慢，被鹿吃掉了，或受到赤杨的排挤。未来，北方的森林里可能见不到北美崖柏，然而林务官并没有为此感到烦恼。事实上，北美崖柏过去曾经因为经济效益不彰而被清除过。山毛榉也因同样的理由，而被排除于东南部未来的森林之外。除了蓄意地从我们未来的植物群中除去某些树种外，还有一种由外来疾病所导致的非蓄意的消灭，栗树、柿树和北美乔松都是受害者。合理的经济学是否会视任何植物为一个个别的实体？是否会以个别的表现为理由，排斥或鼓励任何一种植物？此举对于动物生命、土壤，以及森林作为一个有机体的健康，会造成什么影响？如果你对自然事物有着"精致的品位"，那么，你会明白经济问题只是一种个别的考量。

我们这些班扬的接班人和继承人，既未发现我们正在对河流做些什么，也未察觉河流正在对我们做些什么。我们精神抖擞地为这个州的原木去节，但是技巧不若精力那般充足。

我们已彻底改变了这个生物之流,这是必然的。现在,食物链从玉米和紫苜蓿开始,而不是从栎树和须芒草开始;流经牛、猪和家禽,而不是流经赤鹿、鹿和松鸡;之后进入农夫、摩登女郎和大学新生体内,而不是进入印第安人体内,只要查看电话本或政府机关的名册,就可以知道其流量之大。这个生物之流的流量,极可能比班扬之前的时代大许多,但是说来十分奇怪,科学从来不曾衡量它。

饲养的动物和栽培的植物在新的食物链中,没有链环所应具有的连接力;这些链环由农人的劳力及牵引机的协助维持着,并且受到一个新的动物种类的煽动:农学博士。班扬之削除树节是自己学来的,现在,我们有一位教授站在岸上,免费提供指导。

每当我们以培植的植物或饲养的动物取代野生的植物、动物时,或者每当我们以一条人工水路取代一条自然水路时,土地的循环系统就必须进行一次重新调整。我们不了解,也无法预见这些新的调整;而除非最后的效果不理想,否则我们不会觉察这些调整。不管是美国总统为一条运河而重建佛罗里达州,或农夫张三为牧牛场重建威斯康星州的草原,我们只忙着新的修补工作,无暇考虑最后的效果。然而,这么多新的修补工作并没有带来痛苦,这一点证明了土地有机体的年轻和弹性。

生态教育带来的惩罚之一,便是我们孤独地活在一个布满伤口的世界里。但对于一般人而言,土地所承受的许多伤害是看不见的。生态学家若不是应该硬下心来,假装相信科学结果与他无关,就是应该成为一个医生,在一个相信自己很健康而不听相反意见的群落里,看出死亡的记号。

政府告诉我们必须控制水患,所以将我们牧场的小溪截弯取直;从事这项工作的工程师告诉我们,现在小溪可以容纳更多的洪水。然而在这个过程中,我们却失去了老柳树，也失去了柳树上那些在冬夜啼鸣的猫头鹰，以及中午会在柳树下摇尾巴赶苍蝇的牛。此外，我们也失去了开着穗裂龙胆的小小沼泽地。

水文学者曾经说明，就水文的功能而言，小溪的蜿蜒扮演着不可或缺的角色。冲积平原属于河流；生态学者清楚看出，基于相似的理由，我们可以和水道较少被人工改善的环河和平共处。

现在我们以两个标准来评估新的生态秩序：（1）它是否能保持肥力？（2）它是否能保有多样的动物和植物？在最初的开发阶段中，土壤展现植物和动物盎然的生机。许多人都知道，农作物的丰收使拓荒者开始庆祝感恩节，但是野生植物和动物也十分丰饶。许多外来的、可长出食物的杂草加入了本地的植物群，土壤依然肥沃，而地景则因一块块的耕地和牧场而变得多样化。拓荒者所记录下来的野生动植物的丰饶，部分便是对于这种多样化的反应。

如此高度的新陈代谢是新发现的土地的特征。这种现象可能代表正常的循环，也可能代表储存的肥力的燃烧，亦即所谓的生物热（biotic fever）。我们无法让生物群咬住一个温度计，借以区分发烧状况和正常状况，我们只能事后借着这种状况对于土壤的影响来加以判断。而这个影响是什么？答案就写在一千块农地的冲蚀沟上。每英亩所出产的农作物量并没有改变，庞大的耕作技术改善只弥补了土壤的消耗。在一些地区，例如干旱尘暴地带，生物之流已经消退到不适航行的地步，而班扬的继承者已迁移到加州，去酝酿"愤怒的葡萄"。

至于多样化，残留的本地动植物之所以被留下来，是因为农业发展尚未寻着机会将它们摧毁。当前的农业观念是"干净的耕作"（clean farming），它意味着一条食物链以经济利益为唯一的目标，清除所有目标不一致的链环，这是一种农业世界的大统一。另一方面，多样化意味着一个食物链试图将野生的和饲养的、培植的动植物，调和在稳定、多产和美的共同利益之下。

干净耕作确实想改造土壤，但是它只使用外来的植物、动物和肥料，来达成这个目标。它不明白最先建立这土壤的本地动植物是必要的。外来的植物和动物是否能综合出稳定性？粗布袋里的肥料是否能够提供充足的养分？这些都是争论中的问题。

没有一个活着的人知道真正的答案。证明干净耕作之可行的是东北欧；在此，尽管地景已大规模地人工化了，但是生物群（人除外）仍能保持某种程度的稳定性。

证明干净耕作之不可行的，是所有其他尝试这种耕作法的地方（包括我们这里），以及进化所提供的沉默证据——在进化中，多样性和稳定性是紧紧结合在一起的，就像一个物体的两面。

寻找心灵的草地鹨

一只被人类训练捕捉雉的猎犬，当在一个环境下无雉可捕杀时，它要想继续为主人服务，只能训练自己捕捉其他猎物的能力，如黑脸田鸡和草地鹨。它的这种能力就是被环境激发起来的，因为它无法找到原本属于它能力范围的真正猎物，只能用此来掩盖和减轻对于不能捕捉雉的失败感。

对于保护自然资源道理也同样如此。很多年以前，我们就开始宣传破坏土地的危害性，就号召人们控制纵火、乱砍乱伐等行为，提倡从事人工造林，保护野生动物等工作，但结果不是很理想。生活中没有林业管理法，土地私有者也很少有人去主动管理自己所经营的土壤，因此土地滥用情形相当严重。人们早已把破坏自然的危害抛之脑后。有很多地方原本富饶的草原早已荡然无存，肥沃的泥土被冲进了河流带进大海。这些例子举不胜举。

对于我们自然保护者来说，这是一个失败的打击。为了减轻这种内心的挫败感，我们不妨找一只草地鹨为心灵疗伤。也许田野上的所有猎犬都闻到了它的味道，都在积极地寻找。但我们要争取在它们之前找到。我们的心灵找到草地鹨的目的就是：自然保护者成立一个自然资源保护机构，以弥补那些土地私有者因不采取自然资源保护措施而造成的自然损失。

　　这个自然资源保护机构有其优点，似乎也有成功的可能。因为只要是这个机构所能买到的所有被破坏的土地，经过他们管理，结果都能变得肥沃起来。但有一点我们没有办法阻止：就是原本好的私有土地因公征用而变得贫瘠。原因就如本节提到的那只猎犬，虽然它找到了黑脸田鸡和草地鹨作为替代品，缓解了当时的失败感，但要想真正发挥它的捕猎能力就必须找到一只雉。

　　在这种情况下，草地鹨不会提醒我们这种失败感的原因，它也许正在为自己取得如此重要的地位而洋洋得意。

　　在对破坏土地的危害和因此可能带来非凡成就的图利动机进行比较时，我们往往会犹豫、彷徨，是该拒绝对土地的破坏，还是接受这种可能带来非凡成就的图利动机呢？很多时候我们都会高估扩大了图利动机所带来的结果。我们可以设想，一个人为自己修建豪华的住宅，为子女选择良好的教育，这是否算个有利可图的动机？答案并非完全肯定，因为我们这些动机的结果中有利可图的比例占得很小。即使明知如此，人们还是不会改变初衷。之所以人们会这样做，是因为这些都是经济系统基础伦理和美学前提的构成部分，这些前提一旦被人们接受，我们大脑中的经济力量就会把社会上一些较小的细节组织整合起来，并和我们的图利动机友好相处。

　　人类的后代必须生活在这片土地上，但关于为这片土地状况而存在的所谓的伦理和美学前提我们却没有看到。可以打个比喻，人类的后代是人类把签名留在了历史花名册上，而土地只是成了人们赚钱的工具。也就是说，不管是挖蚀农田还是砍伐森林或是污染水源，只要能为后代接受良好的教育取得足够的利润，人们就不会把这些行为放在心上。因为他们认为，这些问题跟他们无关，如何解决都是政府该做的事了。

综上所述，问题的根源就找到了。要想保护好自然资源不被破坏，就要让人们去认识和接受关于土地破坏危害的知识。只有在此基础上，我们才能很好地把保护自然资源的工作做好。

大自然的历史

这件事情才过去时间不长,那是一个星期六的晚上,闹钟被两个农夫调整到了第二天天还没有亮的时候。那个风雨交加的早晨,两个农夫把牛奶挤好之后,就上了一辆去威斯康星州中部沙郡的小货车。沙郡里盛产野饲草、捐税证书和美加落叶松。当两个农夫满载着美加落叶松幼苗和一整天的稀奇遭遇再次回到自己的住处时,已经是傍晚时分了。借助于微弱的光亮,他们把落叶松树苗全部栽种在自家的沼泽上,随后又去挤牛奶了。

和"人咬狗"的新闻相比较,威斯康星州的农民种植美加落叶松这件事情一点也不新鲜。挖掘、燃烧、排水并且砍伐美加落叶松一直都是这些农民的主业,这开始于1840年之后。农民已经把附近的落叶松都砍伐光了。他们为了使泥炭藓、猪笼草、杓兰,以及所有在威斯康星州绝迹的野花在二十年后重新展现在小树林里,所以才大量种植落叶松。

这些农民得不到任何部门的奖励,因为奖励这种行径有些唐吉坷德式,所以推动他们的肯定不会是什么有利可图的心理。对于这样的行为，我们要如何解释呢？我们用"反抗"来为其命名，意思是对那些单靠经济手段来对待土地问题的人进行反抗。为了在土地上生存和居住，我们对土地的征服活动是必须的，就这一点来说，完全开垦的农田就是好农田，这其实只是我们的想当然，而之前的农夫经验告诉我们：除了单薄的生计，农田提供给我们的还有狭窄的生活环境。除了种植普通的农作物，还有野生植物，这些都是他们的乐趣所在，就是因为这些，他们把一些当地的野花种植在了沼泽地里。不单单是拥有谋生技能，还要拥有表达和发展各种天赋才能的机会，这是我们对自己孩子的深切希望，而这些同样是农夫对土地的希望。最能表达这块土地的就要数这里最开始生长的植物了。

所以，一定会有无穷的乐趣隐藏在野生动植物里，对自然史的研究必然是科学和乐趣的完美结合，这就是我得出的结论。

大自然中的乐趣

我的工作并没有因为是研究历史而变得简单轻松。作为博物学者，我们肩上的担子还很重。为了给下午茶时的谈论增加一些色彩，一些绅士和淑女们曾有一段时间特别爱好去野外漫游。这个时代的人们喜欢把全部鸟儿都归类为小鸟，他们描述植物学喜欢用一些稀奇古怪的诗文，他们喜欢每天高唱着"自然是壮丽多彩的"。可是，仍然有种崭新的态度总是被发表在植物或者是业余鸟类学杂志上，只可惜这些并不是我们现代教育系统的主流。

针对旅鸽的历史，以及戏剧性的灭亡，有一位工业化学家时常利用自己工作之余进行研究。我和这位化学家算是老相识了。旅鸽在化学家出生前就已经绝迹了，而被化学家研究出来的旅鸽知识要多于之前的任何人。这位化学家取得如此成就凭借的就是对当代的书籍、书信、笔记，还有对本州之前印刷的每一份报纸进行认真的阅读。他为了获得对信鸽的了解，阅读的资料不止 10 万份。如果人们把阅读这些稿件当成一个任务，非得拼命不可。可是化学家却从中获得了无穷的快乐，这感觉和猎取罕见鹿只的猎人，以及在埃及到处对圣金龟子进行挖掘的科学家无二，但是，他的工作自然不用挖掘。在挖到圣金龟子之后还要对其进行详细的解释，这个工作需要更为高超的技巧，只有挖掘者在挖掘过程里慢慢培养，要从别人那里学习是不可能的。同样是在当代历史的后院里，此人看到的是刺激、探索、科研和乐趣，而数百万的无为之辈看到的是乏味和无趣。

在俄亥俄州，一个家庭主妇研究的是歌带，这项探索和前者十分相似。并且，她进行研究的地点是货真价实的后院。对这种鸟科学的命名和分类是人们在一百多年前就进行过的工作，可是，如今人们却早已忘却了这种鸟。在这个家庭主妇的眼睛里，和人一样，鸟儿拥有的不仅仅是自己的名字、性别、服饰，还一定有别的东西等待我们去认识。于是，她开始对歌带进行捕捉研究，认真观察记录它们的巢穴、觅食、争斗、配对、鸣叫、迁徙和死亡情况，其区分记号就是她为这些歌带套上的赛璐璐脚环。说得精辟一些，那就是对于歌带群的内部关系，她想要掌握得更加清楚。经过如此积累，她在十年之后对于歌带的政治、经济、社会和心理等方面有了更深的认识，这已经超越了任何一个鸟类学者。她的后院居然出现了通往科学的路径，全世界的鸟类科研人员纷纷前来咨询。

两名业余探索者的名利得来都十分凑巧，毕竟这并非是他们开始研究的目的，这算是意外收获吧！可是，和名利相比较，他们在这里获得的个人乐趣更为重要一些，像这样的个人乐趣，其他数百个业余科研人员也曾获得过。针对这些业余科研爱好者，我们的教育在这其中都起到了什么样的作用，这是我发自内心的疑问。在我们对一节正规的动植物学课程进行参观之后，答案就会自然浮现出来。映入眼帘的是一群学生正对猫头鹰头上凸出部位名称进行记录。为了对动物的进化过程进行研究，必然要了解它们的骨骼组成，这不是小事。可为什么只是记录凸出部位呢？我们得到的答案是：这是生物学训练的一部分。我这里就搞不明白了，难道说对活生生的动物以及它们在阳光下的五彩的生活进行研究就不重要吗？可是对活动物的研究硬生生地被现代动物学教育剔除掉了。有关鸟类学或者哺乳动物学研究的课程从来不曾出现在我们的大学课程里，这就是很好的例子。

这样的问题同样出现在植物学教学里，可是，对于活生生的植物，学生们还是有幸得见的。

在以前的教学中，我们就可以看出学校排斥户外活动的端倪。就在所有鸟类还被业余的爱好者看为"小鸟儿"的时期，实验室生物学就已经到了对物种的食物、习性以及分类进行研究的阶段，只是没有针对这些知识进行详细解释。也就是说，停滞不前的户外研究形式渐渐被发展迅猛的实验室研究超越并取代了。自然历史正是在这样的情况下被踢出了教育制度。

实验室和现实世界的差异

时下完全符合逻辑的竞争催生了这种背诵骨头地理的教育马拉松。它们当然还有别的理由。它们是动物学教授和医科学生离不开的东西。可是，在我看来，普通民众更喜欢活生生的现实世界。

就技巧和观念来看，如今的野外研究和实验室得出的结果同样科学。乡间田野的小路上，那些罗列动植物名称、迁徙日期信息的行为都是从前业余学者的所作所为了。在鸟儿翅膀上做上标记，把脚环套在脚上，对鸟的数量进行统计，还有对环境和行为进行试验，这些都是对大量事实进行总结的科学，这样的技术具有普遍性。某些尚未获得解答的自然历史问题，如同太阳一样的真正科学应当是想象力丰富并且耐力十足的业余爱好者的首选。

野外研究和实验室研究应当相辅相成，不应当相互排挤，这是当代人共同的认识。可是这样的理念并未反映在学校课程里。那些对自然历史有着浓厚兴趣的学生，大学不但没有给予鼓励，反而是想法拒绝，因为他们不想投入大量的资金扩大课程。学生们在那里学到的只是对小动物的解剖行为，而缺乏对乡野的理解。两者能够齐头并进固然是件好事，否则，我们应当保全后者，让前者成为历史。

原本作为塑造公民途径的生物学教育，如今已经严重贫乏并且早已失衡了。这一点完全可以通过对一个成绩优秀的学生进行测试得出结论，只要几个问题就可以了。我保证，对于植物的生长，小动物的身体构造，他们都一清二楚，可是他们对土地的构造却十分糊涂。

在密苏里州北部的田野里，我们一路驱车走来，停在一个农场。单凭院子里的树木和田野里的土地，你是否可以告诉我："这个农场主人的祖先是从哪里开拓出了这片沃土，森林？还是草原？野火鸡或者草原榛鸡，哪一个是他感恩节食用的东西？如今的这片土地上原来究竟生长过一些什么样的植物？这些植物消失的原因是什么？如今土地上的玉米生产力和草原植物的关系是怎样的？原本不曾有过的土壤侵蚀情形为什么现在会发生？"

如果我们此时的旅游地是奥扎克山，一些短而稀疏的猪草正生长在一片废弃的田地上，我们是否可以因此推断出取消抵钾物赎回权的原因？这件事情过去多长时间了？这里是不是适合鹌鹑居住？紧挨着短猪草有个墓园，这里的人类故事和短猪草有着怎样的关联？假如短小的猪草充满了整个流域，那么未来的溪流是否会泛滥无穷？这对未来溪流里鲈鱼和鳟鱼的多少是否会造成影响？

对于这些问题，好多学生都以为非常愚蠢，他们其实是不对的。对于这些问题，所有观察力敏锐的非专业博物学者都会静静地思索，并且感到无穷的乐趣在其中。不难发现，如今的自然历史只是对动植物本身以及它们的行为和习性进行探讨，可是，它们忽略了一些重要的关系，具体包括动植物相互间的关系，动植物生长环境中水和土壤的关系。我们用生态学来命名研究这些关系的科学，名称是次要的。要公民明白自己同样是生态机制中的一份子，这才是我们教育的重点。要获得无穷的物质和精神财富，就要懂得如何和这个机制搞好关系，否则就会被机制淘汰出局。这些应当是教育担当的责任，否则教育就失去了意义。

如同我们始终无法获得绝对公平和自由一样，与土地和谐共处同样是我们无法完成的任务。在这些崇高目标的面前，我们需要坚持不懈地努力，而不一定非要达到最后的目的。我们所谓的最后圆满成功只有在机械化的企业中才能够看到。

只有内在理想才能促使我们为之不断奋斗，外来的鞭策根本起不了作用。

因此，自然资源保护教育首要解决的问题是：在土地的存在被人们忘却，或者在现实的教育与文化和土地失去联系的情况下，教会人类怎样和土地和谐共处。

❦ 存活于美国文化中的野生动物 ❦

野生动物被非常重视应该是在原始人的文化中。野牛不仅仅是太平洋地区印第安人的食物,而且他们的住房、语言、服装、艺术和宗教都与野牛有很重要的联系。

文明时代的到来,似乎文化的基础作出了很重大的迁移,但是无论怎样,还是保留着一部分的野生根基。这段文字所讨论的就是野生根基的真正价值。

文化的重量是无可估量的,当然也没有什么可以衡量它的尺度,那么这样的徒劳行为我也不去挑战了。依据一些有识之士的共同观点,这里要分析的就是野生动物在体育、风俗和那些重新感受野生东西的经验中的重要价值所在。不揣冒昧,我就来从这三个方面说一说。

大自然的文化价值

首先，第一个就是激发历史意识的价值，存在于任何一种社会经验中，随时提醒我们独特的民族起源和发展。究其根本，就是体现了"民族主义"价值。我们习惯称其为"拓荒者的价值观"，因为没有其他的简称，这里我就只用这个了。比如，一个男孩成为了童子军，他做了一顶浣熊的皮帽，希望可以重演历史，站在了柳树丛中，想象自己就是丹尼尔布恩。其实他正在从文化角度正视现代现实中的黑暗和血腥。再说一个例子：一个农场中的男孩早上去上课，身上散发着麝鼠的臭味，因为早上他刚刚收拾过自己做的捕鼠陷阱。他重演了皮毛贸易的场景。这里就完全体现了"个体发育重复着系统发育"的道理，不只是存在于一个社会，也同样存在于一个个体。

第二个是生物最基本的价值，同样存在于任何经验中的，我们赖以生存的一条食物链：土壤－植物－动物－人。文明同时带来了纷繁的新挑战和发明，把人类和地球最简单的关系变得复杂，以至于意识开始不清晰。在我们沉迷于工业带来的美好的时候，从来没有想过什么给了工业的美好。教育本该更加靠近土地，可是现在却渐行渐远。许多流传下来的民间传说，里面都是讲述人类曾经要靠打猎来维持家庭生计。曾经有一首诗，就详细地讲述了如何把野兔皮带回家做婴儿的斗篷。

第三个同样存在于任何的经验中，就是猎人的道德，指在集体生活中起到伦理约束力的价值。猎人的道德就是指使用这些武器的限制，打猎工具的改进远比我们的自我改善要快很多。猎人要注意发挥技巧的最大作用，而减少新的发明在捕猎生活中的作用。

野生动物学中存在一个特点，那就是没有任何的画廊和场馆会为猎人的所作所为记功或者挖苦。无论他要如何行动，永远都是他的意识占据主动权，而不受其他旁观者的任何影响。这个事实的重要是显而易见的。

猎人依靠自愿地信奉一种道德而提高了尊严，同样不会忘记，漠视和忽视这信条会使他沉沦和腐化。比如，一切狩猎信条的最基础标准就是不要浪费好肉。但是现在却出现了一个背弃信条的事实：在威斯康星，猎人们总是在合法猎杀两只公鹿的同时伤害一只小鹿或者雌鹿，有时候是小公鹿。换言之，猎人合法打死一只公鹿，就会再伤害一只无辜的生命。那些不合法的猎物就被扔在了原地，这种打猎的方式不但没有价值可言，而且是精神上的堕落。

看来在对于人和土地的关系上，拓荒者的经验可能有其正值或者负值，而在道德方便也许只能说是负值了。

这就是简单地把人类户外活动根源中的三种文化做了一个划分，当然这并不代表文化就得到了重视和滋养。价值的产生从来不是自发性的，而恰恰只有健康的文化才能被传承和成长。难道文化的培育滋养了我们今天的户外休闲活动？

拓荒时期产生了两种思想：轻装上阵和弹无虚发，它们代表了拓荒者打猎的价值观。拓荒者必须要轻装上阵，而且要节省子弹，力求百发百中，很简单，因为交通方面的不便捷，同样也缺经济和武器装备的支持。他们不得不严格按照这两种思想，去做自己应该做的事情，而且延续至今，强压给了我们。

不知从什么时候开始，这两种思想变成了一种信条在猎人的生涯中传承，即一种狩猎时候高度的自我要求。这种信条还发展开来，成为了美国人独有的自信、大胆、熟知森林和枪法的传统。这并不是很难理解的，当然也是有些难以捉摸的。罗斯福总统就是一名伟大的猎手，并不是他有很多的战利品作为证明，而是他用了最简单的连小学生都明白的语言，表达出了这种复杂的传统思想。在怀特的早期作品里，也存在一种比较微妙而正确的说法。毫无疑问，其实正是这些对于它存在深刻的认识，并且创造出文化价值，有了引导其发展的模式。

如今，一些被人们熟知的狩猎商品出现了，同时他们也是新事物的发明者。美国猎人被他们的各种各样的新式发明武装了起来，这些发明的存在意义本就只是支持美国猎人的自信、勇敢、森林知识和枪法的信仰，可是现在变成了一个替代品。人们的口袋里、脖子上、腰间都坠着这些小发明，咣当作响。小汽车的后备箱里也被塞得满满的，拖车里面装的也都是这样的发明。各种名目的打猎用具变得越来越好，越来越轻，可是总体的数量从磅级变成了吨级。这样的发明带来了巨大的商机，贸易量大幅提升，数目之巨大难以想象，这是被"野生动物经济价值"严格地公开的，可是文化价值又在哪里呢？

精密器械与狩猎的文化价值

让我们把捕野鸭者作为最后的一个例子。他的船是钢质的，跟在一群作为诱饵的假鸭后面。没有任何的演练，一辆摩托车就迅速把他带到埋伏猎点上。他不用担心寒风，因为旁边就是桶装的燃料，这可以保持野外取暖。他用工厂制造的可以伪装诱骗的声音，向游过的鸭子交流着。留声机里面的狩猎课程一直在旁边指导着他的行动。也许是因为留声机，或者是假鸭起的作用，一群野鸭飞了过来。必须在它飞来的第一时间就开枪，以免被芦苇丛里的其他猎人抢了去。他们同样拥有各种装备，也许会先下手为强。他利用的是多角定盘，其已经调到了无限大，所以只要站在70码外的距离就可以，他相信广告里所说的这把枪的射程很远，子弹数量充裕。击发的火光把鸭群照亮。一对应该是被射中腿的野鸭掉了下来，死在别的地方。这个猎人他具有文化价值码？他难道是在喂养水貂？下一个埋伏点已经在75码的距离外，另外一个在盘算着开枪的家伙潜伏在那里。这就是流行的一种猎杀野鸭的方式。在公共的捕猎场和一些俱乐部里，这种方法得到了广泛的普及。哪里还有轻装上阵和弹无虚发的思想啊？

答案并不能一概而论。罗斯福也使用现代的来福枪，怀特很熟悉那些铝壶、尼龙丝帐篷的用法，也很喜欢脱水食品。他们其实是在某些程度上利用了这些机械化的帮助，而且是适时适度的，并没有像那些猎鸭人一样滥用装备。

请不要认为我是故意装出了一副懂得适可而止，或者可以划分合理和不合理的使用权限的样子。但是有一点是肯定的，新发明的渊源和文化上的影响是有紧密关联的。自制的打猎工具和装备，都是在增进人和土地的情趣，而不是故意毁灭。同样的，如果你用自制的鱼饵钓到了鳟鱼，你一定会得到2分，而不是1分。我同样也会在适当的限度内，使用先进的发明，如果超出了，那么利用先进的辅助用品打猎则是破坏了猎人的信仰宗旨和文化价值。

并不是所有的狩猎都和打野鸭一样向一个方向退化了。美国精神的传统护卫队依然是存在，而且强大的。反映这种开始的标志就是弓箭和猎鹰的再度流行。但是基本的进程依然是越来越多的机械化发展，相对来看则是文化价值的没落，尤其是在拓荒者价值和自我控制的道德标准上。

我印象中存在着一种美国猎人处于困扰中的情形。没人知道到底出了什么问题。既然更强更好的发明对工业有利，那么为什么对于户外的活动就没有好处呢？因为人们不知道，户外的行动属于一种返祖行为，需要最原始地呈现。它们存在对比的价值，而过多的机械生产，把工厂搬到了沼泽和树林中，破坏了本有的秩序。

没有任何一个领导人会去指正猎人的错误。户外杂志上面留给户外活动的版面越来越少，都变成了那些小发明的广告宣传。野生动物的管理者，也不会再费心思在射击的文化传承上，而是把精力投入到那些新工具的发明和销售上。从色诺芬到罗斯福都承认狩猎是有文化价值的，所以这种价值就应当是不能被毁灭的。

机械化的影响，在没有火药的户外活动中，可以导致很多种结果。比如野外望远镜和照相机，还有套在鸟儿脚上的环志，肯定不会改变鸟儿的习性。如果不是开着拥有推进器的铝制小船钓鱼，我想它的机械化影响远远低于狩猎。另外，现在四通八达的道路和交通工具的便捷，使得可以旅行的荒野越来越少，户外徒步的荒野旅行几乎不复存在了。

有一个没有损害的机械化介入的有意思的例子，就是使用猎狗对猎狐起到了一部分的缓解作用。这样的狩猎具有拓荒者真正的意味，也是最为原始和纯粹的方式之一，体现了人类和地球的情趣所在。猎人会故意躲开狐狸不去开枪，这样也是对道德上的抑制表现形式。我们现在正驾车在追着这只动物。猎狗的狂吠和汽车的马达声交织在一起。好像没有人发明一只机械的猎狐狗，所以更不能把一个活塞装在狗的鼻子上。对于狗的训练似乎也没有什么可以代替，留声机没有了意义。我想，那些发明家在养狗的事业里已经无计可施了。

其实把所有狩猎中的弊端都归罪于那些为了辅助狩猎而发明的东西身上，这是不正确而且不公平的。广告商总是有很多的创意，而这些创意并不能像自然存在的事物那样值得信赖，即使都是没有用的。有一个挂着"到哪去了？"牌子的咨询部，可以告诉你哪里可以找到你想要的猎物，是一种特殊所有的财富形式，就好像钓竿、猎狗和猎枪，是可以作为礼物或者物品借出或者赠予的东西。在我看来，把信息作为一种出售的商品，就是另外一回事情了。如果作为免费的信息提供给公众，对于我可能还是另外一回事。难道"保护主义"现在会告诉任何人，哪里可以找到会咬钩儿的鱼，哪里可以猎杀到饥饿的野鸭来填补人类的肚子。

一种户外活动本身是具有个性化的本质的，但是某些组织不加选择地胡乱规划，使得它变得完全失去了个性化。我不知道法律对他们的界限具体在哪里，但我确信，"到哪儿去？"的服务理念和形式，在我看来是完全不合乎情理的。

如果钓鱼和打猎到了旺季，那么"到哪儿去？"的生意一定会很好，超出他们预想的客户，可是到了淡季要怎么办呢？广告商就会采取他们惯用的有力手段。钓鱼抽奖就是一个老招数，把几个养鱼池的鱼贴上标签，并且向参加的人提供一个中奖号码。这就是科学与赌场技术的变相组合，确保了已经快要干涸的湖水中的滥捕行为，而且给小镇生意带来了转机。

　　作为一个专业的野生动物管理人员，根本不会考虑躲避这类的事情。工程师和商人几乎就是同一群人，他们的特点都很一致。

　　野生动物管理者们想出来一个方法，就是希望通过改变荒野的植被来养殖猎物，这样一来，把猎区的开发变成了作物种植。如果真的发生了这样的改变，那么文化价值会变成什么样子？我们不得不承认，拓荒者的思想和自由开发之间，是存在历史遗留关系的。丹尼尔·布恩很厌烦农业生产，更不要说是野生动物了。传统的猎人对于传承拓荒者精神的一种表达，就是绝对反对接受养殖野生动物的思想。我想正是因为传统的思想中，蕴含着自由狩猎的思想，所以养殖野生动物的思想自然会被抵制。

　　机械化带来的一切，没有能够替换拓荒者价值文化，到现在为止，我是没有看到。而生产、管理似乎提供了一个可以考虑的代替品。在我看来，可以利用与其具有相同价值的概念：野外耕耘。这是为了培育野生动物的土地改造经验，与其他的农业形态采用同样的价值。它是人与土地关系的载体。而且其中蕴含了道德上的控制，所以，在没有大规模控制肉食动物的前提下，管理猎物必须要存在一种高度的道德层面的抑制。其实从这个层面来看，虽然生产管理减弱了拓荒者的价值，却同时又增加了其他东西。

　　其实我们可以把户外狩猎看做一个巨大的战场，敌我双方分别是：庞大的百废待兴的机械化进程和一直处于静态的传统方式狩猎。如果可以从文化价值层面来看，前者显然是暗淡无光的。可是为什么我支持的户外活动的观念没有得到大力的支持，并且像机械化那样飞速地发展呢？也许，拯救文化价值的关键就是紧迫进取。在我看来，时机已经来到了。猎人们可以选择自己将要面对的狩猎形式。

近年来又出现了一种新的户外活动形式，对野生动物丝毫没有损毁；它利用了各种新发明，但不会对它们滥用；它婉转地解决了禁猎地区的一些问题；它极度增强了人类在每个单位面积里的承受能力；它需要老师，但不是监管人员；它对森林文化知识有着高度的要求，必须具有良好的文化价值。这项活动就是野生动物研究工作。

野生动物研究本来是由教师的专门技艺慢慢发展而来的。当然其中比较困难的、专业的问题，最终还是需要专业人员才能解决，即使是这样，还是有大量不同层级的业余爱好者参与其中，探索不同的问题。业余爱好者们，可以利用机械领域中的工具来进行研究已经很久了。在生物学领域，业余爱好者的研究价值刚开始被关注。

一位业余的鸟类学家，玛格丽特·莫尔斯尼斯，用自己的后院研究麻雀，但是成就斐然，是关于鸟类行为研究领域的世界权威。而且她的思想影响了很多的学生，她也培养了很多爱鸟社会组织的骨干力量。银行家，查尔斯·L·布罗利，爱好给鹰戴环志。他发现了一个从来没有人知道的事实：有些鹰虽然冬天会在南方筑巢，但是依然会在北方度假。马尼托巴平原上有一对小农场主，诺曼和斯图亚特·科瑞德尔，喜欢研究自己农场里生活的植物和动物，成为了当地野生动物领域公认的权威。艾丽奥特·S·巴克，是一位墨西哥的牧牛人，有关山狮的两本著作，他就是其中一本的作者。他们把工作和生活安排得很好，而且他们知道真正的快乐是研究那些不为人知的事情。

大多数的业余爱好者们都知道鸟类学、哺乳动物学以及植物学，当然这些学科比较适合业余爱好者进行研究和观察。这方面的一个理由是，整个生物学教育结构的目的是保持专业的垄断,其中当然也包括野生生物学范畴。留给业余人士的都是虚构的航行发现,似乎只是为了衬托专业人士的博学。年轻人有知情权,在自己智慧的船坞里建造起来的船,也有向大海航行的权利和自由。

在我看来,现在对于野生动物管理工作中最重要的就是推动野生动物的研究活动。它是一种对人类事业具有潜在意义的价值体现,这一点,似乎只有几个生态学专家可以了解到。

现在的我们可以知道了,动物群体具有个体不能意识到的行为模式,但是需要个体配合才能履行。由此可见,兔子虽然对循环一无所知,毫无察觉,但是依然会成为循环的推动器。

短期内,或者是单个动物身上,我们是找不到这样的行为模式的。就是我们集中力量,专业地研究一只兔子,无论如何我们也得不到有循环周期的任何资料。循环周期的结论,是对一个群体进行了几十年周密的研究才得出的。

这样引出了一个让我们不安的问题:人类作为一个种群的存在,是不是也有我们尚未知晓的模式?并且我们一定是在协助进行着?暴力与战争,动乱和革命,是否就是处于这个模式之中呢?

大部分的历史学家和哲学家,都认为人类的大量行为,都是个体有意识引领的行为聚合起来的成果。外交方面总是容易受到制约,表明政治团体是一个高层个人组成的团体。在一些经济学家的眼中,整个社会无非是一个过程中的玩物,我们对于它的认知大部分都是事后才知晓的。

我们可以自信地把人类社会的进程看做是比兔子的进程具有更高层次的意义。作为一个物种的我们,如果觉得存在还没有被发现的行为模式,也是有道理的,因为我们一直都没有重视过它们。我们很有可能把一些事情解读得不正确。

我们对于高等动物的类比产生了浓烈兴趣,主要原因是出于人类种群行为的好奇。爱林顿曾经阐明过动物间类似行为产生的文化价值。在几个世纪里，这样丰富的知识王国对于我们都是不可以逾越的禁区。没有人知道可以在哪里寻找到它。而生态学告诉了我们一个方法，可以在动物身上探索和分析人类的特性。我们猜测整体结构的活动规范前，必需对其个体进行持续的研究和了解。未来森林的知识，来源于领会和理解这些深刻的含义后，并且批判性地鉴定它们的能力。

总而言之，野生动物曾哺育了人类，并且传承了我们的文化。而现在它们对于我们野外休闲起着至关重要的作用，它们是带给我们欢乐的根源。可是我们却希望可以依靠现代化的工具得到快乐，替代它的价值。靠现代的文明去拥有它，可以产生的不只是快乐，你还可以得到智慧。

∞ 观 鹿 ∞

我们农场里有一条小径是被在此经过的鹿踩出来的,我没事的时候就喜欢坐在小屋里能够看到小径的地方。那是八月的一个下午,天气十分炎热,坐在榆树下的我正有些无聊,忽然半里远的小空地上出现了一只鹿。

我忽然弄懂了自己为何在半小时前把座椅放在了这里,因为这里是观看鹿的最佳位置,这已经成为数年来潜移默化的习惯。于是,为便于自己观察,我特意把一些不太高的小树砍掉了。结果,在小树被砍掉后一个月里,我看到了一些先前看不到的鹿。

喜爱户外活动的四种类型

一连数个周末,我都会把自己砍掉小树的地方介绍给客人,并且告诉他们其中的原因。我这样做只是为了看一下客人的具体反映是什么样的。不久我得出了结论，对于这件事情，多半的客人随后就忘记了，而和我一样不时把目光投向那里的只有少数人。我因此根据人们眼睛的不同习惯推论得出，喜爱户外活动的一共有四类人：打鸟的、打鸭子的、打鹿的、什么都不打的，这些和人们的年龄、性别以及拥有装备没有任何关系。猎犬的行为是打鸟人一直要注视的；天空是打鸭人始终注意的地方；转弯处是打鹿人不会放过的地方；没有任何地方会吸引什么都不打的人。

一个前方视线良好并且有东西依靠的座位是打鹿人的首选；一个高处视线良好，并且有某种东西可以遮挡自己的座位是打鸭人的首选；座位是否舒适是什么都不打的人的首选。而打鸟人离不开的狗会是前三者同时忽视的东西，狗的鼻子就是打鸟人的眼睛，无论打鸟人身在何处，是否看到了狗，他总是知道狗在何方。很多猎人只知道挎着猎枪匆忙地打猎，却忽视了对狗的观察，以及狗的敏锐嗅觉。

除了上面的四种类型之外，还有另外一些户外活动者。比如凭借耳朵找寻目标的鸟类学者，他们的眼睛只是负责对发现的东西进行追踪。另外还有对鸟类或者哺乳动物视而不见的植物学者，我们一定会被他们发现植物的骄人成绩吓到，他们寻找这些目标都是依靠眼睛，尽管他们的眼睛只能看到很近的东西。对树木以及祸害树木的昆虫和菌类十分专注的是林务人员，其他东西无法吸引他们的注意。有些猎人的眼里除了猎物，其他都不值一提。

还有一种捕猎方式不同于上面的所有类型，我们甚至都无法理解。他们寻找的对象往往是动物的足迹、粪便、巢穴、羽毛，以及动物们捕食、争斗、挖掘、摩擦等留下的痕迹，"解读迹象"——这是林务人员对他们的称呼。这些方法并不多见，有些还和书本知识完全相反。

在植物的身上，同样有人在做这样的事情，这样的方法更加少见，得出的结论也含糊不清。我用一位非洲探险者的事例来说明这个问题。有些狮子的抓痕被这位探险者发现了，那是在一棵高六米多的树的树皮上。他因此推论，在树很小的时候这些抓痕就已经存在了。

在这方面，至今没有人成功过，哪怕执行操作的是生物界公认的生物学万事通也都一样。

雁的音乐

数年前，这个国家的社会重要人士根本没人看中高尔夫球这项运动，只有一些有钱并且有大量时间的人才会偶尔消遣一下。没有人把高尔夫当成专门的兴趣，都是把其看成是一种社会装饰品。可是这项运动如今有趋向大众化的迹象，其表现就是：许多高尔夫球场正在好多城市开工建设着。

很多其他户外活动也正在发生着同样的变化——如今社会渐渐离不开的东西竟是五十年前人们共同无视的。可是，对于钓鱼和狩猎这两种最古老并且最普遍的户外活动，我们的态度才刚刚发生一点点改变，真的让人无法理解。

对于在生意场上十分疲乏的人来说，一天野外的生活自然益处颇多，我们所有人对此都有或多或少的了解。对于人们逐渐减退的野外向往，无非是因为野生动植物的相继灭绝，我们当然十分清楚。可是，针对野生动植物的价值，我们还没有学会运用社会福祉观点来表达。以保护野生动物为目的的食肉观点曾被某些人提了出来，可是，出于个人金钱、娱乐，抑或教育、科学、艺术、农业、公共卫生，以至于军备需要等方面的原因，一些人总在为之争论不休。可是，和高尔夫球没有什么区别，野生动物同样是一项社会资产，这所有的一切其实都是广义的社会价值要素。至今没有几个人真正弄明白这一点。

狩猎是人类与生俱来的本性

可是，人们在被绿头鸭的振翅声及发令声感动的同时并没有真正理解到野生动物内在的含义。对狩猎的狂热是人们天生的，这是一种与生俱来的特性，这不同于高尔夫运动，还要慢慢培养自己的品位。身为一个正常的人，可以讨厌高尔夫球运动，可是他不可能讨厌欣赏、狩猎、摄影或者捕捉鸟类以及野生动物；我自己真的不知道如何和这些超越人类文明进化的人打交道。把一个高尔夫球摆放在一个婴儿面前，它或许引不起婴儿的注意力；可是假如把高尔夫球换成是一只鹿，婴儿的兴趣依然无法被激发出来，我自认不会喜欢这样的孩子。因此，我们说的这种东西是深深埋在人们心底的。如同是脱离了爱情、事业、游戏、工作以及其他冒险活动一样，某些人脱离施展狩猎本能的机会依然可以好好生活。可是，在发挥人的各类本能逐渐成为一种普遍权利的当下，我们常常把这类人称为和社会脱节的人。一直以来，顽固猎杀野生动物的人正在逐渐剥夺着人们的这项权利。我们可以在最后一块土地被建设成住宅之后，再把它们推倒重新建成游乐场，可是，失掉最后一只羚羊的损失，是任何基督教世界的游乐场协会都无法弥补的。

假如说野生动植物同样是整个社会的财产，试问这项财产的价值有多少？从来没有人给出过具有可鉴定的价值。但是，人们都晓得，假如离开了野生鸟类和动物，一定无法安抚那颗先天性狂热追逐捕猎的心。我们时常会面临这样的境地，和一张十分昂贵的交响乐门票相比，一只野雁没有多少钱，可是我们依然倾心于后者。人们会宁可不去音乐会可也要去看大雁在晨光初现时飞入自己陷阱的情形。我们的要求甚至很简单，只要看到大雁就可以了，至于经过在冰天雪地里静静的守候，到最后是否有收获，我们根本不在意；回想着大雁在西边的天空出现，它们的翅膀旁风声不断，我们的心情就无法平复。这样的振奋感甚至堪比同时让其他十个人都得到一张音乐会门票。

通过翻阅自己的笔记，我得出，在北极通往墨西哥湾的奇迹之旅上，我看到的大雁有一千多只。这些大雁曾经在不同的地方，为不同的人们带去了很多的欢乐，这些欢乐和那些可以用钱购买到的欢乐没有什么不同。这些欢乐包括：一群小学生在看到大雁后高兴地回家向自己的父母尽情描述着；也包括某个城市在漆黑的夜晚被雁令声引发的回忆、希望和疑问；另外还有一个总是单纯地想着辛勤劳作的农夫，其他的事情是他从来没有想过的，但正是在这群大雁的启发下，他想到了远方、想到了旅行、想到了以前和人民。人们通过大雁而得到乐趣可以不费吹灰之力，这一点我非常肯定。如同是一幅画或者一首诗的版权交易，只有在这种商品交易中，钞票才能体现它们的价值。可是，需要什么样的价值才能够替代呢？假如画、诗歌、大雁从此消失不见，那会是怎样的情形？这样的问题让人伤感，可是我们又不得不正视这个问题。假如《伊利亚特》和《奉告祈祷神》是人们现在迫切需要的东西，我们可以重新写出来，可是，除了上帝，还有谁可以使得消失的大雁再次显现？"我——耶和华，允许它们再次出现。这是主的行为，是以色列的至圣者们的创造行为。"

假如雁的声音从此消失

在我的眼中，大雁的音乐和艺术具有同样重要的地位，现实中的猎人同样是一个艺术家。其实，正是缺乏创造力的猎人画出了第一幅画，这幅画就在法国洞穴的一块骨头上；正是猎人忍受着饥寒交迫满怀兴奋看到了鲜活的美丽。伟大的猎人诗是哪一个人写出来的？是谁对风、云、雷、电、冰雹、雪、山羊、鹿、狮子、渡鸦、雕和鹰等进行了详细描述？以及最重要的歌颂马的词是谁写出来的？他就是古往今来最伟大的戏曲艺术家约伯。同样是追求美的悸动，诗人运用的方式是歌颂，猎人运用的方式是爬山；同样是要独占美丽，评论家运用的方式是著书论述，猎人运用的方式是巧妙猎取。他们主要是在意识、程度和语言上存在着巨大差别，而最终判定人类狡猾与否的是语言。如果大雁的声音对我们无足轻重，那么日落、星星以及《伊利亚特》等也将用处皆无。可是，我们为此要付出的代价或许就是变成傻瓜。

把野生动物放入宗教和道德世界里，它们的价值体现在哪里？我曾经听说过一个故事，那是和无神论的男孩有关的。当他看到一百多种刺嘴莺亚科鸟居然有一百多种美丽的身姿，并且每年还要进行一次数千英里的大迁徙时，他被深深地震撼了。而与此同时，对于其中的奥妙科学家居然无法给予解答。针对刺嘴莺亚科鸟的百种美丽，汇集了数百万年的自然之力居然无法给出解释；还有林莺的深蓝，雁的歌声、黄褐森鸫的啼鸣、天鹅的歌唱……机械学都无从给出定论，所以这个男孩又信仰了上帝。我确定，和那些采信归纳法的神学家比较起来，这个男孩的信仰会更加坚定。"能够看到、了解，并且引发深思，最后洞彻这是上帝的旨意"赛亚的经历将会发生在每一个男孩身上，问题是将来他们会在哪里看到、了解，进而引发思索？或许只能是博物馆了。

我们上面曾经说过，狩猎、垂钓和人性的本能相关，和竞争相关，它们是深埋在人类心底的欲望。就对人品产生的影响看，狩猎和钓鱼与其他户外活动到底有哪些不同呢？。在没有见到过网球拍，不会打网球的情况下，鲁滨逊的儿子依旧生活得很好，可是，他狩猎和垂钓的本领却无师自通。但是，这并不能因此确立狩猎和垂钓在主观利益方面的优越性。对于人格的形成，哪一个起到的作用更大些呢？对于这样的问题进行辩论，恐怕是到了世界末日都不会出现结果，这就如同是在学校里对男孩和女孩哪一个是好学生进行辩论一样。我是不会辩论的，可是这里一定要强调两个狩猎方面的重点。首先，我们必须对户外娱乐活动的规范不断地加以修订并且付诸实践，而能够为其充当仲裁的只有上帝。其次，狩猎有种十分必要的经验，那就是对马和狗的使用，而这正是我们所处的汽油驱动下的文明严重缺乏的东西。早些时候，人们要成为绅士就一定要对马和狗有一定的了解，这样的说法还是有一定道理的。西方至今看不起不善待马的人。饲养牛的地区远在"性格分析"发明之前就已经采用了凭借经验订立的方法，据我所知，这些方法要远远优于"性格分析"。

可是，真正聪明的人是不会对两个东西孰优孰劣进行比较的。更为重要的是，对于狩猎和垂钓的狂热追求是六百万或者八百万美国人共同的嗜好，它们是这个人种的特有能力，因为野外的诱因他们得到了无比益处，也因为这个诱因遭受破坏，他们得到了沉重的伤痛。整个社会因此对这种破坏行为大加指责。

综上所述：狩猎是我特有的本性。三个儿子是我的希望。小家伙们每天都在空地上追逐打闹，他们每天都会和我的鸟儿玩耍。小家伙们可以拥有健康的体魄和良好的教育条件，甚至可以拥有一种神奇的能力。当然这是我的个人希望，或许一切将不复存在，因为山上的小鹿会消失；树林里的鹌鹑会灭绝；草原上鹬的啼鸣将无影无踪；他们再也不会在漆黑的沼泽地里听到鸭子的嘎嘎叫，以及葡萄胸鸭的尖锐声音；蔚蓝天空下迎风挥动的翅膀将永远成为回忆；大雁的音乐不见了，只剩下了北美的杨树林在黎明的风里呼呼作响，山丘上的小河披着灰白的阳光倾泻而下，在辽阔、棕色的沙洲里慢慢流淌，这些小家伙们应当怎么办呀？

○ 土地伦理

土地伦理

当尊贵的俄底修斯从特洛伊战场回到家中后,他用一根绳子绞死了十二个女奴隶,因为他认为这些女奴隶在他外出作战时有不轨的行为。

人们并不会质疑他进行的绞刑是否正确,因为女奴隶在当时只不过是一种财产,就如同现在一样,对于财产的处理只有是否划算的问题,而不存在是否正确的争论。

但这决不是说那个时代的希腊不存在正确与错误的概念区分:在俄底修斯乘坐着黑色船头的船队从昏暗的海洋中回到家之前,他的妻子在那段漫长岁月中所保持的忠贞就是一个很好的证据。在那个时代,这种伦理结构只适用于妻子,而不能扩展到依然是人的奴婢。从那以后再经过三千年,各种伦理标准已经渗透到品德的许多层面,但是它的衡量标准根据利害关系有了相应的收缩。

伦理演变顺序

伦理关系的延伸迄今为止还仅仅只有哲学家们进行研究，它实际是一个生态演化的过程。它的演变顺序既可以从生态学角度来说明，也可以从哲学角度来说明。从生态学的角度来看，伦理是指在生存竞争中对行动自由的限制，而从哲学的角度来看，伦理则是鉴别社会行为和反社会行为的标准。这是一种事物的两个方面。它在独立个体或者群组改进合作方式的倾向中有其根源。生态学家称之为共生现象。政治学和经济学是高级的共生现象，在这种共生现象中，原有的自由竞争的其中一部分被带有伦理意义的合作方式给代替了。

各种合作方式随着人口的密度的增加以及工具的应用变得越来越复杂。比如，要定义剑齿象时代棍棒和石头的反社会作用远比定义发动机时代子弹和广告的反社会作用要简单得多。

最初的伦理观念处理的是个体之间的关系，"摩西十诫"就是一个例子，后来增加了处理个体与社会之间关系的内容，圣经中的最高旨意力图使个人与社会一致，而民主则试图使社会符合个体的需要。

但是直到现在也没有一种处理人类与他们生长所依靠的土地、植物和动物之间关系的伦理学。土地依然像俄底修斯的女奴隶一样属于财产。人们与土地之间的关系是严格经济意义上的关系，只享有权利而不承担义务。

如果我对证据的解读是正确的，那么伦理向人类环境中这第三种元素的扩张就是一种进化中的可能和生态上的必要。他是演变顺序的第三步，前两步已经走过了。自从以西结[①]和以赛亚[②]时代开始，个体思想家便声称对土地的掠夺

[①]以西结：以色列被掳到巴比伦时的祭司和先知。
[②]以赛亚：活动时期为公元前8世纪古代以色列先知，《旧约》中的〈以赛亚书〉即以其名命名。据说该书前39章是他所著。

不仅不明智而且错误。但是社会却未对他们的信念进行认可。我认为当下的资源保护主义应当看作是对这种信念进行确认的萌芽。

伦理可以被看作是认识那种认为太新奇或者难以理解，或者包含了过多的反应，因此使得普通个体无法清晰寻求社会性对策的生态形势的指导模式，动物本能是认识这种生态形式的指导模式，伦理可能是一种正在形成的社会本能。

共同体概念

所有目前演变的伦理都基于一个前提：个体是一个由相互影响的部分所组成的共同体中的一员。他的本能促使他为了自己在共同体中的地位而竞争，但是他的伦理则促使他去合作（可能是因为这里也许有地位需要去竞争）。

土地伦理只是进一步将共同体的边界扩大了——包括土壤、水、植物和动物，或者总称为：土地。

这件事听起来很简单：我们不是已经为自由之地和勇敢之家唱出我们的爱和责任了吗？是，但是我们爱的究竟是什么，又是谁呢？肯定不是我们急忙把它冲到河流下游的土壤，肯定也不是我们认为除了转动涡轮、载运船只和带走垃圾以外没有其他用处的水，肯定不是我们毫不怜惜地毁掉它们整个共同体的植物，肯定也不是我们已经导致其中最大和最美的品种灭绝的动物。土地伦理当然不能阻止这些"资源"的改变、管理和使用，但是它真正确认为它们继续存在，或者在自然界的某个地方继续存在的权利。

简单来说，土地伦理把人类在共同体中的角色从征服者变成了普通成员和公民。它暗示了对其他成员以及对共同体本身的尊重。

在人类历史上，我们已经学到（希望如此）征服者最终自己失败。为什么？因为征服者的角色暗示，征服者知道是什么使共同体运转，什么东西、什么人在共同体生活中有价值，什么东西、什么人没有价值。可事实往往表明它其实什么都不知道，这也是为什么征服者最终会自己失败。

生物共同体中存在着类似的情况，亚伯拉罕很确切地知道土地意味着什么：它能把牛奶和蜂蜜送到自己的嘴里。现在，我们对于这种假设的确信程度与我们的教育水平正好相反。

今天的普通公民认为科学可以解释是什么使共同体运转，而科学家却同样确信他们并不完全明白。他们知道，生物系统是如此复杂，它的活动情况可能永远都不会被完全理解。

事实上人类只是历史生态解释中显现出来的生态队伍中的一员。到目前为止很多仅仅由人类团体解释的历史事件事实上是人类和土地之间的生物相互作用。土地的特性对这些事实的决定作用与生活在它之上的人类特性对事实的作用同样强大。

比如，我们可以考虑一下密西西比河流域走向安定的过程。在革命战争后的几年里，土著印第安人、英法商人和美国定居者这三股力量都在争夺对这里的控制权，历史学家在想如果底特律的英国人在印第安人一方再多一点点支持会发生什么，当年正是这一点点支持使移民们走进了肯塔基的野藤地。是到了要认识到这样一个事实的时候了，当野藤地遭遇以牛、犁、篝火和斧子为代表的力量的特殊混合时，它才变成了蓝草地。要是这些植物因为那些力量的影响，在这片黑暗而血腥的土地上通过传承给我们的只是一些没有用的野藤、灌木丛或者杂草呢？布恩和肯顿能坚持下来吗？会有人潮涌进俄亥俄州、印第安纳州、伊利诺伊州和密苏里州吗？谁会把路易斯安那买下来呢？是否会有新州之间大联合？会有南北战争吗？

肯塔基是历史戏剧的一句台词。我们一般会被告知人类演员在戏剧中想要做什么，却很少被告知他们所做的事情是成功还是失败，这很大程度上与特定土壤对他们的占据者使用不同力量产生的影响所做出的反应相关。就拿肯塔基来说，我们甚至不知道蓝草原从何而来——是本地品种，还是从欧洲偷运来的。

把野藤地与我们后来总结出的同样拥有勇敢、机智、一往无前的先驱者的西南部的情况作个对比，移居到这里并没有带来蓝草原或者其他适合艰难生活需要的植物。这个区域由于过度放牧，从一系列越来越多的无用的野草、灌木丛和杂草转变成了一种不稳定的平衡。每一种植物的死亡都使水土流失，而每一次水土流失又导致植物种类进一步减少。今天的结果是一步步互相影响的结果，不仅仅是植物和土壤，还包括在这里生活的动物共同体。早期的定居者并没有预料到这一点：新墨西哥沼泽区有些居民甚至通过挖掘沟渠来加速这种结果的发生。整个过程是那样细微以至很少有居民能够意识到它。至于那些觉得这个已经被毁坏的地方是多么多彩而迷人的旅游者就更看不到了（它确实多彩而又迷人，但跟1848年相比显然已经没有什么相似之处了）。

这片土地之前曾有所"发展"，但是结果却大相径庭。在哥伦布发现新大陆之前，普布洛印第安人住在西南部，他们并不靠放牧生活，如今他们的文明灭绝了，但不是这片土地衰竭所导致的。

印第安人生活方式很简单，他们是把草带给牛而不是让牛去追逐草。他们在没有任何草皮的地方定居，那里显然没有受到任何的破坏（这是深思熟虑的智慧或者仅仅是运气好，我不知道）。

简单来说，植物的演替掌控着历史的进程，先驱者们只是证明有什么植物在这片土地上演替，无论它是好是坏。历史是以这种精神被讲授的吗？它会被以这种精神讲授，只要把土地作为共同体的概念真正渗透到我们的精神生活中去。

生态学意识

资源保护是人与自然和谐相处的状态。虽然已经进行了一个世纪，资源保护的进展仍然非常缓慢；主要内容还停留在书面承诺和会议演讲上。在过去四十年中我们依然是走一步退两步。

解决这种困境的一般答案是"更多的资源保护教育"，没人会否认这个提议，但是你确定只有教育需要重视吗？是不是还缺少些内容？

我们很难对它的内容进行简要的总结，但是，我认为它的内容主要包括以下方面：遵守法律、表决权、参加组织、在自己的土地上进行有收益的实践，其他的事情交给政府。

这个总结没有区分对和错、没有分配责任、不要求人们做出牺牲，也没有暗示对现有的价值观做出改变，会不会太过简单以至达不到任何有用的效果？说到土地利用，它激励的也只是个人权利。这种教育会让我们走向哪里呢？一个例子可能会给出一部分答案。

到1930年，所有人都很清楚威斯康星州西南部的土壤正在向海洋中流失，除非那些人对生态学一无所知。1933年，农民们被告知，如果他们能够连续五年采取一些补救措施，公众会为他们捐助提供技术服务以及必需的机器和原材料。这项提议被广泛接受，但是五年合同期满后便被广泛地停止执行，农民开始继续使用能够给他们带来迅速的、可见的经济收益的方法。

这种情况使人们认为，如果农民自己制订规则，他们应该会学得更快一些。因此威斯康星州立法机关在1937年通过了土壤保护区法令，实际上告诉农民：如果你制订自己的土地使用规则，我们政府会免费为你提供技术服务和必需的专门机器的贷款，每个县可以制订自己的规则，这些规则将被视为法律。几乎所有的州都立即组织接受这种有利可图的帮助，但是在实行十年以后，仍然没有一个县写出自己单独的规则。当然，在这个过程中也有看得见的进步，比如条播、牧场更新、土壤灰化等，但是没有禁止林地放牧，也没有禁止犁耙和奶牛进入陡坡。简单来说，农民选择了那些对自己有利的补救方法，而选择忽略那些对共同体有利但对自己没有明显利益的方法。

当有人问为什么没有规则被制订出来时，他们会被告知共同体还没有做好支撑这些规则的准备。教育必须先于规则进行。但是实际上，正在进行的教育在追求自身利益之外并未提到我们对土地的责任。最终的结果是，我们进行的教育越来越多，留下的土壤却越来越少、健康的林地也越来越少，只有洪水像1937年时一样多。

这种情况下令人感到疑惑的是，自身利益之上的义务理所当然地存在于改善道路、学校、教堂以及棒球队这样的城市共同体事业中。而提升水在土地上流动的行为或者维护农业区域的美好和多样性则并非理所当然，也没有被严肃地讨论过。土地利用伦理就像一个世纪前的社会伦理一样，仍然完全被自身经济利益所控制。

综上所述：我们让农民去做他认为方便的事情来保护土壤，他做了那些事而且只做了那些事。那位从七十五度陡坡上砍伐树木，把他的牛放进林间空地，把雨水、石块和土壤一起倒进公共体小河的农民依然是社会上受人尊敬的一员（同时也是正派的）。如果他向地里撒了石灰，并且按等高线种植庄稼，他就仍可对他的土壤保护区域享有所有的权利和补贴。这些区域是社会机器美妙的组成部分，但是因为我们过于胆怯又太急于求成，而无法告诉农民其义务的真正含义，使得它在两种动力作用下无法健康发展。在没有意识到之前，义务是没有任何意义的，我们所面临的问题也正是社会意识从人类到土地的扩展。

在我们理智的侧重点、忠诚、感情和说服力没有发生内在变化之前，伦理不可能完成重大变化。哲学和宗教尚未听说过它这一点证明资源保护还没有接触到这些最基本的品行。当我们试图使资源保护变得容易时，我们把它变得不重要了。

土地伦理的替代品

当历史在逻辑上需要面包时，我们却拿出一块石头，还头头是道地描绘石头与面包存在那么多相似之处。我现在也来说一些替代土地伦理的石头。

全部以经济动机为出发点的资源保护体系的一个最基本的缺陷是，该共同体中大部分成员都不具备经济价值，比如说野花和夜莺。威斯康星州当地的两万两千种高级植物和动物中，可以被出售、食用或者用作其他经济途径的是否占到百分之五都值得怀疑。但是，这些生物都是生态共同体的成员，如果（我相信）共同体的稳定性依赖于其多样性，那这些生物就都有权继续生存。

如果一些没有经济效用的物种受到威胁，而我们恰好很喜欢它，我们就会想办法使它拥有经济效用。在20世纪初，夜莺本来马上就要灭绝了，鸟类学家们急忙提出如果没有这些鸟儿控制昆虫，那些昆虫会把我们吃光，以此惊人的证据来挽救它们。证据必须有经济效用才会有效。

现在读到某些托词是很痛苦的，我们还没有土地伦理，但是我们至少能够承认，无论是否有经济价值，这些鸟儿拥有继续生存下去的生态权利。

食肉的哺乳动物、鸟类以及吃鱼的鸟类中。曾经有一段时间，生物学家过分强调了这些证据：这些动物杀死较小型的动物，保护了捕猎规则的健全、为农民控制了鼠害，或者它们捕猎的物种都是有用的。这里同样说明证据必须有经济效用才会有效。直到近几年才出现一些比较坦诚的观点。捕猎者是共同体的成员，任何人都无权因为真实的或者假想的利益去灭绝它们。可惜这些有远见的观点还只是在探讨之中，野外对于捕猎者的灭绝正在如火如荼地进行，由于国会、环境保护局以及很多州立法机关的批准，我们正在看着灰狼一步步地被灭绝。

因为长得过慢或者价格过低，对伐木者来说没有经济利益，有些树种已经被有经济头脑的林业工作者"清出树木队伍"了，比如美国尖叶扁柏、落叶松、落羽杉、山毛榉以及铁杉。在林业生态学比较发达的欧洲，人们已经认识到非商用树种也是当地森林共同体的组成部分，应当受到保护。人们还发现一些树种（如山毛榉）有增强土壤肥力的功能。森林和组成它的树种、地表植物以及动物之间的内部联系是固有的。

有些时候缺乏经济价值不是某个物种或某组物种的特点，而是整个生态共同体的特点，比如沼泽、泥塘、沙丘和沙漠。这时我们经常把它们交给政府当作保护区、景点或者公园来进行管理。但是这些共同体通常与更有价值的私人土地交织在一起，政府很难拥有或者控制一块块的土地，最终导致这种共同体大面积地消失。如果私人所有者具有生态意识，他们为自己是这种区域合理比例内的监护人感到自豪，因为这些区域为他的农场和共同体增加了多样性和美好。

在这些荒地大部分被消灭掉以后，某些情况下，认为它们没有经济效用被证明是错误的。比如现在向麝鼠沼泽中毫无秩序地放水。

美国资源保护明显地倾向于让政府来做私人拥有者没有做到而又必须要做的工作。政府的所有权、执行权、补贴及管理权现在已经广泛适用于林业牧业管理、土壤水域管理、公园荒野管理、渔业及候鸟管理，而且还在继续扩张。大部分政府资源保护的增长都是适当的和合逻辑的，有些甚至是不可避免的。我并不是反对它，事实上我为它工作了大半辈子，但是这里有个问题：这种事业最终有什么意义？课税依据能承担它最终的分支部门吗？政府保护在哪些方面因为其自身结构的复杂性而产生阻碍？如果有答案，看起来也是用土地伦理或者其他力量使私人所有者承担更多的责任。

产业性土地的所有者和使用者，尤其是伐木业主和牧场主始终强烈不满政府拥有和管理土地，但是他们似乎也在进行一些看得见的变化（这种例外令人惊讶）：自愿在自己的土地上进行保护措施。

当私人土地所有者被要求为了共同体的利益执行某项对自己没有利益的法案时，今天他们只能伸手表示同意。法案要求他们花钱是公平而且适当的。如果法案要求的只是他们的考虑、坦诚或者时间，那就有些问题需要辩论一下了。最近几年土地使用补贴的高额增长在很大程度上应当归咎于政府自身机构所进行的资源保护教育，包括土地部门、农业学院，以及扩展的其他服务机构。从我能够查探到的情况来看，没有一个机构讲授对土地的伦理责任。

综上所述：仅仅以自身经济利益为基础的资源保护系统是片面且毫无希望的。它倾向于忽略以致最终消灭土地共同体中许多没有经济价值但与共同体的健康运转息息相关（据我所知）的元素。他们认为生态中的经济性部分不需要无经济效用部分便可以正常运转，我认为这种观点是完全错误的。它倾向于让政府实际上去实施很多过于巨大、过于复杂或者过于分散而不能由政府实施的功能。

由私人所有者承担伦理责任是对这种情况的唯一看得见的补救措施。

土地金字塔

要建立能够对土地关系进行补充和指导的伦理观，需要在思想上把土地想像成是一种生物机制。我们只会对自己能够看到、感觉、理解、喜爱或者信仰的东西有伦理观念。

资源保护中通常使用的图像是"自然界的平衡"。因为冗长到无法在这里细说的原因，这种表达方式很难精确说明我们对土地机制了解得多么少。生态学上用到的更真实的图像是：生态金字塔。我会先描绘一下作为土地符号的金字塔，然后再说明它在土地使用上的含义。

植物从太阳中吸取能量。能量在一个被叫做生物区系的路线中流动，生物区系可以表现为有很多层组成的金字塔。金字塔的最底层是土壤，往上是植物层，再往上是昆虫层，然后是马和啮齿动物层，依次通过不同的动物群组到达由较大的食肉动物组成的最高层。

物种并不以它们从哪里来或者长成什么样子来划分，而是以它们吃什么来划分。每一层的物种都依靠下一层为它们提供食物以及其他的服务，而同时也为它们的上一层提供食物和服务。从下往上每一层各个物种的数量会慢慢减少。因此，每一只食肉动物都需要数百只猎物，而其猎物又需要几千只更下一层的动物，向下至几百万只昆虫以及数不清的植物。系统的金字塔形式反映了数量从顶层到底层的增加。人类与既吃肉又吃蔬菜的熊、浣熊和松鼠共同处于一个中间层次。

这种依赖于食物和其他服务的线路叫做食物链。土壤－橡树－鹿－印第安人，这种食物链现在已经很大程度上变成了土壤－米－牛－农民。包括我们在内的任何物种，都是许多食物链中的一环。除了橡树之外，鹿还吃其他上百种植物，而除了玉米，牛也吃其他上百种植物，它们都被连接到上百个食物链中。金字塔是一个如此复杂看上去毫无顺序的链条团，但是这个体系的稳定性证明这个结构的高度组织性，它的运转依靠其不同部分的合作和竞争。

最初的时候，生命金字塔很矮很短，食物链也很短很简单，进化使它们增加了一层又一层，一环又一环。人类是复杂而高大的金字塔中成千上万个物种之一。科学给了我们很多问题，但它至少让我们确信一件事：进化是向着生物精细化和多样化的方向发展的。

所以土地并不仅仅是土壤，它是一种流过土壤、植物和动物所形成的循环的能量源泉。食物链是把能量向上输送的生命通道；死亡和腐败使能量回到土壤。这个循环并不闭合，一些能量在腐败的过程中消失，一些能量从空气中被吸收，一些能量储存在土壤中、昆虫体内或者年代久远的树林中，这个循环是持续不断的，就像一个持续增长的生命储备处。向下的冲蚀会损失一部分能量，但这是因为岩石风化而产生，一般都很小。它们在海洋中积存，在生态变化的过程中，上升形成新的土地和新的金字塔。

植物和动物所组成的共同体的复杂结构决定了能量向上流动的速度和特点，就像树液向上流动依赖于它细胞组织的复杂性一样。没有这种复杂的结构，正常的循环可能就无法进行。结构是指组成物种中特定的数量、特定的种类和功能。土地的复杂结构与它作为能量单位的顺畅功能之间相互作用的关系，是它的基本特征之一。

当循环中某一部分发生变化时，其他许多部分必须据此进行自我调整，变化并不必然阻碍或转移能量流动；进化是一系列长期的自发变化，最终导致流动机制更加精巧以及循环被拉长。但是，进化改变通常非常缓慢，而且只能在一个地点发生。人类对工具的发明，使他们能够以史无前例的力量，在速度和范围内做出改变。

有一种变化是植物和动物区系的组合。较大的食肉动物从金字塔的顶端消失，食物链在历史上第一次变短而非变长。从其他地方引进的家养物种代替了野生物种，野生物种迁往新的栖息地。动物和植物的这种迁移是世界性的，在这个过程中，有些物种逃脱了害虫和疾病，有些物种则彻底灭绝了。这种影响很少是有意为之也很难预见；它们代表了对这个结构的不可预见、而且经常是无法追查的重新调整。农业科学很大程度上是新害虫出现和控制新害虫技术出现之间的竞赛。

另一种变化涉及能量流经植物和动物并回到土壤。肥力是土壤接受、储存和释放能量的能力。由于在农业中过度使用土壤或者过于突然地用一种培植物种代替本地物种,能量通道就可能被打乱,储存的能量也可能被消耗。能量或者固定它的有机物被消耗掉的土壤被冲走的速度比形成的速度要快,这就是土壤流失。

水和土壤一样都是能量循环中的一部分。工业因污染水源或者建筑大坝截留水源,可能对能量循环中必需的保存能量的动植物形成排斥。

运输产生了另一种基本的变化。在某个区域生长的植物或动物现在被消耗后返回了其他区域的土壤。运输把储存在岩石、空气中的能量带到任何一个地方使用;因此我们使用在赤道边大海中靠吃鱼为生的鸟类粪便中的氮来为自己的花园施肥,于是之前只在某个地域自我控制的循环现在扩张到世界范围。

因人类定居而使金字塔发生变化的过程释放了储存的能量,这在拓荒阶段经常会导致野生和家养的动植物都变得非常茁壮。这种生态能力的释放可以掩盖或者延迟暴力的惩罚。

土地作为能量循环的图像传达了三个基本的看法:

土地不仅仅是土壤。

本地的动植物能够保持循环的进行,其他地方的动植物则不一定。

人为改变与进化改变不同,可能引起意料之外的复杂影响。

这些看法总的来看包括两个问题:土地能够适应这种新秩序吗?理想的变化能以更少的暴力完成吗?

生物体承受暴力转化的能力并不相同,比如西欧形成了一个与恺撒时期截然不同的金字塔。一些大的动物和湿润的森林消失了,出现了草坪和耕地,引进了新的动植物,其中一些是作为害虫逃到这里的;仍然存在的本地动植物在分布和数量上都发生了巨大的变化。但是土壤还在那儿,而且因为进口肥料依然肥沃，水依然正常流淌；新结构看上去已经开始运转而且还在持续。那个循环并没有明显的故障或混乱。

因此西欧有一个抵抗力很强的生态圈，它内部的程序是强大的、有弹性的、有抵抗力的。无论变化多么剧烈，到目前为止，这座金字塔发展出了新的模式，保证了人类和当地其他动植物的可居性。

日本是没有因剧烈变革产生组织混乱的另外一个例子。

其他大部分文明区域以及一些刚刚接触到文明的地区，则呈现出各种程度的组织混乱，从最初的症状到升级的损坏。在小亚细亚和北非，对当地结构瓦解情形的调查，常常因气候的变化而受到影响。美国各地组织混乱的程度并不相同，西南部、欧扎克以及南部部分地区最为严重，而新英格兰和西北部的混乱程度最低。不发达地区对土地的利用仍然较好地阻止了混乱的发生。一场正在墨西哥、南美、南非以及澳大利亚发生且不断加快的损坏正在进行，但是我不知道这种损坏会如何发展。

这种几乎在世界范围内表现出的土地组织混乱就像动物的疾病，只不过还没有达到完全混乱或死亡的程度。土地虽然复原，其复杂性却在某种程度上被降低，承载人类和动植物的能力也有所下降。

很多目前被视为"机会之地"的生态圈其实是在靠破坏性的农业继续存在，这些土地已经超过了它的承载能力，从这个角度看，南美大部分地区的人口都是过多的。

我们在干旱地区希望通过垦荒来弥补损坏，但是它只是非常明确地证明垦荒工程可预计的寿命非常短，从西部的情况来看，最长不超过一百年。

历史和生态学的综合证据看上去支持这样一个基本论断：人为剧烈改变越少，金字塔越可能进行成功的自我调整。剧烈程度又与人口密度相关，人口密度越大，需要的变革就越剧烈。因此，如果北非能够控制它的人口密度，它比欧洲更有机会进行自我调整。

这个论断与我们流行的哲学观点相反，该论断认为密度小幅度增长会小幅提升人类生活，因此无限增长将无限提升人类生活。生态学并不知道有任何因无限广阔增长而存在的密度关系。一切因为密度得到的东西会被报酬递减律所制约。

无论人与土地之间的方程式是什么，我们都不可能知道它的全部关系。最近关于无机物和维生素营养上的发现提示了向上运行的毋容置疑的依赖关系：难以置信的极少的特定物质决定着土壤对植物、植物对动物的价值。向下运行的关系又是什么情况呢？那些我们现在当成美学上的珍贵物品进行保护的、正在消失的，曾经协助形成过土壤的物种，用哪些不被怀疑的方法才能证明它们是土壤维持所必需的吗？韦弗教授建议我们用高原野花重新聚合沙尘暴所形成的废土，谁知道哪一天为了某种目的，连鹤、水獭和熊也会被用上呢？

自然资源保护的分歧

土地伦理反应了生态意识的存在，而生态意识也反映了对个人应当承担土地健康责任的确认。健康是指土地有能力进行自我更新。资源保护则是我们努力去了解和维持这种能力。

资源保护者因为他们的争论而臭名远扬。从表面上看这只会让人更加迷惑，但是通过详细的观察就会发现一个在许多专业领域都普遍存在的争议。在各个领域中的一组（A）认为土地就是土壤，它的功能就是产出农产品，而另一组（B）则提出土地是生物区系，它的功能比生产农产品要宽，但到底有多宽目前还存在疑问和迷惑。

在我自己的领域森林学中，A组觉得像种洋白菜那样种树就行，只不过树以纤维作为基本的森林日用品，他们不认为需要禁止激烈变动，他们拥有农业性的意识。B组则认为林业与农业截然不同，因为它不是创造一个人工环境，而是利用自然界的物种管理自然界的环境。B组更喜欢原则的自然再生产。他们为物种消失的生态和经济基础感到担忧，比如栗树，也担心北美乔松等快要消失的品种。他们为整个一系列次极森林功能，包括野生动物、重建、水域、荒地等感到担忧。从我的角度来看，B组感受到了生态意识的震动。

在野生动物领域中也存在类似的分歧。A组的基本商品是运动和肉类，得到松鸡和鳟鱼的数量是计算产品的标准，如果单位花费允许，人工养殖便会被作为一种永久的也是暂时的依赖。B组则对一系列的生物区系问题感到担忧。消灭肉食动物以生产猎物有什么代价？我们还要进一步依赖外来物种吗？如何管理才能使开始减少的物种回升到原来的数量，比如说草原雪鸡已经不可能再作为猎物了。如何管理才能把受到威胁的物种拯救回来，比如疣鼻天鹅和美洲鹤？这种管理原则能扩大适应于野花吗？在我看来，这个领域再一次清晰地表明，它与森林学一样，也存在A组和B组的争论。

在较大的农业领域中我比较没有发言权，但是这里好像也有相似的分歧存在。农业科学在生态学产生之前就已经蓬勃地发展，因此生态学的概念可能有一个更加缓慢的渗透过程。按其技术性质来看，农民在改变生态圈时要比林业人员和野生动物管理人员更为激烈。但是在看上去已经产生"生态农业"观点的农民中仍然存在很多不满。

其中最主要的可能就是磅数和吨数不再是衡量农产品食用价值的标准，肥活土壤的产品很可能在质量上也有资格成为优秀。我们可以通过大量使用进口化肥让已经枯竭的土地仍然有很高的产量，但是我们却不能保证能提高它的食用价值。这种思想最终可能存在的分歧实在太大了，我只能让更内行的人士来对它们进行解释。

带着"有机农业"标签的不满者，虽然还有某种派别的记号，但是它的方向，尤其是对于土壤动植物重要性的坚持上是生态学的。

农业的生态学基础就像土地利用的其他领域一样不为公众所熟悉。比如很少有受过教育的人能够认识到近数十年来技术上取得巨大进步的是水泵的改进而非水井。土地换土地，它们仅仅能满足补充肥力下降。

在所有的分歧中我们发现了一再重复的相同的基本冲突：作为征服者的人类与作为生物共同体公民的人类之间的冲突；让人类征服大自然的工具更加犀利的科学与作为人类探索宇宙奥秘的科学之间的冲突；以土地为奴隶和仆人与土地是共同体组成部分的冲突。罗宾逊对特里斯特拉姆的指令可以用在这里，以表示人类只是地质时代的一个物种——智人而已：

无论你是否愿意，
你就是国王，特里斯特拉姆，因为你是
经过时间的测试中仍然留在世界上的极少数人之一，
当他们全都离去，那里再也不是那里。
你到底将留下什么印记。

结 论

对于我来说，与土地有关的伦理，在对土地没有爱、尊重和敬仰且没有意识到它的价值时，还仍然存在是不可思议的。我所说的价值当然是指比经济价值宽得多的价值，我指的是它在哲学意义上的价值。

我们的教育和经济体系对土地意识的背离，可能是土地伦理发展过程中需要面对的最大障碍。

真正的现代化被许多中间人和数不尽的物理工具从土地中间分离开了。他们和土地之间并没有致命的联系，土地对他们来说，不过是城市里面长着农作物的那片地方。让他们到那片地方放松一天，如果那里并不是一个高尔夫球场或者风景区，他们肯定会觉得无聊。如果能以溶液培养农作物代替耕种，他们会感到十分开心的。对他们来说，木材、皮革、羊毛和天然产品的合成代替品比原始材料要好，在他们的意识中，土地已经"过时"了。

农民仍然把土地看作对手，奴役土地的态度与上述障碍思想几乎同样严重。理论上农业机械化应该解开对农民对土地的束缚，但是实际情况是否如此，我认为还值得商榷。

理解土地生态的其中一个要求是理解生态学，这并不是说你要受过生态学的教育，事实上很多高等教育看上去似乎有意避开生态学的概念。对生态学的理解不一定必须从带着生态学标签的课程中得到，它也有可能被冠以地理学、植物学、农学、历史学或者经济学的标签，无论标签是什么，生态学的培训对于它应该达到的目标来说都是不足的。

如果不是有少数人明显地反对它们的"现代化"趋势，土地伦理就真的没什么希望了。

必须转移它，从而推进伦理进化程序的重要杠杆其实很简单：不要再像以前那样认为土地只是一个经济问题。检验一下到底什么是伦理上和美学上共同正确的，以及什么在经济上是长远的，正确的事情会维持生物共同体的和谐、稳定和美丽，而错误的事情则与之相反。

经济上的可行性限制着可以做和不可以做的事情的范围，现在如此，将来也是一样。经济决定论者卡住我们的脖子，那种经济决定土地使用的所有方面的信念，我们现在必须挣脱。这明明不是真的。大量与土地有关的行为和态度都是由土地使用者的口味和爱好，而不是他的钱包决定的。大部分与土地相关的活动花费的是时间、事先思考、技术以及信念，而并不是金钱，土地使用者的思想也是如此。

我故意把土地伦理作为一种社会进化的产物来说明，因为没有比伦理更重要的东西被书写过。只有最浅薄的历史系学生才会认为是摩西写了十诫，十诫在一个思考着的共同体中进化，然后摩西又为一个"研讨班"写了暂时的纲要。我之所以说暂时，是因为进化永远不会停止。

土地伦理的进化同时是一个智力和情感的进程。资源保护是由好意所砌成的，但这些好意被证实无用甚至是危险的，因为这无论对土地或者经济性的土地利用都缺乏批判性的了解。我认为当理论的前沿从个体提高到社会层面时，它的智力内容无疑会增加。

所有理论的运行机制都是相同的：正确的行为得到社会的认可，错误的行为不被社会接受。总而言之，我们当前的问题是态度和方法。我们正在用蒸汽挖掘机重建阿拉哈姆布拉宫，我们为它的高效率感到骄傲，因为这种工具有那么多的优势，以致我们很难抛弃它，但是我们也需要更加温和、更客观地评价它的作用。

∞ 荒野与文明 ∞

人类在荒野中锤炼出了最伟大的成品——文明。

荒野属于一种多种来源和结构的原材料。它的性质是具有多样性的，由此可见，它的成品一定展现出的也是多种多样的品质。这些成品的多样性被我们解释为文化。世界文化的多样性和差异性同样也反映了产生它们的荒野的多样性。

人类历史上，两种从来没有出现的问题正在产生。第一是可供人类居住地区的荒野逐渐减少。第二是世界文化由于现代交通和工业的发展变得纷繁混杂。而这两种变迁是我们不能阻止和解决的，当然这种历史的变迁也是我们不可以阻止的。那么，这样就提出了另外一个问题，如果我们不去阻止，只是想通过一些对马上面临消失的事物进行小的改善，是不是可以保留一些它所代表的价值？

那些辛勤劳动、挥汗如雨的劳工，他们要征服的对手就是那锤下的生铁。由此推断，曾经荒野也是拓荒者眼中的对手。

工人们通过劳动瞬间铸造出的金属制品，就好像是一幅能周密观察其世界观的哲学眼光，他们就坐在旁边休息。这个时候的生铁就成了某种令人喜爱和具有情感的东西，因为它给了他生活的意义和内涵。你可以把它看做是一个恳求，若有人愿意在某一天去看看、感受，或者潜心钻研人类文化起源的根基，这会使他们受益匪浅。恳求人类可以保留那残留不多的荒野，就好像是博物馆里的收藏的珍品一般。

残　迹

曾经我们在那些丰富多彩的荒野上建立起了我们的美国，可是现在它们已经不复存在。因此，在每一个付诸行动的规划里，必须要尽可能大面积和大规模地去保留荒野的单位面积。

拓荒者脚下曾经翻腾着的野花的海洋，那一片长满了长茎草的草原，现在我们这些活着的人根本看不到了。现在保留下来这些草原植物，只有在那一块块40英亩的小方块地上，我们倒是可以随处可见，就好像是遗迹展览。其实曾经那片土地上是上百种的草原植物，都是非常的美丽。现在继承了这片土地的人们也许根本不认识那些种类了。

在西班牙探险家，卡比萨·德·瓦卡从野牛的肚皮下面看到的地平线时，那块长着短茎草的草原还依然存在，而且是上万亩的规模存在，尽管已经被牛羊蹂躏和使用旱耕法的农夫严重糟蹋，但仍残存于几个约有一万亩大小的地方。如果各州首府可以在其墙上为1849年来到加州的淘金人留下纪念，那么，几个国家大草原保护区是否也可以为他们的大举迁徙留下纪念？

佛罗里达州和德克萨斯州分别还有一段海岸草原地带，周围围绕着各种油田和洋葱地、甘蔗林等，除此之外都被播种机和推土机武装起来了。这也许就是最后的一声呼喊了。

大湖各州曾经美丽的原始森林，海岸平原上曾经的低地树林，还有那曾经巨大的硬木林，都是如此的珍贵，现在活着的我们根本再也看不到了。现在只要还能有几英亩样品也是好的，可惜这都是办不到的了。值得欣慰的是，现在还有几个数千亩的槭树和铁布杉的未开垦林区，类似的还有硬木林在阿巴拉契亚，南方的硬木林沼泽，还有一些柏树植物沼泽，云杉林大部分是在阿迪朗达克山。当然这些的确面临的也是逃避不了的砍伐危险，与此同时，未来一定会修建周边的旅游道路，它们依然会受到损害。

海滨的荒野区域，是最迅速消失的一个。到处可见的别墅和旅游公路，把曾经荒无人烟的东西海岸的海滨塞得满满的，曾经的荒野荡然无存。苏必利尔湖的最后一个无人居住的湖滨也会马上消失不见。和历史紧密相连的荒野地区，几乎都是消失殆尽。

北美落基山脉以东地区，有一片广阔的地区被作为荒野保留下来，苏必利尔国际公园，坐落在明尼苏达和安达略的奎蒂科。这个公园大部分地区都是在加拿大境内，区域之广阔足可以修建一个加拿大森林公园，这里是由许多湖泊和河流交错而成的，区域广阔适合泛舟，四周景色优美，植被丰富。而似乎又有两个新的挑战开始威胁它的存在。第一个是由飞机送到这里的大批的钓鱼者，越来越多地出现。第二个是关于有关辖权的争论：属于明尼苏达州的部分，是否应该全部属于国家森林，还是部分应是州森林？这个地区存在着蓄水发电的危机，主要原因是各个地区出现了分裂状况，也许有一天出现一个强有力的人可以掌控这个权利才会结束。

整个洛基山脉，有20个地区都属于国家森林，规模大小不同，从10万到50万公亩，都被视为荒野而收回，而且不允许修建道路、开设旅店以及进行其他商业项目。国家公园中也有相同的规章制度，得到了公认，可是并没有严格的一个界限去衡量。总体来看，这些由联邦政府管理的地区，就是荒野的主要遗留部分了，也没有像制度中记述得那么让人放心。地方上由于各种修建道路或者酒店的项目压力，使荒野之地这边削减一块儿，那边削减一块儿。而且为了防火用途道路不断地延伸，而事实上，一旦这些道路竣工便成为了公路。而且很多人都盯上了那些常常闲置不用的国家资源养护队的营地，希望可以用于修建道路，虽然不一定会派上用场。战争的压力也是个巨大的问题，由于对木材的需要，似乎修建道路已经是理所应当的事情，同样也是为了配合军事目的。此时此刻，很多山区都修建起了滑雪吊索还有滑雪酒店，根本没有人注意到这些地区属于荒野保护区。

在众多的荒野侵犯活动中，有一个最为严重和黑暗的，那就是对于肉食动物的生存控制。具体情况是这样的：一个地区的所有狼和山狮都被消灭了，为的就是利于大型猎物的管理。这样，一些鹿群和驼鹿群等大型猎物群体慢慢增多，已经超出了植物所能承受的负荷。于是猎人们的捕杀就开始被支持和鼓励，但是大部分的猎人拒绝到那些汽车到不了的偏远地区，这样，地区政府就不得不修公路，为了方便四面八方的狩猎者。就是这样，一而再，再而三地出现同样的问题，之后是用同样的解决方法。最后，荒野被分割得七零八落。最可怕的是，这样的情况现在还在继续。

许多类型的森林都分布在洛基山脉的荒野区中，西南部是弯弯曲曲的刺柏林，而俄勒冈则是那片"延绵不断的没有边际的森林"。也许是因为美学所概定一种的缺失，似乎只有湖泊和森林才能被称为"风景"，所以这个地区严重缺乏荒野景观。

　　加拿大和阿拉斯加仍然有着一块儿美丽的处女地，
　　那里，无名的人们自由地游荡在无名的河流中，
　　那里，他们在奇异的河谷孤单离奇地死去。

这些地区都是具有独特的代表性的，当然都应该被重点保留下来。也许一些经济学家会觉得它们根本不具有任何经济价值。恰恰是这样，人们觉得没有必要特意去规划它们的结局，这些差强人意的区域最终将会留下来。历史似乎给出的都是那些美好的假设性结局。即使荒野狩猎仍然存在，可是那里的动物区系规划又会变成什么样子呢？似乎很多动物都面临着威胁，比如北美驯鹿、加拿大盘羊、最纯种的森林野牛、灰熊、鲸鱼、海豹。没有了独特的动物区系存在，荒野还有什么用处？北极荒原研究所已经组建起来了，开始研究北极荒原的工业化，可以想像的是这里的荒原也将会消失殆尽。在远远的北方已传来了最后的呼唤。

大家正在猜测，加拿大和阿拉斯加可以看到和抓住这样的机会的可能性是多少。拓荒者一般都会嘲笑那些想要将拓荒进行到底的人。

被用来休闲的荒野

在过去的世纪中，一直存在一个经济问题：为了生存方式而进行的体力上的搏斗。为了可以保留已经消失的格斗方式，我们总是会用一种美学形式上的体育活动和游戏来重现。

经济上的事实存在很多种，而人类和动物之间的自然格斗就是其中一种。之后，这种斗争形式被转化为了户外活动，比如钓鱼和狩猎。

公共的荒野区域作为了首要选择，它们成为了永远存在的最为有力和原始的技巧的中介，用于户外活动的旅行和开发生计。

某些技巧在细节方面适应了美国国情后得到了推广，当然，技巧也是存在于世界范围内的，比如团队性质的钓鱼、狩猎和徒步旅行。

不过就像植物中的山核桃，其中有两种只属于美国的。它们到处被效仿着，可是，似乎只有美洲大陆才能把它们发挥得淋漓尽致，它们就是划船旅行和骑马旅行。那艘"哈德逊湾印第安人"号船已经被安装了马达，而那个爬山的好手已经被福特汽车代替了。如果我的生活就是依靠着船只和马车，那么一定也会毫不犹豫地加上一个马达，换成一辆汽车，因为前两者都太耗费体力而没有效率了。但是，如果我不得不和机械化的替代品竞争的话，那么我本想从户外活动获取些荒野旅行的乐趣就会消失殆尽。如果我的小船要和摩托艇的装载量一样大，或者是在夏季的旅店草地上遛马，这简直就是尴尬的行为。我宁愿呆在家中。

如果我们想寻找一个可以利于野外旅行的世外桃源，比如原始的划船和骑马，那么荒野地区的确是首选。

当然，也许很多人对保持这样的原始艺术抱着怀疑的态度。我不会参与这样的辩论。要么你就确信十分了解它，不然就承认自己已经老态龙钟。

欧洲人的狩猎和钓鱼似乎不存在我们这样的问题：荒野是一种需要珍惜的财富。如果没有特殊情况，欧洲人不会在树林里生活和工作学习的。他们总是有打猎助手和仆人帮他们做这些事情。所以，他们的狩猎是一次野餐，并不是一次开拓活动。技巧的鉴定，都会凭借最后的猎物和钓到鱼的数量来裁定。

当然也存在一批人，他们觉得荒野活动是不民主的行为，因为如果和高尔夫球或者旅游营地比起来，荒野活动的受众实在是小得可怜。这种观点本身就是极为错误的，它就好像把集约生产的哲学理论用于驳斥非集约生产的活动。休闲活动的价值不是那些经济数字可以量化的。休闲的价值和其经验程度成正比，同时也同工作的程度成正比。如果按照这种标准衡量，那么机械化的旅行无非就是和水或者牛奶一样平淡无奇。

机械化的旅行几乎覆盖了九成的高山和森林，因此剩下的一成就是荒野的存在，我们可以把它看做是对少数人的敬意。

科学需要的荒野

一个健康的有机体，它最重要的标志就是内部可以进行自我更新和调节。

人类可以干预和控制某些有机体的新陈代谢过程。其中有两种有机体：第一，人类本身，通过医学和公共卫生。第二，土地，通过农业和保护。

对于土地健康方面的控制和管理似乎不是很成功。不过人们慢慢地知道了，土地一旦失去肥料，或者说是流失速度超过了形成速度，以及水源偶尔出现的泛滥或者干涸，土地一定会不健康，也许是病入膏肓。

其他的复杂情况，似乎都是人们熟悉和明白的一些事实，却没有归类于土地的病灶里。尽管一直都在保护中，可是一些动物和植物就是这样平白无故地消失了。其他的尽管人们已在极力地在控制，但某些病虫害依然来袭。这两件事情发生的频率太多了，所以免不了要视为正常进程来考虑。

我们在思考这些土地问题的同时，发现了这样一个事实，那就是我们对土地和它的病症的看法还是太过片面的。所以如果发现没有了肥料，我们只是去施肥加水，其实解决的只是表面的植物或者动物的问题，而没有好好地去看根本的问题：土壤。当然对于土壤的保养问题，它们也是同样的重要的。比如，最近一个特别有意思的发现，那就是烟草培植的质量，取决于之前这片土壤是不是生长过野生的豚草。人类从来没有考虑过类似这样的相互依赖的链条，但是也许这是大自然中相当广泛的现象。

我们似乎从来不去重视隐藏的真正的原因，比如当草原犬鼠、黄鼠和老鼠的数量大幅度增加，草原已经不能负荷了，我们做的就是把它们都毒死，可是原因呢？最近有一个科学的证据给出了答案，啮齿动物大规模侵袭的主要原因是植物共同体的极度混乱。可是根本没有一个人按照这个线索继续研究和探寻。

很多林场曾经可以种三四棵树的地面，现在只生长着两棵树，原因是什么呢？林业管理工作者知道这根本不是树的原因，而是说土壤的微型生物，重建这片土地的植物区系需要比毁灭它的时间多上几倍。

即使是保护主义者，他们对待一些问题的时候，处理方法也只是表面功夫。控制洪水的堤坝，根本解决不了洪水泛滥的根本问题，那只是防护手段而已。检查堤坝和滑坡有必要，那么侵蚀发生的真正原因何在？利用保护区和养殖场来维系猎物和鱼的供应，但是为什么这些供应不能自我维持下去呢？根本没有答案。

换言之，这些迹象都说明了一个事实——土地的问题，就好像是人体的病症发生在了某个器官，但是原因并不是这个器官本身，而是其他。我们现在看到的保护组织的一些行为和手段，只是相当于很大程度上的局部镇痛和麻醉而已。当然这样的措施也是必要的，但是绝对不能当做是根本的治疗手段。在这个角度来看，土地的医疗技术是在不断地提高和发展，可是土地卫生科学一直没有被重视起来。

我们首先要确定什么是健康土地，这样看来，就必需先总结出基本的常规数据，勾画出一幅如同生物体维持自己的健康的图画。这也是土地卫生科学的首要任务。

这里有两个可以参考的范例。一个在长时间依然保持着土地正常的区域，尽管上面有人类的居住和生活。我知道有这样一个地方，那就是东北欧。它一直吸引着我去研究它。

另外一个，同样也是最完美的范例，那就是荒野。荒野在漫长的历史长河中都是自我保养的高手，一直以来它所拥有的物种很少会消失，也从来不会失去控制，古生物学就有很多的证据，空气和水对于土壤的建立和其流失程度成正比，有时会更快。因为，荒野完全有理由作为一个土地卫生研究实验室，起到了无法估量的作用。

人们在亚马逊不可能研究蒙大拿的生态学理论。我们需要用使用过和未使用的土地进行比较，当然每一种生物都是有其独特的生长环境和土地的。然而，想抢救荒野地区失衡体系的情况，现在为时已晚。而且残留的土地太过狭小，以至于保留不了它们曾经的常规数值体系。即使是在国家公园，不同的划分，最多也是100公亩而已，根本不能保留天然的肉食动物，也根本不能避免由家禽带来的病菌。因此，黄石国家公园已经再没有狼和美洲狮了。所导致的结果就是驼鹿正在毁掉这片土地上的植物体系，尤其是冬天的草坪。与此同时，需要注意的是灰熊和加拿大盘羊的锐减，后者主要是疾病的传播所致。

最大的荒野区域面临部分失调的境地已经出现，这个时候，杰伊韦伏仅用了几英亩的荒地，就得出了为什么植物比替代品——农业植物耐旱的原因。他认为，草原的物种本身就存在着"地下列队"，它们所达到的层级主要依靠自己的根系，而强制轮种的植物过分地伸展到某一个层级，而中间忽略了一个层级，那么就会亏空。这样通过他的理论就得出了一个重要的农艺原则。

同样只利用几英亩荒野发现问题的，还有托格瑞蒂克，生长在已使用的田野中的松树，为什么比长在原始森林土壤中的松树要矮小许多，也经不起风吹？因为在森林中生长的松树的根部，可以沿着旧根生长的通道一直伸展下去，这样就会扎得更深。

大部分情况下，我们都不知道要采取怎样的良好对策，才能使土地健康，除非我们可以得到一片荒野，和病中的土地作类比。所以，很多早年前去西南部的旅行者们，他们对于河流的描述就是原本就是清澈见底的，但是我依然有所怀疑，因为他们所在的季节也许是最好的，也许他们是偶然看到了最好的情况。

在一些水土保持工程师们没有到达奇瓦瓦的马德雷山脉地区看到绝对相似的两条河流之前，他们也没有能拿到基本的数据。由于害怕印第安人，这些地区没有被当做放牧地使用过，最糟糕的时候，这些河流也只是呈牛奶色。不过，如果放入一个鳟鱼的鱼饵，还是可以看得出来的，那里的沿岸长满了青苔。而在亚利桑那和新墨西哥的河流中都存有砾石碎片，河岸没有青苔，也没有树木，同样没有土壤。在一个国际实验站，研究保留下来的马德雷山脉的土壤，作为一种可以治疗那些有病的土地的标本，将是一个值得试验和考虑的伟大事业。

综上所述，作为现存的黄叶地区，无论面积大小，都具备作为土地科学研究根据的价值和标本。休闲并不是它们唯一的用途，当然那也许只是最基本的一个用途。

野生动物需要的荒野

国家公园似乎再也不是那些野生动物存活的环境了，尤其是大型食肉动物。一个残酷的现实是，公园的范围内已经没有了狼的身影，同时灰熊已经面临濒临灭绝的危险。公园也不再能满足加拿大盘羊的要求，羊群的数量在迅速缩减。

这种情况的原因很多，一部分是显而易见的，而另外一些则是模糊不清的。对于狼来说，这里的活动范围太小了，满足不了它的天性。很多动物品种都是由于一些不太确定的原因，好像不能作为独立的个体繁殖昌盛起来。

当然有一个解决野生动物群活动范围太小的方法，那就是扩大公园的面积，把公园周边的国家森林一统纳入野生动物活动范围之内，成为这些濒临灭绝的动物的保护区。可是好像没有起到这样的作用，灰熊的危险就是最好的事例。

我第一次到达西部，是在1909年，那个时候每个山区都生活着灰熊，我在这里旅行了几个月从来没有遇到一个政府的国家资源保护工作者。而今天，每个树丛之后，都会有他们的身影；讽刺的是，野生资源管理人员的队伍不断增大，而我们可以见到的哺乳动物却大批地向加拿大边境迁移着。据报道，美国现在残留6000只灰熊，有5000只生活在阿拉斯加。只有五个州还留有这么几只。似乎一个不言而喻的想法存在于每个人心中，灰熊只要能在加拿大和阿拉斯加存活下来那就不错了。可是我的看法不是这样的，因为阿拉斯加的熊是一个独特的品种。灰熊被放逐到阿拉斯加，就好像被放逐到天堂一样的幸福，人们永远都看不到它。

如果想要挽救灰熊，就需要一个地区，它必须远离公路和家畜，或者是可以赔偿家畜损失的地区。收购分散的家畜牧场作为这样的地区是唯一的方法；尽管当局还算慷慨，购买和交换了这些土地，可是资源保护局却没有为这个措施做一点工作。听说，蒙大拿的林业部建立了一个灰熊养殖场，可是我同样听说，在犹他的一片草地上，林业部在鼓励养羊业发展的同时，让这片草原上还存在着这个州仅有的灰熊。

永远的荒野区和永远的灰熊区很明显是同一个问题的两个名称。每个方面都需要热情，同样也需要一种保护主义的长远眼光和历史性展望。只有那些可以看到壮观的进化过程的人们，才能够真正地尊重荒野，把它当做是发生这种壮观的剧场；或者尊重它的成果——灰熊。如果教育真的完全起到了作用，那么未来一定是越来越多的公民，知道了老西部为新西部留下来的遗产的含义和价值所在。也许还没出生的未来的青年们，以后一定可以像刘易斯同克拉克一样扬起风帆，自由地飘荡在密苏里河上；也许像詹姆斯卡彭亚当斯一样，登顶塞拉，而且时代都会这样发问："大白熊在哪里？"最遗憾的回答就是，在保护主义工作者还没有意识到的时候，它已经灭绝了。

荒野的守护神

荒野作为一种资源，是只能减少不能增多的。为了保持荒野给休闲、科学、野生动物提供能量，某种程度上，有些侵犯应该是被禁止和削弱的。就荒野的完整性而言，要建造新的荒野，那是根本不可能的事情。

由此可见，任何理由的荒野计划都只是一种岌岌可危的自保行为，尽管它已经是无路可退了。为了拯救美国的荒野遗迹，荒野协会在 1935 年成立了。

可是仅仅一个这样的协会根本起不到作用，除非每一个政府资源保护部门都有一个懂得荒野的人，不然等到抢救时机已经错过后，这个协会还没有得到消息，它永远不会知道新的危险已经到来。除此之外，一些对荒野有着浓烈感情的公民，一定时时刻刻注意新闻，在紧急的情况下可以采取及时的防护行为。

欧洲境内的荒野，现在只有戈尔巴干山区和西伯利亚才有。所有的叹息都来自那些有思想的保护主义者。在英国，那里舒适的土地少于其他的文明国家，然而，只要是有人可以援救半个荒野，无论时机早晚，都会得到响应，那里就会充满生机。

总体来说，总结一下探寻荒野文化价值的能力，一种理性的谦卑。那些已经丧失了土地根基的人，思想一定是肤浅的，他们也发现了最重要的东西，他们就是那些洽谈个人或者集团控制政治和经济，并且永久持续下去的野心家。历史就是多次由一个单独出发点开始，之后周而复始地返回这个出发点，为了下一次的更有意义的持久的价值探索旅程。可为什么人们至今没有深刻认识到，原始的荒野曾赋予了人类多么重要的创造力和意义？也许只有懂得和了解这一点的人，才可以被称为学者。

环保美学

就像户外休闲业余爱好那样，也许只有爱情和战争，才可能发生得如此逍遥自在，它们都建立在个人的不同需要和喜好上，是由欲望引起又伴随着利他主义同时存在的，却永远是捉摸不清的事情。最让我觉得欣喜的是大家都认同回归自然之中。可是好处是什么呢？如果我们要达到这个目标都要作出什么努力呢？答案千奇百怪，众说纷纭，最终最不具批判色彩的评论才最不会引起纷争。

老罗斯福时代里，休闲成为了一个名词，而这个解释却成了一个问题。铁路好像是个万能的工具，它可以从城市到达农村，并且带去了很多的城里人。野外受到了人们的重视，离开城市的人们越来越多，人均享有的安宁、广阔原野、野生资源的比例越来越小，于是火车带着这些人去得越来越远。

户外活动之动机

汽车的出现大大解决了这种缓慢而局部的扩张，只要是有路的地方，只要可以达到的极限区域都开始有人类出现，当然这个时候，使得一些40年前在偏远地带存在的东西变得稀少起来。但是大部分东西还是可以找得到。那些希望远离城市过周末的人从城市里散播出来，就好像是太阳射出的离子，产生着热量和摩擦。为旅游业提供的温床和美食，引来了更多的离子，并且更快速更遥远。所有的人，无论你的年龄和职业，性别和个性有多大差别，都可以在岩石上和小溪边的广告上找到那些新开发的远离喧闹的僻静的地点，或者是优美的景区，还有广大猎区和可以钓鱼的湖泊水塘等。政府修建了很多的道路可以到达偏远的角落，同时又购买了很多穷乡僻壤的土地，用来吸引大批离开城市的人群。没有被改造过的大自然和先进的机器发生着碰撞，木匠们都变成了机械工人。哪里都可以见到汽车可以拖动的活动房屋，就像是粗俗的金字塔尖。只有那些可以从旅游还有高尔夫活动中得到好处的人，才觉得对于森林和原野的搜索，现在的局面还算理想，可是对于真正的想要探究更多东西的人来说，机械化的进步毁灭了很多东西，休闲对于这些人来说，成为了真正要寻找和自我发现的毁灭过程。

汽车带来的装备齐全的旅行者正在毁坏着他们想要寻找的安逸，这再不只是局部的现象，哈德逊湾、阿拉斯加、墨西哥、南非，正在慢慢退缩和改变，南美和西伯利亚已经望而却步。莫霍克河上的战鼓已经传遍了世界上的每条河流，激荡徜徉。那些慵懒的人们也不再安于家中，他们的汽车油箱里燃烧着无数生物赖以生存的原动力，很多的岁月中，他们贪婪地渴望占有更多更新的牧场。他们就像大陆上拥挤的蚂蚁一般。

这成了最新形式的休闲。

这些休闲者是谁？他们到底想要什么？我们发现了几个明显的事例，得到了提示。

让我们先找一个野鸭栖息的沼泽来看一下。周围包围着汽车封锁线。沼泽旁边的芦苇丛中有很多的狩猎点，都潜伏了"社会的栋梁"。随时待命的自动步枪，扣着扳机的手指开始发痒，一旦有机会，他们就会不顾一切的公共法和社会道德剥夺野鸭的生命。他那贪婪的胃口在不停地从上帝那里收集着各种肉类。

周围的森林还有"栋梁"在出没，他想找到珍奇的菌类和稀有的鸟儿。由于他的方法不属于偷猎和抢劫，所以打心眼里就鄙视那些猎杀者。当然，我觉得，他年轻的时候也许也只是一个猎杀者。

还有一些另类的自然爱好者，他们就在附近的一个桦树林里，把自己创作的歪诗刻在树皮上。哪里都可以看到一种开车的旅行者，他们似乎就是为了消耗汽油，在一个季节里跑遍了所有的国家公园公路，这个时候准备去墨西哥城，向南方呼啸而去。

最后，还有这样的一种专业人士，他希望通过更多的公益组织，给那些想要寻找自然的人们提供必需品，或者说是尽量说服他们去要他提供的东西。

你们肯定觉得奇怪，为什么这些各式各样的人会被列在同一类里面？因为，在某个角度来看，他们都是狩猎者，只是用了不同的方法。但是他们为什么会都称自己是保护主义人士呢？因为他们贪婪地想要占有的东西都是会逃离他们的手心，所以就开始计划着让法律、拨款、地区规划、各种组织社团，或者更多的某种形式的魔力，来保证自己的欲望获得赞同和被保护。

休闲已经成为了公认的经济资源。参议院的委员会向我们给出客观的数字，让我们知道了每年公众在休闲活动上花费的钱财之巨大。这就引出了一个经济规划的问题：比如在一个可钓鱼的湖畔建设一个高级别墅，或者在沼泽旁边建一个野鸭狩猎站，那么其花费等于这个地区一个农场的建设经费。

如此一来，同样引起了一个伦理上的问题。就是在这样的情况不断扩大的同时，各类的法律法规慢慢地被补充完善。我们借鉴了各种"户外行为"的注意事项，这样可以规范年轻人，并且确定了"什么样才是户外运动者"，为了宣传更广泛，力度更强大，我们要付1美元，才能把宣传材料贴在某些人必经的墙上。

显而易见的，所有的问题，无论是经济还是伦理方面，都是由于某种力量促使的结果，而非原因。我们希望可以与大自然有所联系，最主要的是自然可以给我们快乐，就好像歌剧院里的演出，而经济投入只是为了提高舞台的装修效果。在歌剧表演中，专业人员会使用各种技巧和仪器使得情节看起来逼真，但是如果说基本的动机就是经济收入，那就太过荒谬和不能被理解了。隐藏中的捕猎者，舞台上的演员，他们的工具不同，却做着同样的事情。戏剧演员，平日里都会注意生活中的每个细节，实际上，两者似乎都是美学上的预演。

其实对于户外休闲的公共政策存在很大的争议。严谨的民众对于"户外休闲"的概念和活动内容的划分，以及保护自然基本资源的论述上，有着不同的想法。所以造成了一种尴尬的现象：生态协会讨论如何禁止道路再伸向偏远的自然地区；商会在讨论如何才能扩大交通范围。同样打着休闲的大旗，猎人用猎枪射杀老鹰；爱鸟者保护它们，用望远镜观察。这些派别平时都是对彼此进行无理的咒骂，而心里盘算的，都是各自在休闲活动中取得的不同目的。当然他们目的的特点和性质是完全不同的。在现有的政策中，从一个角度考虑可能是有用的，可是在另外一个方面也许就是荒唐的。

这样看来，也许应该对不同的目的进行划分，并且到了对于他们各自的特征和性质进行研究的时刻了。

战利品

让我们从最简单和最明显的部分开始吧：户外休闲旅游者一般都要搜寻、发现、猎取和携带回去东西。映入眼帘的一定是那些注入猎物和花鸟鱼虫类的照片、兽皮和标本等物品。

所有这一切都是作为战利品而存在的。人类在被它们所带来的愉悦感染的同时，又把它们带回了家中。这些战利品都像一张资格证书一样，无论是一只鸟蛋、一篓鳟鱼、一些菌类、一张黑熊的照片、一朵鲜花的轧制书签。人们用这些来证明自己去过的地方，见到的事物，体现自己曾经为了得到它们而付出的努力，克服的险阻，智勇双全的本领，自己具有敏锐的洞察力和毅力。这些战利品中包含的意义远远超过它们本身所具有的价值。

可是，有些战利品对于密集的搜寻是不能适应和应对的。通过繁殖和适当的管理，可以增加数量的猎物和鱼虫，这样就可以给每个猎手较多的收获，或者说，可以分配给更多的猎手。同样的，野生动物管理工作在近10年里得到了建立和重视，20所大学都开设了相应的学科研究课程，希望可以更好地扩大野生动物的数量和质量的研究。然而，发展迅速带来的弊端就是，产量增多而报酬减少。特别是野生动植物的管理方面，由于一切都变成人工化，而它们的价值就会大打折扣。

设想一下，一条鳟鱼是由孵化场孵化并且长大，再放入一条有此类鱼活动的溪流中。这条小溪由于人工养殖的鱼过多，而不能负担自然养殖的鳟鱼繁殖了。它的水质由于污染物而变坏，树木滥伐和平原的过多放牧，使得淤泥堵塞。没有人会觉得在这样的湖水中得到的鳟鱼和野生的鳟鱼有相同的价值，它远远低于那些从洛基山脉某河流捉住的鳟鱼的价值。即使钓到它也要花费一些技巧和时间，但是它不具备高尚的美学价值。有位专业人士评价这条来自人工养殖的鳟鱼，它的肝脏由于孵化场的养殖而退化，预示它的早亡。但是在几个大肆捕鱼的州，大部分还是依靠这样人工养殖的鳟鱼。

人工的促进作用在所有的环节都存在，密集性的发展开始把保护主义推向某种人为结果，所有战利品的价值自然都会大打折扣。

荒谬的循环出现了，为了保护那些珍贵、人工养殖的、无力自足的鳟鱼，某些保护主义人员提出要杀死那些大蓝鹭和海鸥；此外还有那些居住在小溪里的秋莎鸭等原住民，因为怕它们吃掉那些被放生的鳟鱼。钓鱼者从来没有意识到它们还是用另外一些野生动物的生命换取的，而鸟类学家已经开始咬掉10便士一只的烟头。事实上，我们可以看出人工化的管理，是以损害更高层次的野生动物来交换的一种捕鱼权。它让一个公民得到的红利远远超出了大众的资本存量。而就是在捕猎管理中，类似的商业行为是很普遍的。欧洲地区，对有益的野生动物的捕杀有长期的统计数字，我们甚至可以推算肉食动物被捕杀的交换率。举例说明，在萨克森，射杀一只鹰，就可以多捕获10只野生鸟类，猎杀一只肉食动物，就可以多捕猎到3只小动物。

大部分情况下，开展动物的人工养殖，随之而来的问题就是植物的大量流失和损坏。最明显的就是鹿对森林的毁灭。德国北部、宾夕法尼亚的东北部地区、凯贝布还有十几个没有公布的区域里面，人们都发现了这样的情况。主要的原因是这些鹿失去了森林中的天敌，从而使植物不可能有所存留和繁衍生息。很多植物由于是鹿喜欢的食物而濒临灭绝，比如欧洲的水青冈、枫树、红豆杉树，美国东部的加拿大红豆杉，还有崖柏，以及西部的大果铁杉树，墨西哥蔷薇。人工养殖的鹿越多，它们就越危险。无论是花还是树木都慢慢枯竭，相反又导致了鹿因为食物的减少而营养不良。在现在的森林中，再也不会重现欧洲古堡壁画上面捕猎的震撼场面了。

英国石南茂密的荒野，由于捕杀斑翅山鸡和松鸡的同时，对于兔子过分保护，从而导致了树木繁殖的低下。很多热带的海岛，动物和植物区系的破坏者就是山羊，而它们是为了打猎和肉食被引进来此的。一些哺乳动物的天敌消失和天然牧场的食物贫乏，这样的恶性循环而造成的相互伤害，是难以估量的。由于这样的生态管理方面的极大失误，农业作物也处在被上下夹攻的状态，于是能解决的只有没完没了的保险赔偿和那些带刺的铁丝网。

这样，我们可以根据上述的情况得出以下结论：密集性的人工行为，大大降低了这些野生战利品的原本质量，同时还给其他方面带来了极大的损失，尤其是非猎动物、野生森林和牧场，还有农作物。

当然有些非直接性的战利品价值，并没有明显地降低和贬值，比如照片。比较直观地分析，一个每天被上千人拍照的景色，不会受到任何的损害，其他的周边资源也没有得到损伤，哪怕更多的相机出现在这里。相机工业是靠野外自然生存的工业，也是比较个别的无害工业之一。

这样，我们对于大量追术两种被当成战利品的实物，同样有着根本不同的反应。

孤独感

那么下面我们来看看相对复杂和微妙的一种野外休闲形式：独自置身自然的感受。对于荒野的讨论让我们发现，这一点对于某些人来说具有相当高的价值。荒野的保护者和管理公路修建的国家部门达成了协议，要保留那些现在没有路的偏远地区。有些荒野被保护起来不对外开放，除此之外，有一个可以被公认为"荒野"的地方，道路只能到达它的边界。从当时的时代来看，这样的做法是极为不平凡的。在旅游的人群蜂拥而至之前，它一直被看做是青年养护队工作的地方，或者是由于一场大火，它不得不被一条救火的道路而分开两半。也许是广告的作用，来这里旅游和运输的价格都上涨了，人们开始议论荒野政策缺乏民众性。要不是这样，刚刚被划分为荒野的僻静地区，商会还不会抱有任何意见，而现在他们则享受着由于旅游而带来的大笔收入和经济利益。这就更需要那些并非"荒野"的荒野出现了。

综上所述，野生自然地区的稀有，被广告宣传后，使得那些为了不让它变得更稀缺的行动和政策慢慢失效。

根本不需要进一步的讨论和分析，问题再明显不过，密集性的使用方法对于独处机会形成了不好的影响，大大减少其发生率；在我们提到一些旅游设施的设置，例如休息点、宿营区、厕所等，简直是极为荒谬的。这些缓解拥挤的设施和方法对于发展没有任何作用。相反，我们无非就是向稀粥里又多加了些水而已。

现在我们使用极为简单和独特的划分方法来做个明显的对照。如果要为这个行为贴个标签，我觉得应该是：新鲜空气和改变环境。密集性的占用丝毫没有损坏和减弱这部分的价值。喧闹着进入国家森林公园，无论是第一个，还是第一千个旅游者，他们呼吸的空气都是相同的，没有任何差别，同样感受着和办公室里不同的气息。所以我们认为新鲜空气和改变环境这个部分，和相机留下的战利品相同。这样的密集性活动是不会有任何不良和损毁的。

下面再看另外一个现象：对自然进程的认识。大地和其表面生长存在的生物之间，是通过这样的一个过程来达到一种特别的进化，并且维系着互相的繁衍生息。有一种被称为自然研究的行为，尽管对上帝选民的支持起到了动摇的效果，却是一种从民众思想到认识思想的最初寻找形式。

感知的突出性质表现为，它没有任何消费，也不会造成任何损坏。比如，一只苍鹰扑向猎物的动作，对于人类来说就是感知到了一个喜剧情节；但是也许对于另外一个人，那就是对于桌上美食的一个威胁。这个戏剧性的场面也许会令 100 个旅游者激动无疑，但是对于那个感觉威胁的人，只是他猎枪举起的一刹那。

提倡感知和认识，是休闲活动唯一具有创造性的一个行为。

这一点是非常重要的，它可以让人们意识到"美好生活的"潜在力量。美国最著名的拓荒者丹尼尔布恩第一次来到森林和那片血染的大地时，他体现了一个真正的"户外美国"的精神。他当时可能根本没有想那么多，对于自己的获得也没有意识，但是他所发现的真是我们一直搜寻的，当然我们指的是发现的本身，而不是名誉。

休闲并不是指到户外活动，而是指我们对户外的反应。丹尼尔布恩的成功，不只是他可以看到事物的外在，而且可以意识到它们的理性存在。从理性的角度来看，生态学的变化令人感到兴奋不已，它可以看到所有事实的根源和本能；在我们看来是特征的具体结构可以被剖析清楚。对于这样的变化，我们不能作出具体的衡量，因为不具有尺度依据，但是可以肯定的，和生态学专家相比，布恩看到的仅仅是生态的表面而已。被称为"美利坚有机体固有的美丽"，是指动植物间纷繁复杂的共同体，当时还是处于最兴盛的时期，对丹尼尔布恩来说，是很难觉察和感知的，就像今天的巴比特先生。美国人感知能力的进步，才预示了美国休闲活动的真正发展。在我们以相同名义实施的一些行为，无非就是增加了些许色彩，并企图组织或者掩盖真正这种淡化的过程。

在巴比特先生真正了解他的国家之前，还是不要太着急就把他推上生态学博士学位的宝座上比较好。而且这个学位也许真的就会像是一个宗教的洗礼仪式一样的乏味无聊，冷漠无情。感知属于一种精神财富，同样也会被分为无数小的组成部分，但绝对不会影响其本质。城市空地上的野草和北美红杉遵循同一个剩余，而农场里牧场上能看到的东西，根本不能给科学家在南海探险的经历感受。简单地说，感知是不能用美金来衡量的，当然不能用学位来证明。它存在于国内,也可以存在于国外,一个一无所有的人和一个亿万富翁,在它面前都是平等的。如果你想追求感知的存在,那么到处旅游的休闲形式是根本没有用处的。

让我们现在来看看最后的一个观点:节俭的观念。对于那些之后用选票来支持保护主义的人来说,永远不会明白这一点,因为他们根本没有使用过自己的双手真正地实践。只有那个可以运用感知能力,可以把管理艺术运用到土地上的人,才能理解到这一点。 换种说法就是,只有那些非常穷的不能去休闲的土地拥有着,或者是那些具有敏锐的生态学眼光的专业人士才能具备的。要靠买票才能进入风景区的旅游者永远不会意识到这一点的存在,还有那个雇佣别人为了看守他的猎物的户外运动者也不会发现这个特点。政府就是作为公众,代替了私人来规划休闲的土地,却在不知不觉中失去了很多它寻找的机会,而使野外工作的官员们得到了很多它应该给公民的东西。我们这些林业工作者和狩猎管理的员工们,也许应该为了所获得的而去付钱,而不是领钱。

把耕耘的意识运用到产品的生产过程中,可能和产品一样的重要。从某种角度而言,这样的说法在农业生产中已经被证实,但是资源保护工作却没有实施。美国的猎人一直都忽视苏格兰和德国森林的集约管理政策,从某个角度来看,也许是没有错误的;可是他们同样忽略的还有欧洲土地所有者们在管理工作中发展的耕耘意识。当我们意识到这一点时,必须要给农场主补贴,他们才会去种植树木,或者可以允许他们通过养殖猎物来赢得经济效益的时候,我们不得不承认,野外耕耘的快乐根本没有被农场主和我们自己所肯定。

有一句名言流传在科学家中:个体发生学重复着系统发生学。意识就是每个个体的发展和成长都是在重复着它的种群的发展历史。无论是精神层面还是物质层面,都存在着这个事实。凯旋的猎人就是原始人的翻版。捕获战利品是青年时期的共同向往,它不分种族和个人差异,无需表示任何愧疚。

当今的社会状况下，令人不安的就是那些不曾改变的狩猎人，他们根本没有意识到独处、感知、耕耘的意义，这些优势得不到发展，慢慢没落了。他们就像是机械化的蚂蚁，在茫茫的大陆上无知觉地爬行着，根本没有想过回头看看自己的后院。他只是一味消费，从来不会为休闲作出贡献和履行义务。因为他们，商业休闲的管理人员正在抹杀荒野原有的色彩，并且使一切人工化，而且还宣称他正在为公众服务。

我们可以称这样的人为战利品娱乐主义，他们的怪癖就是在用自己微妙的方式加剧自己毁灭的速度。他的享受是建立在拥有、侵略、占有的基础上的。其实他一直没有意识到荒野对于他是没有任何价值的；大家的普遍意识也是，从来没有被利用的偏远地区对于人类是没有用处的。对于缺乏想象力的人们，地图的空白处根本没有任何用处，而对于另外一些人，那是有巨大意义的空白。因为永远到不了阿拉斯加，那么在那里的一份权利就是没有意义的吗？难道真的需要一条道路，可以通往北极草原、育空河的大雁栖息地、那片拥有科迪亚克熊的草原？

总而言之，最基础的户外休闲很大程度地消耗了资源，而比较高层次的户外休闲，在一定程度上，并没有损坏土地和生命，而且还履行了人类应有的义务，并且有所建树。在没有较高的洞察力的基础上，交通运输的迅速发展才是我们面前最具实质性的损毁。人们必须明白，发展休闲并不意味着要把道路修到美丽的远方，而是要让人类思想中对感知有一个实质性的提高和发展。

管理意识

最后我们要说的是管理意识，算作最后的总结吧。对于土地管理意识了解甚深的人，必然是那些具有超强的感知力，并且在土地上巧妙地运用管理艺术的人。而那些脱离了双手，只是以投票方式获得了对自然资源保护权利的户外活动者们根本不会认识到这个部分。换句话说，是那些眼光犀利并且满腹环保意识的土地管理人，以及那些过于贫苦无法购置休闲用地的人在享用着这个部分。这些本应当是人民享有的东西，神不知鬼不觉地都成了负责管理的人的财产。这一切都是政府垄断经营休闲用地的结果。可这些根本就不属于那些户外活动者，即便是他们买断了风景观光权，或者是雇佣了某个政府部门为其看护野外猎物。由此推理得出，负责这些野外猎物看护工作的政府官员们不但不能拿到任何的报酬，相反要拿出一些钱来才对。

运用于生产作物的管理意识和作物本身有着同等重要的作用，对自然资源进行保护的人们尚未认识到这一点，可是农业界对这已经有了一些认识。把饲养过的猎物放回自然，随后对其进行捕杀，这在欧洲的德国森林和苏格兰荒野十分常见。针对这一点，热爱户外休闲活动的美国人非常看不起，他们的这种态度是有道理的，只是有些片面。因为这种非常重要的管理意识，他们尚且不具备，而它是欧洲的土地所有者在捕猎过程里发展形成的。对于野地管理的乐趣，我们真的了解太少了，这一点完全可以通过猎人饲养猎物必须通过收取猎场费用作为引导，以及农夫种植树木必须以种植津贴作为引导等现象表现出来。

"个体发生学重复种系发生学。"这是科学界的一句名言。意思是，就进化历史而言，个体总在跟随种系重复着。这同时适用于物质和精神。再生的穴居人总是在寻找自己的战利品；青年人或者年少的种族特权也在毫无理由地寻找战利品。

在如今一些不断索求战利品的人身上，感知、孤独和管理等能力不但没有发展，甚至逐渐消失不见了，这一点真的让人恐慌。针对户外令人愉悦的事物，他们只知道索取，却从来不进行创造；这些机动化的人类过早地涌向了不同大陆，以至于他们都没有对自己的后院进行认真观察。一些自以为是的娱乐工程师们为了取悦于他们，不断人工创造出各种战利品，而荒野的价值在这个过程里渐渐被轻视了。

运用某些微妙的方法，把一些因素变得对自己不利，这特性是寻找战利品的休闲者们共有的。盗用、侵略、占有，这一切都是为了满足自己的欲望。在他们看来，荒野是毫无价值的，自然没有必要亲自去一次。而一个偏僻寂静的地方对于整个社会毫无用处可言，这也是多数人共同的看法。地图上的一块空地，在某些现实人的眼中或许是荒野一块，而在另外一些人的眼中，这地方却是一块沃土。

说得简单一些就是，我们的土地以及生命等资源完全被一些初级的户外娱乐活动消耗掉了，可是真正高级的户外娱乐活动在满足人们欲望的同时对这些资源的消耗甚至为零。在感知力停滞不前的同时，运输系统的不断扩张就是娱乐休闲活动素质低下的根源。对人类心灵的感受力不断进行培养，这才是当前娱乐活动发展的目标，而绝非是不停地把高速道路的建设推向乡野。

世界科普巨匠经典译丛

第一辑

第二辑

第三辑

中国科学院院士 叶叔华、郑时龄 郑重推荐！